二十年

昌言 著

年華這朋友真好，它明天就叫你老

——聞一多《紅燭》

即使是神也不能使已經發生的事情變成沒有發生。

——希臘成語

二十年後又是一條好漢！

——傳統好漢的刑場歌謠

人是三節草，不知哪節好，三窮三富才到老。

——本地民謠

目次

第一章

一

一九六四年

自從「四清」工作隊進駐了長坊公社，連綿不斷的細雨一直毫無止意。秋雨瀟瀟，山景一片迷離，屋檐下的丹桂花已被秋雨打得零零落落，在秋風中瑟縮；上漲的溪水衝擊著溝谷中的突兀巨石，發出一陣陣遠比雨聲更為猛烈的低沈悶吼。

這一帶屬神農架腹地，山高林密。雲霧繚繞的深谷中，巍然聳立著從蠻荒時代存活下來的巨大冷杉和橡樹；時光流逝不過增厚了地表的腐殖層，基本還保存著原生狀態。

山川風光依舊，世事人情卻白雲蒼狗一般變幻著，思潮洶湧，鐵馬金戈……

誠如當年響徹神州大街小巷的〈學毛選〉歌曲所唱：「階級敵人妄想來變天，咱們貧下中農都要擦亮眼……」今天聽起來莫明其妙，而當時「階級鬥爭一抓就靈」，清理隊伍、深挖敵人，可是最神聖、最榮光的事業。「四清」工作隊就好比帶著狩獵任務的獵人組，重任在肩，當然急於尋找藏匿於暗處、正磨刀霍霍地「敵人」。於是，朱家寨子大隊那個木訥忠厚的瘸腿老漢牛二貴，因為不是本地人，很快被內定為重點審查的對象。

「……可能是個隱藏很深、血債累累的反革命劊子手！」一位稍年長的隊員說，佈滿細血絲的眼睛忽閃忽閃，感冒導致的清鼻涕在唇上亮晶晶輝映著。年輕隊員們更是想入非非，如同初次進山趕仗【註二】的城裡後生，發現有獵物在灌木枝柯的陰蔽下蠢動，一個個都異常興奮，暗地裏都希望牛二貴是。

於是，依照外鬆內緊的鬥爭策略，內查外調，雙管齊下。

大隊部靠北的一間耳房內陰暗潮濕，破木板門吱呀呀關不嚴實；緊挨著陰溝的石牆上生有茸茸苔蘚，經常能看到幾條渾身裹黏液的冷血類爬蟲緩緩蠕動。唯一的那孔尺多見方的木質小窗，懸在東面山牆離地約兩米多的高處；兩位工作同志，肅穆地坐小方窗下那舊三屜桌後面。問話的女同志名叫柳玉，長方臉，短髮齊肩，穿一身已洗褪色的時髦舊軍裝。旁邊的男同志戴著寬柄眼鏡兒，伏在三屜桌上作記錄。

「……你真的扛槍打過仗？這麼說來，還是個老紅軍、老革命囉？這應該很光榮呀！可是，解放都十多年了，你為什麼要一直隱瞞呢？為什麼不向組織交代？！」

因為事發突然，更何況家裏還有要緊的事情牽掛，牛二貴腦殼耷拉被帶進小耳房時，倒好像突然掉進昏暗的深淵。女工作同志戲弄一般的傷人問話，更攪得他心煩意亂，又不敢發作；腦筋裏亂七八糟聚不攏神，倒是隱隱約約感覺到外面的雨似乎停了。

有啥子光榮的？他反抗地想，參加紅軍不過半年多，冷不丁打了一仗；放第一槍時，我禁不住還心驚肉跳！最後幾槍好像打滾了個年輕白匪……突圍時，大腿中了顆機槍子兒，部隊匆匆轉移，而我，就在這陌生的黑老林裏生了根……

「……部隊番號？團、營長姓名？你要講老實話！」

「團長，叫曹友余……一營長……李國良……」牛二貴用巴掌蹭冰涼的鼻頭，兩眼死死盯著腳上破了個小窟窿的舊布鞋鞋尖，哆哆嗦嗦邊想邊說。他生著一副蒼白浮腫如寒冬臘月的面孔，眼窩發黑，像雪地上的水井窟窿。畢竟剛剛從艱難的三年大饑荒中死裏逃生，那如老鼠樣的小眼睛眼神柔和、淒清；眼眶周圍佈滿細密皺紋，望人時總像含著微笑。

耳房內有穿堂風颼颼掠過，但那不是他哆嗦的原因。問話的偏偏攤著個女人幹部，又長得偏偏蠻秀氣；一束白茫茫的光暈從小方窗斜射進來，那氛圍倒真正像是審訊犯人！牛二貴多見樹木少見人煙，從未經歷過這種場面，內心格外覺得彆扭，壓抑，惶悚。

牛二貴五歲開始放牛，悶了便吹牛角，到後來，能吹得出蠻好聽的曲兒。從記事時起肚子一直餓著，神情瑟縮，如喪家之犬。參加紅軍如同被逼上梁山，打土豪，籌給養，總算能吃上飽飯……沒過多少日子，團長便讓他當了司號員。那會兒，部隊被追得正朝四川突圍，天天急行軍，累得站著都能打瞌睡！就在距離朱家寨子五十多里的土地埡，團部遭到伏擊，死了不少人……曹團長塞給他三塊「袁大頭」，把他安置在一戶獨處的窮獵人家。老獵人用草藥治好他的槍傷，招他做了養老女婿。丈人被野豬咬死後，他腿腳不靈便，只得離開老林遷到朱家寨子。當年，還是給地主朱繼久送了七張灰狼皮，才被允許挨著榨油房的山牆搭了個窩棚，在榨房裏幫工……

「……唉，也不曉得曹團長他們，還活在世上沒有？」牛二貴自言自語嘀咕。陷入往事的牛二貴，暫時忘記了壓抑惶悚，心底油然生一種被淨化了的哀傷；耳朵裏彷彿響起了密疾的槍聲、咒罵聲、呻吟聲，和刺刀扎進肉裏時的噗嗤聲；眼前浮動著一具具扭曲了的屍體，還有被鮮血染紅的潭水……媽的，眨眼工夫，已經過去三十多年啦！像一場夢。

「……你回去吧。再仔細想想，不要說假話！」女工作同志柳玉說，將信將疑。事情看起來蠻複雜，你實在拿不準這張樸拙臉龐會不會竟是一種假面！

戴眼鏡的同志也不動聲色闔上筆，一面把記錄的紙片兒收進綠帆布挎包。工作組住在長坊公社所在地夫子鎮，離朱家寨子有四十多華里，上坡下嶺的，很不好走。

牛二貴手拄棗木拐棍，步履僵硬地走出大隊部。太陽從雲層後面剛剛露出臉兒，映得他一陣頭昏目眩。幾個剛才還趴門縫上看稀奇的娃兒，咯咯笑著哄地跑散了。

青石板路坑坑窪窪，沒出坡的婆娘們蹲各自的廊簷下，摘菜，洗衣裳，剁豬草；都滿臉憂戚地躲躲閃閃瞅他，平日裏的粗嗓門像突然都啞了。

哼哼，都他媽把我當成豬狗不如的「四類分子」吶！牛二貴想，索性耷拉下腦殼；腿瘸得更厲害，拄在手中的棗木棍兒，好幾次絆得他差點兒跌倒。

遠遠地看得見家了。牛二貴突然才又惦記起他離開時，家中那亂哄哄的情形：快要分娩的兒媳婦躺在床上尖聲呻吟，兒子像無頭蒼蠅，搓著手在堂屋中央來來回回打轉兒……老伴拖來大木盆，灰頭土腦地守著竈門生火燒開水……他不由自主，走得更匆忙了。

家在寨子西頭，是土改時分的地主朱繼久的兩間土牆屋，門前有一塊寬場壩，溪水順場壩邊沿的高石坎蜿蜒迂迴，汩汩朝東流。

從兒子貴生所居住的小廂房裏，隱隱地傳出來「嗯兒嗯兒」的嬰兒哭聲！

牛二貴手撐大門框歇住，呼吸更顯得急促，竟有點兒上氣不接下氣。朱繼久老頭站在竈台旁，正和老伴嘮叨著什麼，看到他進屋，笑呵呵地拱手恭賀。

剪刀、衣胞和一疊疊滲透了血污的草紙，還狼藉地堆在墊著草木灰的大木盆裏。竈台的案板上放著兩小紙包紅糖，和一手袱兒雞蛋。

「剛接生下來才半袋煙工夫，兩個丫頭！」老伴鄒秀珍直起腰板說，臉皮上凡擦過汗的地方都蹭著一道道木柴灰燼。牛二貴傻乎乎陪笑，鬱悶的心胸立刻開豁了許多。

我也當上爺爺了！他想，雖然一輩子耷拉著腦殼，一晃就老囉，這也蠻好咧！

「怎麼耽擱了老半天？工作隊找你去幹啥？」鄒秀珍睃眼看他問道，一邊揭鍋蓋朝大土碗裏盛荷包蛋。她生著一張平板、黝黑的寬臉龐，身材壯實得像厚重的櫟木門板。

「沒、沒啥事兒，問了問我的腿桿……」牛二貴含含糊糊回答，這時候才感覺到了脊背上黏膩膩汗涔涔；同時也因自己毫無男人氣概而沮喪。

「你的腿怎麼啦？」朱繼久老頭莫明其妙，瞅牛二貴問。

「幾十年前的舊事兒了，那些城裏來的工作隊，還真耐得煩！」鄒秀珍淡淡地說，略微一怔。鐵鍋裏的湯水咕嘟嘟翻著泡沫。她揉揉被柴火熏得生疼的眼睛，在髒褲腿上蹭了蹭指頭，然後拈一大坨紅糖放進碗裏，笑眯眯雙手捧起，進廂房伺候坐月子的兒媳婦去了。

朱家寨子有二十多戶人家，被黑沈沈綿延起伏的原始森林包圍著。白溪繞著寨子流淌，溪溝兩岸是貧瘠的包穀地。晚風吹來，松濤聲悶雷也似震人耳膜；正晌午無風時候，但見墨綠色的崗巒幽靜寂寥，冉冉升騰的白色炊煙直指蒼天。

老地主朱繼久又仰躺在爛麥草堆上曬太陽。幾隻蘆花母雞們嘰嘰咕咕，從容地在他的臭腳旁邊刨食。「立秋」後，太陽漸漸招人喜歡。半斤多包穀酒燒得身子暖和酥軟，他四肢放鬆攤成歪歪扭扭的「大」字，又開始胡思亂想自己這大半輩子。

今天一大早，朱正奎把幾個「四類分子」傳到大隊部，像戲臺上的大爺，罵豬狗一般訓了他們一通。那個城裏來的女幹部，也威嚴赫赫唸了幾段文件：「這次運動，是一次比土地改革更為廣泛，更為複雜，更為深刻的群眾運動……」並一再警告面前這些七老八十的「四類分子」們：只許老老實實，不許亂說亂動！

朱正奎是大隊書記，好歹還算得個官兒，是個夾雞巴的漢子！而那個年輕輕秀氣氣的女人，也這般粗聲大嗓惡語傷人，就使得朱繼久老頭格外地憋悶難受了。

不動彈，桐油、菜油、芝麻油，能自動從木榨裏流出來？朱繼久不服氣地想，老子動彈了一輩子，守著榨房，甩了一輩子撞杆！

甩撞杆還含有層很粗俗的意思，有點下流。悄悄在心底反抗著的朱繼久，這麼些年來，畢竟也給鬥爭怕了，當時竟沒敢再瞅柳玉，倒是將腦殼埋得更低……

朱繼久生於光緒二十二年，十多歲以前蓄辮子，後來一直剃光頭。有過一個兒子，「鎮反」時給槍斃了；兒媳婦抱著未滿周歲的孫子遠嫁他鄉，把六歲的孫女兒朱玉娟丟給了他。苦命的孫女兒，從很小就知道自己比周圍的同齡娃兒低一等，很早就學會了辨別桐仔、木梓仔、油菜仔和芝麻的乾濕，學會了紮榨油用的稻草捲兒。她像隻膽怯的小貓不敢離窩兒，和貴生一起在榨房裏滾爬，把貴生當親哥哥。

貴生十一歲上小學，朱玉娟只能躲在屋角落裏悄悄淌淚。朱繼久倒覺得認字讀書並沒有多大益處。過去，他為了兒孫們能出人頭地、光宗耀祖，用榨房裏掙下的錢送兒子進城唸書，所花的銀元，夠再買幾十畝上等旱田！兒子後來入了國民黨，再後來當上了縣稽查中隊長，握百多條槍成了一霸！他想，兒子倘若跟他一樣待鄉下守著榨房過日子，斷不會挨槍子兒——是進縣城讀書害了我的兒子！

迷迷糊糊又鄙夷地想，城裏人什麼也不懂，只會吃香的喝辣的作威作福，待到坐吃山空，成了二流子，又沒臉沒血性地沿街乞討，丟盡了祖宗的臉！

朱繼久會聚財，把一個銅板看得如天大，任何時候都裹著那套濺滿油污的土布衣衫，守著榨房，竟置下了八十多畝坡田和幾座山林。要不是共產黨來了，他還會買得更多。想當初，兒子依仗著手中的武裝，幾次催他賣了榨房進城享福，他都不肯去。牛二貴遷進朱家寨子後一直給他當長工，只供飯食不付工錢，一年給兩套土藍布衣裳。

人吶，再狠也狠不過命！朱繼久氣憤憤地想，老輩人都一門心思想著要給後輩人攢點家業，都爭著動手，動腦，淌血，流汗，不容易咧……活了大半輩子，才明白活著真他媽沒意思！想金子是銅，想富貴是窮！三窮三富才得到老哩！

鄒秀珍端著煮熟的四分之一隻蹄膀和小半隻雞過來時，朱繼久正仰八叉橫躺著流口涎打呼嚕，沐浴著夕陽光，在爛麥草堆上睡得正香。

鄒秀珍大聲嚷嚷：「親爺，老親家！今日怎麼自在得像個神仙，怎麼沒打榨了？起來起來，太陽都快要落山啦！」

「唔唔……嘻嘻，我又沒坐月子。玉娟的奶水可好？」朱繼久嘟噥說，操巴掌抹著腮幫上的口涎；破夾襖上掛了不少麥芒和草屑，毛毛毿毿鬚鬚吊吊。

「託福託福，奶水蠻夠咧。嘿嘿，老親家，你這會兒倒真的像長毛了！」鄒秀珍嘿嘿笑說。據傳，朱家寨子第一代開山祖就是長毛，廣西金田人氏，為躲避官府追殺，改姓洪為姓朱，帶著一樸刀、一包袱兒銀元寶、和一個擄掠來的女子，由四川順江而下，最後，才逃進到這蠻荒的深山老林裏安下家。

「像長毛才好咧！工作隊說，又要像土改時候那樣了。嘿嘿，現如今，老子是水牛尾巴光桿桿，再也沒有田土房屋讓他們來分了！」朱繼久惡聲惡氣，中氣十足說道。榨油房孤零零聳寨子東頭的一大塊岩石檯子上，倒不怕會有外人聽見。

「又來了不是？你呀，都一家人了還說這種話，未必還想讓我們老少三代又住回窩棚裏去？」鄒秀珍斥責說，仍一臉兒軟乎乎的笑。還是在榨房當長工的時候，她就曉得這老東西脾氣火爆。他身大力不虧，也實在能吃苦，又奸狡又捨得做！土改後被掃地出門，攆進了緊傍榨房山牆、由她和牛二貴當初搭的窩棚裏。她們家則搬進了他的那兩間土牆瓦房。有好長一段日子，鄒秀珍總覺得占了他的便宜，內心蠻有點過意不去。

「不是罵你。嘿嘿，你莫往心裏去。」朱繼久微微笑解釋，雙手接過土缽，又說，「難為你大老遠端來。回去忙你的。你們家，裏裏外外虧得有你操持，也只有你最能幹！」

「那我就不坐了。悶了，也過來幫忙抱抱你的兩個小重外孫女！」鄒秀珍說完，車身朝回走，大腳板「騰騰」踩得地皮都跟著打顫。

鄒秀珍那個家裏，牛貴生蘆柴棒一樣精瘦，臉巴斯斯文文像陰沈木雕就，從來沒見大笑或大哭過，簡直不像漢子！孫女玉娟太愛整潔，像插玻璃瓶兒裏的鮮花；那丹鳳眼水蛇腰也活脫脫像她娘，空好看，沒有半點擔待，經不起磕碰。牛二貴軟不拉嘰更不用提，除忠厚老實之外，再沒有別的長處。在朱繼久的眼中，也只有鄒秀珍才算得個角色！

窩棚不大，深處是一張墊著包穀桿和陳年稻草的床鋪，緊靠窄木板門是用片石砌的小竈台；唯一的一把斷了靠背的木椅，挨在一個吃飯時當小桌用、裝糧食的大廣箱旁邊，裝包穀酒的緊口青花釉罈子塞在床鋪底下，一年四季沒見乾過。

二

吃罷了午飯，牛二貴耷拉著腦殼，癱坐在門前的石臺階上打瞌睡。

天氣晴好，太陽光曬身上暖烘烘的。從松林那邊飛過來幾隻灰喜鵲，落屋後的老梨樹上，「喳喳喳」好一陣聒噪。十多塊花花綠綠的尿布，旗幟一樣在白光中飄拂。嬰兒的嗯兒嗯兒哭聲幾乎一直沒中斷過，淡淡的奶腥味兒也時不時從屋子裏溢出來。

牛二貴沒有睡著。他其實蠻喜歡熱鬧，正是因為行動不太方便，格外盼有個人陪著聊聊天。自從工作同志找他談過話之後，寨子裏又接連召開了好幾次群眾大會。串門的人少了，連朱繼久也不經常來，好像都擔著什麼心。

鄒秀珍滿臉疲憊，蹲在坎沿下剁豬草。眼下不冷不熱，正是催膘的季節。三頭黑豬見天都要吃好幾大桶食，稍稍送遲點兒，就叫喚得地動山搖。

「喂，去把那床曬席織完算噠。」鄒秀珍說，知道老頭子沒有睡著。「朱正奎明日到公社開會，答應幫忙背幾床去鎮上。我也想把前些日子挖的草藥一併背供銷社賣了。過幾天就要給兩丫頭做滿月，等著錢花吶！」

「工作同志這些天怎麼沒看到？唉，就怕我們團部的人都死了，死無對證，那我可就真說不清白了。」牛二貴嘟噥說，並沒有看老伴，盯著簷坎對面的木柵欄發呆。

「弄不清白又能怎樣？我就不相信會抓你去坐大牢！真是的，你呀，算白長了兩顆卵蛋！」鄒秀珍說，「砰」地摔了砍刀，一捧一捧憤憤地朝大木桶裏攢剁碎了的豬草。牛二貴挪步進堂屋，沒敢再吱聲，耷拉腦殼坐尚未完工的曬席上編織起來。修長的薄篾條如有靈性一般上下顫跳，不過遠不及往日那般歡勢。

鎮反、土改那陣子，牛二貴倒是曾經動過去找政府的念頭，反而讓老伴給狠狠數落了一頓：「陳年老賬還提它作啥？苦日子已經煎熬過來噠，貴生也漸漸大，怕以後沒人給你一口飯吃？人家共產黨拼命才打下江山；你躲老林裏啥都沒做，又文不能提筆，武扛不動槍，封你個官兒，只怕也擔待不起。別屎不臭挑起來臭，倒惹得旁人笑你沒臉沒血性！」牛二貴想想也是，當初多虧了鄒獵戶，不然早餵了黑老林裏的野牲口，腿桿骨只怕都打得鼓了！自己好歹撿了條命，還生養了個可繼承香火的聰明兒子；小日子雖然苦些，那些個好胳膊好腿的鄉親，日子不也過得照樣苦？

牛二貴遇事總瞻前顧後，夜裏想到千條路，似乎還殘留了那麼點下江人的精明；白天仍舊還在老路上行，總覺得身有殘疾，得罪不起人。他大半輩子把腦殼垂褲襠裏，在外面且不用說，和老伴一起這麼些年，連像樣兒的惡架都沒幹過一場！

強悍如鄒秀珍，最心煩長著糯米腦殼的男人，伸伸縮縮，前怕狼後怕虎！她認為：當家的男人，就該裝龍似龍，裝虎像虎，人家也才會敬重。

「媽，怎麼正奎叔那兒還沒有回話呀？遲了可就白搭了。」貴生隔著糊窗紙跟母親嘮叨。他今天下午沒課，在廂房裏陪伴坐月子的媳婦。

「這就去咧。瘟豬們又在嚎，你也來幫我把豬食提了倒槽裏。」

兒子生得秀氣單薄，知書達理，是這個家庭的希望。兒子還吹得一口好笛子。每當悠揚的笛聲在暮靄將至未至的寨子上空如絲如縷蕩漾時候，老倆口生活中的種種不如意，似乎都從笛聲中得到了補償。自從上個月，貴生打聽到公社今年還有三個民辦教師轉正的指標，又聽說公社文教幹事同朱正奎抗美援朝時曾是戰友，就一直心存幻想。

鄒秀珍來到朱正奎屋前時，菊嬸子正在自留地裏刨紅苕。菊嬸子那沒有光澤的蓬鬆長髮早給汗水濡成了索索，渾身脫得只剩舊白土布對襟單衫了；布扣絆兒全開著，兩隻癟奶子在打皺的黃肚皮上哆嗦著蹭來蹭去。早年分浮財，派公差，因為朱正奎一直蠻照顧牛二貴家，菊嬸子懷疑男人和鄒秀珍有瓜葛，大鬧過好幾場。莫看她人瘦筋巴骨，脾氣凶得很，被朱正奎打得殺豬也似尖叫，緩過勁兒後，照舊撒潑地鬧。

「……正奎上山趕仗去了。工作隊說他是被階級敵人拉攏腐蝕的兩面書記，要撤他的職啦！」知道了鄒秀珍的來意後，菊嬸子沒好氣說，埋頭又繼續刨她的紅苕。

鄒秀珍有點失望，呆呆地站了會兒，若有所失車身往回走。她想：這個蠻橫婆娘！任什麼正經八百話兒，都莫想能和她說得清楚！

還是搞合作化那陣子發生的事了，朱正奎從朝鮮退伍回家才幾年時間，初級社的副主任當得正紅火。有幾次鄒秀珍在包穀地裏薅草時，他倒是冷不丁捏過幾回她的奶子。又有一天，她獨自在黑岩那邊的林子裏挖藥草，他扛一杆銃去打雉雞，兜頭碰上了。他嘻嘻笑，撲過來就把她按倒在草叢中，啃嘴摸奶子過後，喘著粗氣又要扒褲子。她拼死命掙扎也不得脫身。他反而吭哧吭哧越發來勁兒，還嚷：「我就喜歡橫實有力的婆娘！」她也嚷：「欺負我男人瘸腿算你本事？你要真地胡來，我就滾岩壁下面不活了！」他的臉陡地飛紅，緩緩站起，狠狠打自己兩嘴巴，蔫蔫地提著土銃走了。後來，他也就和牛二貴成了好夥計，倆人經常在一起喝酒，對這個家的事兒，他也從來沒有少照顧。

怎麼要撤他的職？鄒秀珍想，他可是個好人，倒是真正有勁！朱家寨子的男人，除開貴生父子之外，一個個都生得牛高馬大，虎背熊腰，只怕真是長毛的後？

想到朱正奎就要走下坡路了，兒子貴生所託付的那麼重要的事兒，恐怕辦不成了……鄒秀珍有些懊喪，心裏七上八下亂極了。

「正奎哥在家沒有？」

問話的是大隊會計朱正剛，跑得氣喘吁吁上氣不接下氣。鄒秀珍說：「我剛才也正找他，說是上山趕仗去了……」

朱正剛說：「糟糕！公社打電話來，說有要緊事兒商量。我得上山找他去。」

朱正奎眼睛緊盯獵物，輕手躡腳挪動，儘量避免踩響枯枝，在還隔目標大約五、六丈遠處停下，不敢再朝前走了。草坡上，一簇簇灌木枝柯虬龍盤曲。他現在看得很清楚：麂子側身站著，朝這邊扭過來腦袋，尖角叉得很開，深棕色短毛油光水滑。

這是一條陰濕的深溝，白茅草波浪樣起伏，露水很重，鮮有人迹。朱正奎聞到了蕨根的氣味，馬鞭草的氣味，和那頭麂子所散發出來的腥臊氣味。他處在下風，麂子嗅不到他的氣味；灌木枝柯像籬笆一樣掩護著他，暫時也將他同外面那個令他心煩的世界隔開了。朱正奎並沒有馬上開槍。他追蹤這頭半大的麂子已經好遠路程，打算先喘口氣歇會兒；再說，腦子裏也亂得很，心煩的事兒還在牽著他的心。

老子一定要打碎這顆小心翼翼疑神疑鬼的腦殼！朱正奎在心底嘿嘿冷笑著想，老子沒有被階級敵人拉下水，倒是被這頭混賬麂子拉到老林裏來啦！

這次工作隊一進寨子，就把他擱一邊涼著，令他十分窩火。漸漸地，竟像是準備拿他當靶子了，更使他分外覺得委曲。

從抗美援朝、土改、清匪反霸，到互助組、合作社、人民公社——哪一次運動來了，他朱正奎不是衝鋒在最前面？危險，得罪人，吃苦受累，這些都不在話下。土改、鎮反時，蒙組織信任，安排他槍斃地主、反革命，眼睜睜地看著人犯的天靈蓋在血霧中飛出老遠，他也手不顫，眼不眨！

中央文件上說：「……拉攏腐蝕幹部建立反革命的兩面政權，是敵人反對我們的主要形式。」讓老地主朱繼久繼續在榨房勞動改造（他是行家，一斤菜仔能多打半兩油），偶爾給外來戶牛二貴家裏一些小照顧，甚至當貴生和朱玉娟的主婚人等等等等……就是這會兒，朱正奎仍然認為沒有做錯。當然，照顧牛二貴家也藏著一點點私情……正如本地俗話所說，「人一天有兩個時辰像畜生」！自從那次在黑岩邊的老林裏遭到鄒秀珍激烈抵抗，沒能夠做成好事之後，他倒是從心底更看得起這個能幹、壯實的女人了……

朱正奎怎麼也想不明白：就憑那麼幾個被一次又一次的清算、鬥爭，整治得如夾尾巴狗一般的老地主、老富農，未必真的比國民黨八百萬軍隊更叫人擔心？都是些老態龍鍾、快要入土的人了，還會有能耐去「拉攏腐蝕幹部，建立反革命兩面政權」？只怕再借幾個膽，他們也都不敢，根本也做不到！

個人的委曲還在其次，光腳不怕穿鞋的，大不了再去當老百姓——令朱正奎真正迷茫的是：他找不到「身邊的敵人」……大饑荒剛過去才兩年，山民們終日碌碌，剛剛得溫飽，突然又要從他們當中揪幾個倒楣的人出來鬥爭，豈不是瞎折騰？

脊背上的汗水已經給體溫烘烤乾了，氣喘也完全均勻。朱正奎身大力不虧，當長工那會兒就是個強悍主兒，好打抱不平。他喜歡在人前咋咋呼呼，喜歡翻天覆地的陣勢，喜歡當家作主的感覺……山風輕輕拂面，他打個激楞，緊咬一下腮幫，緩緩地舉起了土銃。他惡狠狠想，老子天生就是這德行！絕不欺壓弱門，絕不害怕強能！

麂子正有一口沒一口地吃著青草，時不時徒勞地扭動腦袋警惕，小眼睛閃爍著憂戚淒涼的光暈。就聽見土銃「轟」的一聲爆響，震耳欲聾。白煙冉冉繾綣，暫時模糊了朱正奎的視線。他提上土銃，朝前猛跑兩步。山好靜，陽光依舊明媚。他看見麂子殘缺不全的腦袋上鮮血淋淋，四隻細腿兒還在搖搖晃晃，終於跪下來了，僵僵地倒進草叢。

朱正奎找一塊平整的紫醬色岩板坐下來，慢條斯理燒了一鍋兒旱煙，又燒了一鍋兒旱煙。死麂子就歪在腳尖前不遠處，他並沒有平日的那種興高采烈。肚子裏咕嚕嚕一陣叫喚；他天朦朦亮就出的門，這會兒，太陽已經快要落山了。前幾天剛下過一陣初霜，那些以草子為食的小鳥兒在四周膽怯地巡睃著。從遠處的橡樹上傳來灰喜鵲憂傷的呻吟，好像在三三兩兩議論，準備飛到別的更安全地方去。

朱正奎拄著土銃站起身，茫茫然望著朱家寨子那方向，心亂如麻。眼前的這塊天地，原本是由他說了算，如今看起來像是不行了。媽的，老子不服哩！他在心底自言自語，懶得再去想，索性扯開嗓門，氣昂昂笑咧咧地吼了一段老腔古板的「五句子歌」：

我問青山什麼時候老？
青山問我什麼時候閑？
我問流水翻個什麼浪？
流水問我白個什麼頭？
我比不得青山水長流！

「悶麼？我們倆殺一盤？」

把那床曬席編織完工之後，牛二貴重又坐到坎沿上打起瞌睡。不知啥時候，朱繼久也坐到他對面來了。朱繼久壓根兒沒理會牛二貴有興致沒有，攤開破油布棋盤，就開始從土藍布對襟夾襖裏朝外掏象棋子兒。他心不在焉又問，「都不在家？」

「貴生讓學校喊去了。他媽捋豬草還沒回來。」牛二貴迂緩地說，操袖口抹清鼻涕，又緊了緊腰間的布帶，迷瞪瞪瞅著棋子發呆。

太陽已落到了山後面，空氣藍英英如水。大門半掩著，朱玉娟坐在堂屋角落的避風處，正專心致志用碎布頭拼接嬰兒用的小衣小被。她的針線女紅、飲食茶飯，都是早年爺爺朱繼久請鄒秀珍幫忙教的。鄉下姑娘，只要能簡單會這兩樣就行。貴生在夫子鎮讀中學時，半年回一趟家，喜歡跑榨房裏來教玉娟認字，或者給她講寨子裏不曾見過的新聞。貴生後來又在縣城高中苦讀了三年，最終未能考上大學，哭喪著臉回到山裏。整個寨子只有貴生讀完十二年長學，自然看得金貴，就安排他當了民辦教師。

去年，貴生虛歲二十五，玉娟十九，兩個年輕人自由戀愛，辦了婚事。玉娟雖說成份高些，因為常年待榨房裏太陽曬不著雨淋不著，出脫得漂亮，豐滿，嫩生。貴生心高氣傲，壓根兒不太看得起那些沒啥文化的鄉親，當然也就並不在乎有誰說短道長。朱繼久其實看體質孱弱的貴生也不滿意，感覺他不像山裏漢子。而鄒秀珍，又暗暗地認為朱玉娟實在太過水靈標致（自古道：良田美妻是惹禍的根苗！）……不過，兩家的大人都沒有太干涉，估計也是「兒大不由娘」，沒能力干涉吧。

「曬席如今可賣得出好價錢？不是說，又要開始割什麼資本主義的尾巴了？」朱繼久問。棋子兒已經都擺好了。朱繼久巒可憐眼前這個在女人胯下過日子的孱弱男人。鄒秀珍一屁股就能把他渾身的骨頭頓散架吧？朱繼久想，打不贏也得抖抖威風，不打女人的男人，根本算不得男人！

牛二貴沒搭理朱繼久，把左邊的「兵」朝前推一步。他也不太喜歡這位虎死不倒威的從前主人，不喜歡他問話時的強悍語氣。

「玉娟生娃兒那天，縣上來的女將和戴眼鏡的工同志問你啥啦？也說來聽聽？」朱繼久架起當頭炮，又問。牛二貴皺皺眉頭，還是不太願意開口搭理。朱繼久很不高興，擡起頭拿眼睛狠狠瞅他，目光又掠過他頭頂，突然像看到什麼可怕東西，慌張地埋頭將棋子連同破油布棋盤一起扒攏揣進懷中，也不打聲招呼，弓腰縮頭進屋，從後門溜走了。

老爺子莫非看到鬼了？牛二貴站起身拍拍屁股上的塵土，緩緩車轉身想看個究竟：暮色中，就見場壩盡頭，一群人說說笑笑，正朝著這邊大踏步走過來了。

雄赳赳在前面引路的是朱正奎，隊伍中還有曾找牛二貴問過話的一男一女兩位工作同志。殘破的青石板村道兩旁，黑森森的木板門洞內，一時間都有蓬亂的婆娘們的腦殼探出來，目光跟蹤雜遝腳步揚起的黃塵，一張張黃瘦臉皮上都爬滿了疑惑和驚愕。

牛二貴拄著木棍兒楞住了，張口結舌，心虛地「砰砰」亂跳。

「這位是縣委劉書記。這位是人武部王政委。他是我們公社的張主任……都是專程前來看你的啦！」朱正奎手舞足蹈，樂呵呵介紹說。

縣委劉書記上前一步，緊緊捧住牛二貴的手說：「都怪我們知道得太晚。老同志，這麼些年來，讓您受苦啦！」劉書記的手不太幹重活兒吧，所以軟綿綿潮潤潤暖烘烘的。牛二貴知道縣委書記就是過去的七品縣令，想到哪兒去微服私訪，前呼後擁地跟著些差役也是常有的事兒。可是專程到深山裏來看他，還說什麼「這麼些年來，讓你受苦啦」，牛二貴的腦子一時轉不過彎兒，有些莫明其妙了。他的手臂僵硬地伸著，手掌還握在劉書記的暖和的大手中。幾個幹部都謙恭地圍著他笑。他的心「突突」亂跳得更凶，怎麼也笑不出聲。

縣委劉書記抽回手，從上衣口袋裏掏出一隻大信封遞過來，笑呵呵又大聲說：「曹副司令員來信啦！還給您老寄來了兩百塊錢！」

「曹副司令員……是曹友余團長？他還活著？」牛二貴呢喃說，像終於發現了一星星自己熟悉的東西，驚訝之餘，眼眶也濡濕了。

「曹友余同志現在是西藏軍區副司令員，他一直都十分惦記您咧！您老是湖北京山縣人，參加紅軍之前是孤兒，對吧？您老是在土地埡戰役中光榮負傷的。曹副司令員說您老打得很英勇啊！了不起，了不起……老同志，經我們縣委研究，決定接你們全家到縣城裏去住。您是老紅軍嘛，是革命的大功臣，應該有一個幸福的晚年，對不對？」

「我，我……」牛二貴語塞，臉上紅一陣白一陣。他知道自己沒出息，當初參加紅軍，不過是餓極了，要找個吃飯的地方；除了認識包穀、芝麻、胡豆，兩百塊錢簡直是個不敢想像的駭人數字！大半輩子瑟瑟縮縮，突然受到這般恭敬，令他又慚愧又緊張，完全暈了，戰戰兢兢無言以對，最後竟兩腿發軟，跌坐在簷坎上嗚嗚哭起來；又覺得不應該哭，卻忍也忍不住，淚水順皺臉巴直往下淌，把前襟濡濕了一大塊。

剛才，朱月娟從門縫也瞅見來了幹部，駭得慌忙躲進小廂房。外面人聲喧囂，沒一會兒，隱隱又聽見瘸腿公公在哭。朱月娟弄不清到底發生了什麼事，一時間沒了主張。

「爹！爹——」她大聲喊著。驚醒了兩個熟睡的嬰兒，也一齊「嗯兒嗯兒」大哭。

縣委劉書記怔住了，扭過頭用目光詢問朱正奎。

「嘿嘿，他兒媳婦正坐月子哩！一次生了兩個丫頭，大後天就滿月。」朱正奎抹著額頭上的汗水，咧嘴巴解釋說。

「好嘛！老同志，您老可真是雙喜臨門啊！哈哈哈……」劉書記仰天大笑說。

三

天剛朦朦亮，牛貴生就早早地起床了，輕腳輕手地來到三屜桌跟前，借助從窗櫺透進小廂房的微光，湊著小圓鏡打量臉巴。

牛貴生一直都非常注意外表，平日裏頭髮總是梳得溜光，舉手擡足時挺胸收腹，目光從容，呈思索的模樣。這些習慣，都是他在縣城讀高中時，從班上不多的幾個知識型幹部家庭出身的同學身上模仿來的。他在很多方面對自己都有著嚴格要求；骨子裏實在是羞於與朱家寨子的那些個粗魯莽撞的同齡朋友為伍！

朱玉娟和鄒秀珍在廚房裏炒葵花子、板栗、花生，已經忙活好一會兒了。竈膛內的劈柴烈烈地燃燒著，紅光搖曳，煙霧蒸騰。婆媳倆「手裏搖櫓，嘴裏講古」，說說笑笑十分開心。牛二貴老太爺似的，還窩在床鋪上，側身習慣地如對蝦拳縮，瞅著煤油燈發呆。

太陽從大山那邊露頭沒一會兒，寨子裏的娃娃爪爪們，早早地就滿院子胡鑽亂躥了。整個朱家寨子像過大節，每家每戶幾乎都是傾巢出動。

場院中央的柏木大方桌上，放有散了包的《大公雞》牌香煙，紅漆托盤裏滿滿尖尖堆著剛炒製好的山果子。朱玉娟雙手捧大肚炊壺忙活張羅，臉笑得像花兒綻放。縣裏派來的汽車在夫子鎮等候著。朱正奎組織了十多個棒小夥前來幫忙背東西。屋裏屋外全是前來幫著搬家的鄉親，收拾歸類，裝箱打包，進進出出穿梭；嗆鼻的經年塵埃瀰漫開來，孀子媳婦們臉上蹭一道道灰垢……場壩裏，剛滿月的奶娃偎依在兩個媳婦懷中，大眼珠骨碌碌東瞅西瞍。年輕媳婦將奶娃舉過頭頂，逗樂說：「好好看你們的屋，還有這大老林和大山！明天就是城裏的丫頭了，再想看怕還不容易咧！」

牛二貴這會兒已經端坐在一張舊太師椅裏。幾位高壽的老頭聚他周圍，大口地吧噠著長桿旱煙袋，嘮嘮叨叨誇他福大命大，一樁樁地講述過去一起遭受的磨難，都搖頭晃腦唏噓不已。有位大爺老搶著說，竟劇烈地咳嗽起來，氣喘吁吁，朝腳邊頭唾一口濃痰……牛二貴自懂事時候起，還從來沒有被這般擡舉過，可憐巴巴陪著笑，內心確實誠惶誠恐。

貴生今天穿了件大半新的學生藍中山裝，顯得英俊、幹練、青春年少；清癯的瘦臉頰上已早早爬上了幾道細細皺紋，又像個飽經憂患的過來人。

高中畢業之後，貴生就一直忍著，沒有再去過縣城。「洛陽雖好，終非久留之地」，那種極端矛盾的心態，用語言簡直無法表達！孤身在縣城讀高中的那三年，受電影和小說裡革命先輩（臨刑前或者轉戰南北時）托孤的故事影響，他甚至曾極端地如此那般幻想過：三十年代末出生的自己，生身父母，也可能真就是馬背上的紅軍將領，如今已成長為部長、司令員，因為苦苦尋找不到失散多年的親生兒子，這會兒，待在北京的某座豪華四合院裏，斜枕著鴨絨被窩，正潸然落淚。每每這麼幻想的時候，高中生貴生心裏便酸溜溜分外難受，眼眶也紅了，就眼巴巴地盼望，明天，或者後天，會有一輛軍用吉普車來找他，然後帶著他，永遠地離開這深山老林……

斗轉星移，牛貴生差不多已經麻木，已經完全絕望；甚至差不多已經把縣城當作索性懶得去遙望的天宮了！太陽像睜大的眼睛，月亮像眯縫的眼睛，無時無刻不在觀察監視著眾生，偏偏將他遺漏了！——他無論如何沒有料想到，身邊這位其貌不揚的瘸腿父親，到頭來果然是紅軍；雖然只吹過一陣子衝鋒號，只當了半年多紅軍中的小兵……

「朱書記，尊敬的各位大爺大娘，各位鄉鄰！」牛貴生經過好一會兒醞釀情緒，腰板挺筆直，站大門前的臺階上開始講話了。

院壩裏立刻嗡嗡嚶嚶起了一陣小騷動，慢慢才安靜下來。大家都樂呵呵仰望著貴生。太陽已近中天，白光眩目。牛貴生沐浴在金光下面，愈加顯得神采飛揚。

「朱書記，各位大爺大娘，各位鄉鄰！」貴生高昂著頭又重複了一遍，纖纖手指擱在胸前彼此撫摸著，白淨臉皮上的深深笑靨像花兒怒放。

「幾十年來，我們全家，蒙朱家寨子全體父老鄉親的關心照顧，才一步一步地走到今天。大家都知道，我爹忠厚老實，不善言辭。在此，我謹代表我們全家，給各位父老鄉親鞠一躬，感謝大家啦！」他雙手緊貼褲縫，灑脫地緩緩彎腰九十度。

「哎呀這娃兒，講這麼大的禮，我們泥巴腿子，只怕受用不了咧！」

「那年，他們家遷寨子裏來時，貴生還沒有書桌高，可懂事啦！嬸子大娘們沒一個不喜歡他，都誇他將來準有出息……」

「他十七、八歲才考上中學，哪個捨得花錢讓這樣的力量人去讀書？畢竟沒白疼……」

「貴生哥，年底我們進縣城辦年貨時，可別連涼水都討不到一碗喝喲！」

……上了歲數的老人暈暈乎乎回憶起陳年往事，年輕的姑娘、媳婦們則尖聲說笑，戲謔逗樂；所有的心都感到熨貼溫暖，嘴巴都在嘮叨，在叫嚷——壩子上已快活成了一鍋粥！

貴生原本還想傾訴點兒什麼，也說不成了。他跳下臺階，一支支地敬香煙給鄉鄰。那一張張佈滿皺紋的熟悉的老人臉，一件件緊繃繃裹在青春軀體上的綴有補丁的土布單衫和舊花衣裳，一顆顆眼珠兒骨碌碌轉，頭髮蓬亂，鼻孔下掛著「青龍」的小腦殼……看在眼裏，竟比往常格外寒磣窮酸！天宇倒是顯得更幽深高遠，藍英英纖塵未染。

拜拜，我的破屋！拜拜，我可憐的窮鄉鄰們……人叢中的牛貴生將腰板挺得更直，套著《從百草園到三味書屋》裏的句子，茫然四顧，在心底低吟。

朱正奎領著十多位嬸子大娘走過來了，每個人捧一張紅油漆托盤，裏面盛滿了山貨，有瓜子、核桃、木耳、香菌、柿餅、糯米、高粱糖、熏麂腿、陳年臘肉……

「一人一點兒心意。山裏人窮，也沒啥好東西。」朱正奎呵呵笑說著。

「這，叫人過意不去哩！」貴生客套說。每當面對這個敦實驃悍的大隊書記，他心底總隱隱有種憋悶屈辱的感覺，拿不準究竟應該愛他還是恨他；總之太複雜，剪不斷理還亂。

這傢伙簡直像梁山好漢李逵，還真有股威懾力！貴生恨恨地想，這麼些年來一手遮天，令治下的百姓不敢絲毫違拗他的意志哩！

屋子裏已收拾得差不多了，幾個女人還在幫忙打捆最後的幾包行囊。鄒秀珍一聲不吭來往照應著，拿拿這樣，又掂掂那樣；頭髮、衣服上沾滿稻草梗和灰褐色塵垢，額頭上直冒汗珠兒。她臉色陰鬱，像揣著滿肚子心事，見玉娟進屋來，發作似地大聲斥責：「在哪兒發呆？還不快去把鋪板用草繩子捆起來！」

貴生也進到屋裏，見蓬頭垢面的母親還在朝破麻袋裏塞那床遍是窟窿的棉絮，禁不住皺眉頭說：「爛東西都擱這兒算了！」

「爛東西？不花錢你再去給我弄幾床來看看？還沒進城就學得大口大氣！去請幾個力量人，把重櫃子背了先上路！勤便點敬煙倒茶，莫要怠慢了幫忙的人。」鄒秀珍說。

貴生歎一口氣朝屋外走。除了對牛二貴和玉娟，他什麼人都沒法兒違拗。他也知道縣城是個無底洞，有多少錢也能毫不費勁花個精光。九塊七角錢一件襯衫，二十三塊五角一雙皮鞋，聽著就嚇人一跳！不過，把破麻袋爛棉絮也帶進城，太丟人現眼啦！

鄒秀珍繼續沿著角角落落收拾，一邊扯著粗大嗓門鋪派吩咐。玉娟被婆婆吼得暈頭轉向，稍不留神，「砰！」一隻大醃菜罈從手中滑落，酸水、醃辣椒、醃黃瓜、醃豆角灑了一地。鄒秀珍慌忙丟下手中活計，找幾張舊報紙攤開，埋頭蹲地上大把大把地抓著，包成濕漉漉幾大包遞給玉娟，這才開口罵：「笨手笨腳的敗家子！拿去趕快再找塊油布包在外面！」

玉娟想：我真是太笨了，我什麼也做不好！淚水在眼窩裏打著漩兒，她悄悄抹一把，怕人家看到她在喜慶日子裏淌淚。

該帶走的差不多都收拾乾淨了，只剩下還是一九五六年砍下，準備整修房子的十幾根圓木、一張三條腿的老舊方桌、一架九尺多長的鬆鬆垮垮木梯，和兩口杉木棺材。墊床鋪的包穀桿和稻草亂蓬蓬撒得滿地，鄒秀珍看著心疼，一一扒攏堆，直起腰身張羅說：「你們哪家需要，抱去墊豬窩吧，糟蹋了怪可惜的。」

大家都離開好一會兒了，鄒秀珍還癡癡呆呆站空蕩蕩的房屋中央，捨不得出來。昨晚上她就沒有睡著，還自言自語：縣委書記開金口，接我們全家進城享清福；窮山溝裏到底有什麼值得牽腸掛肚？讓別人知道了還會笑話！丈夫也眼睛睜老大望著房脊，看不出究竟是喜還是憂，木木然一聲未吭……

有人在小路上喊，鄒秀珍終於慢吞吞跨出門檻兒，小心翼翼拉攏門扇，哆嗦著掏出一把大銅鎖鎖上，嘴巴裏還在呢喃：「棺木就不搬運進縣城裏去了，等到人快要死了，再進來睡。就埋在這屋子的後頭，離爹也近些……」

牛貴生和朱玉娟一人背一個女兒，攙扶著牛二貴上了小路。背負著行李家什的隊伍已經先頭走了。鄒秀珍掉在最後頭，還在為房前屋後的瑣細事跟朱正奎囑託什麼。從前面那條彎道再朝下，是百多米用鐵釺在岩壁上鑿的不規整階梯，十分難走。朱正奎趕上前來準備背牛二貴。一家人在拐彎處站住了，回頭再一次看他們的房屋，一併同還站在場壩邊遙望的眾鄉親揮手作別。牛二貴和牛貴生父子都沒有再吭聲，癡癡呆呆像在作夢；心裏如同打翻了五味瓶，說不出到底是啥滋味。

嘿嘿，這一回，我可真他媽的成個孤人噠，一個沒人要、沒人牽掛的孤人！朱繼久想，端起土碗喝一大口燒酒，仰望著漆黑的夜空，沒奈何扮了個苦臉兒。

窄木板門半掩著，夜風吹得煤油燈的小火舌直打哆嗦。老林灣那邊，有一隻豺狗短促地乾嗥了幾聲。蘆花雞們心虛地咕咕唧唧好一陣。狗子竄到窩棚外懶洋洋地吠了幾聲，又縮回到破門板背後的髒窩裏。朱家寨子上空黑燈瞎火的，死人一般安靜。朱繼久又抓了幾顆花生米，塞進嘴巴裏慢慢咀嚼著。

我的牙齒還行！他想，人吶，只要牙齒還行就行！

上午，朱繼久孤零零站石臺子上，一直遙遙地注視著搬家的鬧哄哄場面……直到牛二貴一家人走下那彎道，被樹林子遮住。下午只勉強打了一榨，到後來，憑膀子的力怎麼也甩不起撞杆；拼了吃奶的力才甩起來一、兩回，卻又都打偏了。這也實在叫人臉紅。

不行囉！他想，都六十八歲嘍，已經到了甩不動撞杆的時候嘍。

本地俗話云：「發財好比針挑土，背時猶如浪淘沙」。憑著血汗、力氣和算計，大半輩子好不容易才掙下的家業，到頭來只換了個地主帽兒；這帽兒又將人變成了臭狗屎，弄得至親骨肉都躲躲閃閃怕接近！這件事兒，朱繼久橫想豎想都弄不明白，又惱火，又傷心，又無可奈何。昨晚上，鄒秀珍和玉娟悄悄給他送來一筐子吃食，也算是來辭行；並沒有說太多的熱乎話，便又匆匆地走了……

——有一樣稀罕物件兒，倒是應該傳給玉娟了。但朱繼久左思右想，又還一時拿不太準。他是實實在在不喜歡孫女那怯生生蔫兮兮的德行：玉娟自從出嫁之後，往榨房這邊走動得比鄒秀珍還稀疏，真的把親爺爺當成臭狗屎啦！

仰起頭又喝一口酒，然後抓一把花生米在手中，朱繼久搖搖晃晃走出窩棚。

月明星稀，寒風砭骨。榨房孤零零蹲灰濛濛的月色下面，像斷了香火的孤廟。榨房是民國十一年，在他爺爺手裏修起來的，兩錠銀元寶各重二十四兩，就砌在北面的山牆下，壓在從東朝西數的第十八塊牆腳石的底層。當初，還是他爺爺叫這麼做的。爺爺說：「這兩錠銀元寶，不到揭不開鍋不要動它，也給子孫們留點兒古蹟。」那年爺爺九十歲。把榨房修起不過半年多工夫，爺爺就死了。

朱繼久的書呆子爹倒是做到了，到民國二十五年謝世，平日裏望都很少去望那一方牆。朱繼久差不多也做到了。可是，有朝一日他死了，這古蹟還怎麼往下傳呢？

爺爺像練過拳腳的人，大片刀舞起來呼呼生風——究竟當過長毛沒有？朱繼久也不太清楚。他只記得爺爺倒是從來就沒有蓄過大清朝的辮子，尺多長的頭髮連著鬍子，飄飄拂拂，白得似霜賽雪！爺爺八十歲了還背得動一廣口背簍包穀棒子，能吃大膘肉，喝大碗酒；不愛說話，不喜歡串門，脾氣倒蠻溫和……

朱繼久仰望著月亮，一顆一顆，心不在焉地嚼著花生米；又鑽進窩棚，索性將青花瓷酒壺也端出來了。夜好靜，靜得像貴生那陰沈沈的女人秉性。倘若不是頭上壓著地主帽兒，朱繼久絕對不肯把孫女嫁給這麼個羸弱的男人，她喜歡也不行！貴生從來沒有朝他熱乎乎地真正笑過，沒有喊過他一聲爺爺！貴生怕地主帽兒的臭狗屎氣比其他人怕得更厲害，也傷透了朱繼久的心。他實在是嚥不下這口氣！

月亮又被雲團遮住了，榨房的那面山牆更模模糊糊辨不分明了。豺狗又在乾嗥，似乎稍稍離得近了些。狗子又跑出窩棚懶洋洋應和幾聲，然後過來蹭了蹭老主人的褲腿。

朱繼久彎腰撫摸一下狗腦殼，伸直腰板一口喝乾土碗中的殘酒。

等等再說吧，他想，在斷氣之前，再去跟玉娟提那古蹟兒，也來得及。

四

柳玉坐在會議室角落的一把吱吱作響的木椅裏想心事，對周圍言辭激烈、火藥味十足的發言充耳不聞。棒打死老虎，無限上綱，一邊倒的批判鬥爭……所有這些，早已經讓人暗暗厭煩了。這會兒，她一反常態，決定順其自然，一聲不吭地作壁上觀。

大家都看出來她有抵觸情緒，都沒太敢招惹她。柳玉也的確一反過去那慷慨激昂、言辭犀利的常態，彷彿睡眠不足，精神萎靡不振。她想，也該改改自己過去對待事物非紅即黑的固有模式，去學著世故一些兒了——基層的情況太錯綜複雜，而且根本不是她力所能及——雖然也知道自己絕對沒法兒學得圓滑。

陪同縣委劉書記一行去看望牛二貴那天，她至少已經開始學著緊閉嘴巴，隨大流軟綿綿微笑罷了。牛二貴一家子進城的那天，她也只站在離公路不遠的草坡上一聲不吭觀望，並沒有上前致歉或者道別。縣人民武裝部那天也來人了。軍用吉普「吱」地剎住，離牛二貴的身子近了些，唬得他連連倒退，臉色都白了。王政委一身戎裝，跳下車「叭」地立正，朝牛二貴行了個極規範極瀟灑的軍禮。弄得可憐的老人手足無措渾身哆嗦，老淚縱橫泣不成聲，一句應酬話都說不出，人卻差點兒跌倒……聯想起幾個多月來，工作隊全體上下，怎麼看怎麼思索，都認為他無疑像個隱藏得很深的階級敵人，柳玉的心被深深震撼了。

……胡隊長終止了大家的發言，開始作總結了，語調鏗鏘，聲如洪鐘：「……自殺就是自絕於人民，百分之百的反黨行為！董長根在擔任天池觀大隊書記期間，認敵為友，喪失立場，而且還犯有嚴重的四不清行為！大家不要以為，人死了就萬事大吉，應該更深入地進行批判，堅決打退農村資本主義勢力和封建勢力的猖狂進攻！至於柳玉同志，暫時仍留在朱家寨子、天池觀大隊這個組，我們希望她能通過階級鬥爭的火熱實踐，經風雨見世面，認真鍛鍊改造自己，徹底拋棄腦海中的小資產階級情調……散會吧。」

昨天，工作隊在天池觀大隊召開群眾大會，批判鬥爭四不清下臺幹部董長根。會議剛開始，董長根就跳起來嚷嚷：「老子不服！農村工作你姓胡的懂什麼？你瞎指揮！瞎雞巴亂扣帽子……」這次批鬥會是胡隊長帶隊進駐長坊公社之後打的第一仗，志在必得！董長根如此不識時務，令胡隊長惱羞成怒。他吩咐民兵，將董長根捆在主席臺下的立柱上，一直鬥爭到夜半。當晚，渾身青一塊紫一塊的董長根，竟悄悄上吊自殺了……

日頭已近中天，長坊公社大院裏冷清清的。董長根的老婆，還守在會議室外的甬道裏沒有走，看到柳玉過來，拉著身邊的一兒一女，撲通跪地上哭訴說：「柳同志，這可怎麼得了，讓我們孤兒寡母怎麼活啊！」慌得柳玉連忙上前扶起，領引著她們進到宿舍坐下，然後小跑著去食堂打來三缽飯菜。母子三人一大早就嚎嚎啕啕奔到夫子鎮報喪來了。除了柳玉，她們誰也不認識，也沒有人敢招惹這個麻煩。

那兩個娃兒大概是太餓了，沒顧得擦臉上的淚痕，雙手緊捧大土缽猛一陣狼吞虎嚥。當娘的眼神茫然，呆呆滯滯看著娃兒們吃，沒有動筷子。

記得是第一次去董長根家時，看到這個女人捧半塊生紅苕，正大口嚼得津津有味。董長根爽爽朗朗讓座倒茶，不在意地嘲笑老婆的嘴太饞，接著還講了個在這一帶頗為流行的故事。說有一個女人，因為偷吃罐兒裏的苕糖遭丈夫打，哭哭啼啼要去上吊，掛好繩索又遲遲不把脖子伸進去，末了終於放棄死的念頭，唱道：「我一不是捨不得爹，二不是捨不得娘，是捨不得罐罐裏還有一坨糖！」當時，柳玉就咯咯咯笑彎了腰，上氣不接下氣。董長根也陪著哈哈大笑，還找來一坨苕糖給柳玉嚐……

「柳同志，您看能不能幫忙，把那一百二十塊錢給免了？那死鬼子腿一伸，倒自在了。可憐我們孤兒寡母，實在拿不出來啊！」董長根的老婆哀求說。

望著她那淒涼無助的樣子，柳玉覺得好一陣心酸。為整修老房屋，董長根私自挪用了一百二十元大隊積累。修整過後的房子仍顯得十分破敗，能擋風雨罷了。

「大嫂，你也一便把飯吃了，然後帶娃兒們先回去，將人下葬……千萬不要太著急，相信政府會妥善處理的。」柳玉低聲勸慰說。

「嗚嗚，我的命怎麼這麼苦啊——」董長根的老婆歎息，哽咽著端起土缽，大口大口地將飯菜塞進肚子，拉兩個娃兒站起，出門時又朝柳玉長長地鞠了一躬，畏畏縮縮又哀求說，「柳同志，您可要幫幫我們孤兒寡母……」

整整一個下午，柳玉都合衣躺在床上，望著堊白的頂棚發呆。山裏實在太窮。山裏人實在太苦哇！當工作隊員的這幾個月裏，好多事情，好些場面，全都是她從來沒見識過，而且其複雜和嚴酷程度，根本不是她在下來之前所能想像得到的！

這會兒，好多的聲音和畫面，都爭著似地在腦海裏忽閃忽閃，直攪得她心煩意亂。

由於出生在兵營，少女時成長在都市，柳玉對水泥樓房的單調鉛灰色、和循規蹈矩的機關日子厭惡極了。在她的幻想中，神農架大林莽和風習習鳥語花香，犁鏵從來沒有翻動過的高山草甸一片絢麗！夜間，你甚至能透過陣陣林濤聲，聹聽到遠古先民狩獵時的吆喝；而當朝霞初升的時候，村姑們直抒胸臆的情歌，又會駕著濃得化不開的白霧，從深不見底的溝谷裏冉冉地蕩漾上山坳……那兒才真正是一張沒有負擔的白紙，可以由著激情和浪漫任意勾勒！當初，決定下到這蠻荒的偏遠小山城時，好多人都認為她們兩口子發神經。而她卻像急不可耐要前往神交已久的名山大川訪古攬勝，心底蕩漾起莫可名狀的興奮……

倒並非後悔當初的決定，而是震驚、內疚之後，突然覺得有些陌生、彷徨……

傍晚時分，郵遞員送來了鄭新宇的信。丈夫鄭新宇同她一樣不過一介書生，似乎十分羨慕她眼下所處的基層「火熱的鬥爭生活」，內心蠻渴望也能夠有機會結識這些「世世代代生活在大山深處的淳樸善良的山民」；還特意抄了那段小托爾斯泰的關於知識分子改造的名句：「在清水裏泡三泡，在血水裏浴三浴，在堿水裏煮三煮……」這會兒，這個暫時還待在小縣城裏的、比柳玉更狂熱的理想主義者，肯定早憋了一肚子的勁兒，在自勉並鼓勵妻子吧。

柳玉將信飛快看了一遍，慢慢地又看了一遍，聯想到古人「不識廬山真面目，只緣身在此山中」的感歎，又懷疑自己也許不過是徒有言辭的自作多情……然而，一位樂天、質樸的基層幹部，為了區區一百二十元，活生生竟上吊自殺了！她彷彿覺得自己的手也沾了血腥，大腦像飛速旋轉的陀螺，剪不斷，理還亂，茫然不知所措，說不清是啥滋味。

屋子外面，秋蟬還在一陣陣地聒噪著。身心俱疲的柳玉扯過薄被蓋住腦殼，一時竟恨不得逃離這個閉塞荒涼的深山小鎮。她好想去跟鄭新宇訴說點什麼，好想舒舒服服趴在他的胸脯上美美睡一覺，好想撫摸他的那雙白皙修長的手……

【註一】趕仗：鄂西方言，打獵的意思。

第二章

一

一九六五年

小縣城的東門外，緊傍香溪河，有一片占地三畝多的水柳林子。林中有一排平房，外面圍著紅磚圍牆。院牆裏面是斷磚鋪的地坪，場壩中央種有兩行小葉女貞，還有小花壇；蘭草和菊花似營養不良，葉片泛黃，花也小，但可以想像得到昔日的風貌。

這個地方，原來是城關公社的敬老院，自從大饑荒時候關了門，房子一直空著。去年秋天，縣民政局雇請了五、六個泥瓦匠，將房子重新粉刷整修，忙碌了半個多月。

水柳林子周圍是蔬菜隊的菜地，春天有豆角、紅菜苔；夏天有西紅柿、辣椒；秋天有冬瓜、葫蘆；冬天有蘿蔔、大白菜。一年四季，田疇裏永遠鬱鬱蔥蔥。林子裏還是許多雀兒們的家：有土畫眉、斑鳩、喜鵲、烏鴉、黃鸝……一天到晚都熱熱鬧鬧嘰嘰喳喳聒噪著。香溪河從南面流過，坐屋子裏，也聽得見淙淙的水聲。

老紅軍戰士、特等殘廢軍人牛二貴一家，如今就住在這套小院子裏。

太陽西斜，陽光透過窗櫺灑進堂屋。一家人剛吃罷晚飯。朱玉娟收拾乾淨桌子，洗完碗筷，踱步進臥室，對著大鏡子攏了攏長頭髮。進城之前，難為正奎大叔關照，她一直在貴生教書的那所鄉村小學做飯。如今沾老紅軍公公的光，她也轉成了非農業戶口，閑在家裏吃得好，睡得好，身上添了肉，皮膚也更白嫩水靈了。

月亮彎彎像小船，

梭羅樹立桅杆。
王母娘娘坐中段，
十八羅漢扯青灘，
吆吆喝喝上四川！

坐在搖籃旁的鄒秀珍，又哼起了那首古老的催眠曲。搖籃還是生貴生那年，牛二貴從山上砍回金竹編織的，早被煙熏火燎得錚亮。奶娃們並排躺著，胳膊彎彎像藕節，大的叫蘭花，小的叫蘭芝。蘭花也不過早出世半袋多煙的工夫，個頭稍大，特別愛啜手指頭。

貴生口齒伶俐，能畫能寫，被安排在縣文教局工作。多虧他娘從小寵他，挖藥草賣，砍柴賣，攢雞蛋賣，想盡苦方法掙錢供他讀書。如今時來運轉，英雄終於有了用武之地。

「媽，我透衣裳去了。貴生下班回來，叫他去河邊接我。」玉娟說。她知道貴生工作得很巴結很上心，所以忙得晚飯經常是在文教局食堂吃。

兩條手臂都挎著盛有濕衣裳的竹籃，走起來就得將腰板挺筆直；兩隻豐滿的大乳房就拱得更高了。玉娟羞答答耷拉著眼皮，兩頰如桃花瓣一樣潮紅——幸虧水柳林平日極少有閒人光顧。她喜歡有林子，有菜園的地方。熱鬧喧囂的城內不屑說她更喜歡；亦步亦趨跟丈夫身後在人流中穿行時，又禁不住心兒砰砰亂跳，眼睛只敢盯丈夫的脊背。

待朱家寨子討生活時，女人不識字完全不算缺點。玉娟會做飯炒菜飛針走線，會種茄子、辣椒、洋芋；力氣雖然單薄，背百十斤重的櫟木柴，也能不歇氣走半里地。住進縣城裏就不同了，商店、郵局、菜場、糧管所……就連肉鋪子前，也掛著寫有白字的小牌！第一次去想買糯米熬稀飯，她問價錢。賣糧的姑娘拿白眼瞪她：「都寫著吶！你不識字？」

從此，只要走在大街上，她看什麼都眼花繚亂，瑟瑟縮縮，木頭人似的不敢再開口。每每見丈夫抱大本的厚書埋頭讀，或者伏桌子上一頁紙一頁紙飛快地寫，玉娟心裏就堵得慌，而且慚愧極了，認為和丈夫不般配。

香溪清澈見底，波光粼粼。幾隻肥鴨流連水上，攪起滿河床游絲一樣的漣漪。一個蔬菜隊裏的年輕媳婦也在河邊洗衣，聽見腳步聲，扭頭朝玉娟嫣然一笑。

「洗這麼多呀，也叫你男人幫著透嘛！」年輕媳婦搭訕說。

「他，還沒下班。」玉娟囁嚅說，立刻又羞紅了臉兒，腦殼耷拉著搬一塊鵝卵石坐水邊，兩隻手搓揉得水嘩啦啦響，沒好意思再擡頭。

「你真標致。咯咯，你男人也真捨得累你！」那年輕媳婦笑嘻嘻又說，擰乾最後一件花襯衫，提上小竹籃走了。

標致的白臉蛋倒映在綠水中，畫兒一樣流光溢彩！玉娟知道自己標致。她的腰很細，臀部富於曲線，兩條腿又長又結實。朱家寨子有句俗話叫「標致的吃不得」，山裏人都不太看重標致。而在縣城裏，標致女人總是拽人眼睛——那火辣辣的目光玉娟只要上街就能感受到，讓心裏直發怵。貴生倒有城裏人的作派：輕輕關了廂房門，抱她坐膝蓋上，一邊端詳一邊撫摸，一面小小聲誇耀。她彆彆扭扭不習慣，渾身麻酥酥如有細銀針紮，內心蠻受用。她愛聽貴生誇；丈夫越來越像城裏人也讓她喜歡，隱隱又有點不安。

想到貴生，玉娟下意識用濕手指觸摸懷中揣著的那個小本兒。丈夫最近開始躲水柳樹林裏給妻子掃盲。眼下，玉娟已經能認兩百多個常用字了。

衣裳和尿布都透乾淨了，仍沒有望到貴生來。玉娟挎上竹籃，磨磨蹭蹭重又走進林子。奶有點脹疼，她放下竹籃用手輕輕撫揉了幾下。

她暫時還不太想回家，還想再等一會兒。貴生總喜歡靠著那株歪脖子的水柳樹幹，雙手抱胸前，居高臨下瞧妻子蹲沙地上用木棍兒畫字。天色漸晚，早歸林的土畫眉兒在梢頭啁啾。玉娟蹲沙地上，掏小本兒攤開，一筆一劃照著描。寫字真難，難怪哪怕是大山裏，從古到今，讀書人總受恭敬。好不容易寫成了幾個字，玉娟忍不住又擡頭瞅那株歪脖子水柳，希望看到貴生已靠在那兒，正笑呵呵打量她……

太陽落山那邊去了。晚霞映紅了水柳林，天空漸漸地暗淡了。土畫眉兒還在時斷時續啁啾。玉娟勉強又寫出兩個字，扔掉細木棍兒站起。

貴生不會來了，她悻悻地想，俗話說「端人家的碗，服人家管」，也怨不得貴生。

黃菊英鎖上抽屜，看見業務股辦公室的門還開著，就輕腳輕手走了進去。牛貴生正在幫局長草擬一份報告，肩頭猛地挨一巴掌，唬得兩眼直冒金星。

「秀才，又準備加班加點啊！這份屁報告又不等著要！喂，你還沒去我們家玩過，今天肯賞光嗎？」黃菊英咯咯笑問。

貴生回過神兒，合上筆淺笑著輕輕點一下頭，然後整理好稿紙放進抽屜，擡頭又淺笑，沒有太猶豫，也沒有假模假式客套。他畢竟還是新手，對待分內的工作很熱情，而且很嚴格。在黃菊英看來，這種熱情是不必要的，這種嚴格也沒有頭兒會注意。

行政股副股長黃菊英，瘦瘦高高，大嘴巴、大眼睛，長得蠻有特色。她的魅力在於秉性：熱情大方敢說敢做，親昵起來近乎放肆，高興起來有點忘形，是個天生能博取所有認識者歡心的女人。她總是風風火火，總有方法尋樂子，她的生活就像安裝在好的彈簧上，在縣城這個小小世界裏輕輕巧巧地蹦來蹦去。

「今晚上大家得好好樂一樂。我介紹你去認識幾個人怎麼樣？幾個蠻不錯的人哩！」走在大街上，黃菊英又說，咯咯咯一陣笑。今天是她的三十歲生日。

三十歲啦！她想，硬是光陰似箭，日月如梭，早他媽過了如花兒初綻放的妙齡了啊！

屋子裏已經十分熱鬧。留聲機正播放著蘇聯歌曲〈莫斯科郊外的晚上〉，音量適中，聽著很舒服。客廳不算太大，幾個先到的人正爭論著什麼，聽到腳步聲，不約而同地朝門口張望。他們的衣著、氣質各各不同，或身材壯碩，或均勻適稱，或談吐斯文；大約都知道今天是啥日子，一律都是盛裝前往。只有牛貴生一人顯得遜色：舊中山裝，土藍布長褲；進城後第一次作客，看上去甚至可以稱得愁容慘澹。

「我先來介紹一下。」黃菊英說，「紅軍的兒子牛貴生同志——咯咯，如果他的父親運氣稍稍好點，那麼現在肯定該稱他將軍或者部長的兒子了。縣汽運公司經理吳志國。宣傳部新聞科科長錢玄之。縣人民銀行副行長周建華。文工團樂隊指揮鄭新宇，你們倆也許在局裏見過面吧。咯咯，這三位文工團的女台柱，你大概也看到過。最後這位心寬體胖的老頭，是我丈夫，唱得幾口京戲，炒得一手好菜。大家隨便聊。姑娘們幫我擺桌子。」

牛貴生拘拘謹謹落座，暗地裏自慚形穢，渾身不自在。黃菊英的丈夫沈宏坤，是縣計委副主任，前幾天牛貴生才剛剛偶爾聽人說過，也是第一次見面。老頭怕五十歲上下了吧，彌勒佛一般笑著；繫花格子圍腰，冷丁看怪滑稽。沈老頭遞過來一杯熱茶，溫乎乎寒暄幾句，又晃悠著進小廚房裏忙活去了。

大方桌中央很快就擺上了托人專程從武漢捎帶來的生日蛋糕，姑娘們一陣嘻嘻哈哈恭維之後，開始專心致志地插那三十支小紅蠟燭。牛貴生還是第一次見識這一類洋玩意兒，目光炯炯看著，暗自驚羨不已。

菜肴也豐盛極了，有全雞、豬蹄、粉蒸肉、腰花、蝦米、松花蛋、海參、武昌魚……還有些貴生都叫不出名兒。白葡萄酒第一次喝，呷進口中，味道好極了！他沒敢多喝，怕失態；扒飯、拈菜也極矜持斯文，一小口一小口地儘量避免露齒，避免吃出聲響來。新聞科長錢玄之曾報導過牛二貴的事情，扭過頭同貴生攀談了幾句。文工團的那幾位女孩出於好奇，也嘰嘰喳喳問這問那。貴生言辭謹慎，字斟句酌，像外交官開新聞發佈會，未免就有點兒煞風景。大家以為山裏長大的人只可能這麼個憨厚樣兒，於是撇下了他，跟熟悉的人大談彼此感興趣的話題，放肆地打趣逗樂，手舞足蹈嘻嘻哈哈。貴生私心更覺得自卑，便將腰板挺筆直硬撐；看見別人笑，也附和著淺笑，還算得體。黃菊英看在眼裏，不時夾一筷子菜過去，心底竟不自禁騰起一縷暖烘烘的憐意。

酒足飯飽之後，又吵鬧著要跳舞，把桌子、凳子都搬進了裡間。沈老頭躡跚過去輕輕地緊閉上大門，說：「盡興玩吧，只是都注意點影響，莫要鬧騰得動靜太大了。」他自己倚著臥室的窄門扇，悠哉遊哉滿面慈祥。

音樂又響起來。吳經理、錢科長、周副行長，一人攬著一位文工團的女台柱，翩翩起舞。是電影《英雄虎膽》中女特務阿蘭小姐跳的那種「倫巴」。小鼓和長笛、喇叭，在留聲機裏壓抑地嗚咽，整個地板似乎也隨著跳舞人腳步的節奏顫動。貴生只在電影裏見識過這種「資產階級腐朽生活」，平生第一次活生生置身其中，早已驚得目瞪口呆，心兒咚咚打鼓，腦子裏噹噹敲鐘；呼吸也不暢，像個快要淹死的人。

第二支曲兒慢悠悠，如細細柳絲在微風中發出的聲響。黃菊英走過來，一隻手搭貴生的肩頭，另一隻手握住他的手。眼見得貴生兩頰泛起紅暈，漸漸地竟像火焰燃燒一般。黃菊英咧嘴淺笑說：「我來教你跳。『慢四』，跟著節拍走就行了。」

貴生心跳如擂鼓，心裏虛得很。他反抗似的咬咬牙關，勇敢地走出了第一步。握在手心裏的這隻手潮潤，柔軟，溫暖；情欲不由分說像電流滿身奔突，像有羽毛搔到癢處……他簡直難於相信：僅僅就握住了一個漂亮的城裏女人的手，怎麼竟派生出這許多複雜的感覺？腳下就有些亂套，磕磕絆絆的，接連好幾次踩著了黃菊英的腳尖。黃菊英虛張聲勢呻吟，一邊搖晃著咯咯嬌笑，送過來一陣陣酒氣。

一曲終了。整個身心都緊張異常的牛貴生，早已經是大汗淋漓，心中卻興奮、快樂無比，面對「資產階級腐朽生活」，竟有點兒神魂顛倒了。他相對來說比較冷靜、順從和懂事，由於自幼為崇尚力量的山裏人所不屑，從臟腑裏分泌的抗爭精神，使他骨子裏一直就反感那些地位暫時比自己高的人物，並且本能地留神於他（她）們的性情、談吐、想法和念頭，在小本兒上悄悄為他們建立個人檔案……

「喂，秀才，都誇你老婆標致哩，什麼時候，也帶來讓大姐欣賞？」黃菊英說，輕佻地擠一下大眼睛。那眼神起到了使人安心自在的作用，閃爍著迷人的笑意；笑意還帶點狡猾的意味，又似乎是那麼的風趣天真，不過有點任性、俏皮罷了。

貴生因為玉娟不識字，害怕會鬧笑話，進城後一直很少陪妻子逛街。他無意識瞟一眼壁鐘，發現竟然已經快十點了，頓時如夢方醒，慌忙手足無措起身告辭。他從來沒有這麼晚回去過，擔心家裏人習慣成自然，會亂成一鍋粥。其實他內心實在捨不得走，完全讓黃菊英和這氛圍給迷住了，倒巴不得一直就這麼樂下去！

太突然了，黃菊英一時也覺意外，不過仍原諒似的朝貴生柔柔地擺了幾下手，並沒有送，然後款款車身，笑眯眯去應酬其他的客人。

街道上已經沒有多少行人了。夜風掠過地皮，涼幽幽可人。滿城燈火如天上繁星一般密密麻麻，空空地輝煌著。

今天真是開眼界了！貴生嚥一口唾沫想，過去的二十七年，簡直真算他媽的白活了！

不愁吃，不愁穿，整天都找不到一丁點事兒可幹；幾百米方圓內又沒個鄰居，想串門也沒去處。牛二貴好寂寞！

他會篾匠，這地方沒有竹園，再說也沒人需要廣口簸箕和大曬席；他喜歡蹲自留地裏鬆鬆土，拔拔草，周圍除了柳陰竟沒有一塊閑田；手頭雖然有了錢，買來酒只能獨斟獨飲，讓他少了興致，況且喝悶酒更容易醉人。這裏沒有娃兒喊他「瘸子爺爺」，一面嬉皮涎臉圍著他討要香水芝麻梨（多好的香水芝麻梨，年年滿樹滿枝）；沒有膝蓋頂膝蓋，煙鍋兒湊著煙鍋兒家長里短談天說地，或者喝醉酒之後，瞪著牛眼睛罵娘；沒有牛鈴叮咚，沒有雞鴨喔喔呷呷——搬家時帶來的幾隻蘆花母雞，擔心可能糟蹋蔬菜惹是生非，陸陸續續早殺光了。縣裏的幹部逢年過節倒是仍舊來噓寒問暖，令他愧疚，反而更不安生。

人就是賤！他想，就是當皇帝了，恐怕也不得安生吧？

想歸想，牛二貴逆來順受慣了，過寂寞的日子也慣了。記得搬家來沒多久，城關小學的老師帶著幾百名紅領巾來到水柳林子裏，要請他講革命故事。於情於理都不便違拗，他說得結結巴巴，「……那天我們肚子鑾餓，正走著，白匪的水機關槍突然就嘟嘟嘟掃過來了，一下子就滾了不少弟兄……子彈頭卡在我腿子裏沒出來，麻藥也沒有，用幾個人按住我的手腳生取。疼得鑽心，我還咬傷了一個弟兄的手！我只搞了那麼一陣子革命，好歹撿了條命。」貴生提示，「您應該講如何打垮白匪，勝利突圍——」他瞪兒子一眼說：「那一次是白匪打散了我們咧！他們人多，槍又好……自己經過的事情，不能瞎講的。」紅領巾們就嘰嘰喳喳聒噪開了。老師的臉皮也窘得通紅……

我反正是個扶不上牆的泥巴老爺，牛二貴想，老都老了，我可學不會耍嘴巴皮子！

晚霞褪盡，水柳樹林裏一片昏矇。鄒秀珍串門回來了，手中捧著一捆兒菜農送的紅菜苔。牛二貴還坐在大青石門檻上慢條斯理地捲著旱煙捲兒，眼睛掠過樹梢，遙望著就快跟夜色溶為一體的青山，很是依戀的樣子。紙煙他吸不習慣，不過癮還上火。鄉下帶來的煙葉只剩兩小把了。旱煙種子倒有，想在花壇上種一些，又不曉得領導准不准許？

「像個討飯的又坐門檻上了，也不嫌凍屁股！」鄒秀珍撇嘴巴嘟噥說。在朱家寨子縮頭縮腦也就罷了，進得縣城來，仍舊是這般打不濕燒不燃！而她，做夢都沒料到會過上這麼順心的日子，睡著了都笑醒了！

進屋擱了紅菜苔出來，鄒秀珍笑眯眯又說：「種菜的韓老頭答應明日送一頭小豬來。往後潲水就不得糟蹋了，也才像居家過日子的樣兒！」

能養個小豬，牛二貴也高興。他瞅瞅小院落，有點擔心地說：「關什麼地方呢？國家的房子，可不敢隨便胡來。」

鄒秀珍說：「我都算計好了，今晚上就搭豬圈！」

屋後陰溝邊有一堆廢棄的斷磚，年長月久，表面已生滑膩膩一層綠苔。鄒秀珍找來畚箕，一趟一趟地搬運，大腳板踩得地皮咚咚直響。玉娟想要幫忙，反而挨了喝斥，「守到奶娃兒身邊去！添亂！我一個人就夠了。」

這時候，屋子外面已看不太分明地上的東西了。玉娟打開靠磚堆的那間房的窗扇，將電燈泡掛窗格子外。兩個丫頭吃飽奶之後哼唧了一會兒，都睡了。悻悻坐廂房內無所事事，貴生還沒見回家，她的心空落落無所依傍。

在鄒秀珍眼裏，電燈泡就像天上的打雷扯閃一樣，讓你反正始終弄不明白。這會兒院落裏亮豁多了。牛二貴看著老伴勞碌，又幫不上忙，手足無措著急。鄒秀珍遞過去一只矮凳兒，讓他坐著砌磚。小豬圈搭在北面角落裏，一邊傍山牆，一邊緊靠小花壇。老兩口兒彎著腰有滋有味忙活，很快就砌好了，兩尺多高，五尺見方。鄒秀珍抹一把額頭上的汗珠，說：「明日先去林子裏摟幾抱隔年草墊底，再割兩捆白茅草來做頂蓋。你明日去找人討棵竹子，多劃幾匹篾，要把它紮牢實些！」

看著小豬圈兒，兩個人的心裏都蠻舒坦。鄒秀珍直起腰板又望遠處：縣城上空的夜色早被燈火映得一片橙黃。她感歎說：「朱家寨子這會兒黑燈瞎火，人早睡了。縣城裏的人，大白天滿街筒子東遊西逛，到夜裏還點著燈玩，也玩不夠……」

牛二貴說：「貴生怎麼還不見回？該不會出什麼事吧？」

「誰還敢把我們家貴生怎樣？嘿嘿，他幸虧不像你，倒真是越來越像縣城裏人了！」鄒秀珍笑著說。牛二貴拍拍手上的泥污，沒有再吱聲。

二

奶娃兒吃飽了奶水，又讓婆婆抱著串門去了，一人抱兩個也不嫌累。小院落裏好安靜，只有鳥兒的啁啾聲，和香溪河水的淙淙聲。

朱玉娟不禁又回想起了朱家寨子，那兒天空藍得像深潭，山川綠油油望不到邊。而縣城裏，不過滿眼的黑瓦灰牆，雖然已經來了大半年，仍像一塊疏遠、陌生的地方，同自己毫無緣分。貴生不在家時，日子格外漫長，有時候，真不曉得如何打發光陰。

她蔫蔫地走回廂房，關了門，坐鏡子跟前發呆。三屜桌原來是廚房裏用的一張舊桌子，重新刷了一層棕色油漆，上面亂七八糟甩著十多張兩面都寫了字的廢紙。桌子角上有一把斷了幾根齒的木梳，一盒兒雪花膏。

貴生陪局長下鄉去半個多月了。玉娟每天將認得的字抄寫兩遍，已經抄膩了；想學新字沒人教。那本舊書裏面不認識的字太多，勉強讀兩頁，又狠狠扔回床頭。找不到活兒做，閑得心裏更慌，這種難受，以前根本沒有過！

——我也去那個文化館裏看看！心底冷丁冒一個大膽的念頭。玉娟知道丈夫平日最喜歡去文化館，曉得那是個堆放各式各樣書報的地方，很早就蠻想去看看。

玉娟仔細地梳理好頭髮，換了件寬鬆的藍底暗花紋的偏搭襟薄夾襖；因為擔心傳言中流裏流氣的縣城痞子，決定不抹雪花膏了。丈夫不在身邊時，她只由婆婆陪著去過幾趟糧店和百貨公司。有婆婆跟著，心裏要踏實得多。

好不容易才打聽到文化館閱覽室的去處。玉娟像偷兒樣哆哆嗦嗦拿過一本《中國婦女》，坐到偏僻角落，再也不敢擡頭。柳玉剛巧站在報架前翻一篇文章。她當然認識牛二貴的這個兒媳婦。她年初才從鄉下重又回到文化館，仍舊擔任副館長。因為在「四清」運動後期立場不堅定，旗幟不鮮明——受訓斥倒無所謂，心情也弄得灰溜溜的。她可不願渾渾噩噩虛擲年華，眼下正在調整沮喪透了的心情，希望能很快振作起來。

「……來看書？我們見過幾面了呢，在朱家寨子和夫子鎮的公路旁。咯咯，你叫什麼名字？」柳玉搭訕說。

彷彿整個閱覽室裏的人都朝這邊張望！玉娟感覺到臉皮紅得烤人，兩隻手怎麼捧著書本都像古怪滑稽。她恨不得丟了書籍趕快逃回家去，發軟的腿杆偏偏怎麼也不聽使喚！

這個女人是誰呢？玉娟想，她準是看出我是個不識字的鄉巴佬了！「我……我叫朱玉娟。」囁嚅聲如蚊蟲嗡嗡，幾乎聽不清。

「咯咯，怎麼還羞答答像大姑娘？都已經當媽媽啦！」柳玉說，放肆地笑彎了腰。

真是個單純透明的人兒，冰清玉潔，腸腸腦腦一覽無餘！她暗自感歎，不忍心再逗趣，親昵地摟緊玉娟的肩膀，不容扭捏，擁著她走進門口掛有「閒人免進」牌兒的藏書室。

天爺，好多書啊！密密麻麻擺滿四壁，一直摞到了屋頂！玉娟的眼睛睜老大，整個身心為之一震，驚訝得都合不上嘴巴了。

「《牛虻》、《鋼鐵是怎樣煉成的》。看過沒有？你以前都喜歡看哪些書？」柳玉抽兩本書遞過去，眯眯笑問道。

太厚了，玉娟想，生字一定也多，我只怕一輩子也認不完全吧。她戰戰兢兢接過書雙手捧著，陡地感到好傷心，腦殼也跟著垂下來。

「我，我認不得那麼多的字。我、我，沒進過學堂門……」她望著鞋尖說。

這會兒，輪到柳玉吃驚了，簡直不敢相信！多麼本色，又是多麼標致的人兒喲！她深深歎息，才記起玉娟是老榨房主朱繼久的孫女兒。柳玉自作主張，在書架前又找了薄薄一本《小英雄雨來》和連環畫《雞毛信》遞給玉娟，大略地講了兩個故事的梗概；發現她似乎並不急著回家，於是，笑嘻嘻牽著她的手朝宿舍走去。

柳玉就住在閱覽室的樓上，房子不大，收拾得很乾淨很雅致。靠牆擺一張大床，兩床薄被子一綠一黃，軟緞的，八成新，疊得像豆腐乾；有一張棕紅色大櫃，錚亮，可以照見人影兒，櫃頂摞著兩口咖啡色大皮箱；四壁空蕩蕩，只掛了張嵌在刷有金粉的木框裏的畫兒，畫的是兩個穿裙子的洋人姑娘，一個坐窗臺上，一個站在旁邊，都朝外張望什麼——裙子稀薄透亮，隱隱看得見皮肉。玉娟覺得看這種畫兒讓人怪難為情，耷拉下目光，朝書桌走過去。書桌上堆了不少書和薄紙片兒，有個長頸子玻璃酒瓶，裏面還剩半瓶兒黃顏色的酒。玻璃板底下壓了好多大大小小照片，中間的一張還上了彩：柳玉穿一條花裙子在草地上飛跑，身後跟一個戴眼鏡的男人，笑嘻嘻牽著個小男孩，也在飛跑。

「他是你當家的？」玉娟指照片上的那個男人結結巴巴問。柳玉大笑，笑彎了腰。

真是的，又有啥值得笑呢？玉娟莫名其妙，只好傻乎乎陪著笑。柳玉笑夠了，掏手絹擦淚花兒說：「男人女人都是人嘛。他當他的家，我當我的家。」

玉娟想了想，覺得這話兒在理，還蠻新鮮；再仔細想，反而又更糊塗了。

「咯咯，你那位當家的呢？又下鄉去了是不？」柳玉問。玉娟重重地點頭，擔心話出口又要惹得人家笑話。

「也叫你那當家的，給你縫件春秋裝嘛！年紀輕輕穿偏搭襟，把我們的美人兒穿老氣了！」柳玉又說。玉娟垂著頭答不上話，手指下意識揪著夾襖的下擺，慪也不是，惱也不是。

可能我也太霸道、太冒昧了吧，柳玉想，這小媳婦兒也真惹人憐愛！沈默片刻，像想起什麼，她從大櫃的底層拿出一件銀灰色細呢子列寧裝，對玉娟說：「穿上試試。叫你穿你就穿嘛，別扭扭捏捏啦！」

玉娟還從未跟陌生人打過交道，懵懂了，不知所措，像木頭人一樣任柳玉擺佈。

「哈哈，挺合身的，也挺神氣！這叫『列寧服』，媽媽塞給我的，解放初期最時髦了！」柳玉自鳴得意說，推玉娟來到穿衣鏡跟前。

玉娟還是第一次站這麼大的鏡子跟前從頭到腳打量自己，瞅了一眼，便捂住臉不好意思，心裏實在又忍不住，目光透過指縫貪婪地瞅。

天爺，一點也不像朱家寨子的女人了！她驚訝地想，倒蠻有點像女工同志呢！

柳玉硬是不讓她脫了再換那偏搭襟小夾襖，當即就把列寧服送給了玉娟，不要還不行！玉娟紅著臉推辭了好一會兒，最後還是收下來了。

「這衣服是你買的？你一個人上街了？」鄒秀珍皺眉頭問道，像看怪物一樣看身著洋裝的兒媳婦。她好像也才剛剛回到家。

玉娟一時間臉紅脖子粗，含含糊糊點一下頭，又解釋說：「這種式樣叫列寧服。」

「外國式樣，不好看，太薄，不暖和。」牛二貴和鄒秀珍破天荒剛剛去上了一趟館子回來，紅光滿面興奮，打著酒嗝兒說。隱隱記得還是當紅軍的時候，他曾偶爾聽曹團長講過，所以曉得列寧是外國人。

玉娟只低頭笑笑，沒有敢再吱聲。

他們踏進餐館的門檻時，朱正奎還在手舞足蹈謙讓。鄒秀珍用兩隻大手撐著他的脊背，硬將他推到了餐桌旁。牛二貴也緊緊抓著朱正奎一隻胳膊，被拖得趔趔趄趄。三個山裏裝束的人亂作一團呵呵大笑著。跑堂的和幾個在餐館吃飯的，也都望著這三個人笑。

一搪瓷缽肥腸湯，一盤青椒炒瘦肉，一盤白菜梗炒豬肝；主菜是一條尺多長的鯉魚。牛二貴咬咬牙，還準備再叫一個菜。朱正奎連聲喊夠了夠了，差不多是在哀求。又打了一斤半包穀酒，買了三碗包穀面飯，共花費了九塊七角五分錢。

「買包穀夠一個大人吃兩個月哩。真是嚼得錢渣子響啊！」朱正奎咧嘴巴說，的確替他們心疼錢。他瘦多了，風塵僕僕，滿臉黑毛毿毿。能夠在縣城裏堂堂皇皇下館子，招待朱正奎，牛二貴和鄒秀珍覺得蠻風光，兩個人的汗毛孔裏都溢著暢快！

「熊娃子、虎娃子都還好？叫他們也來城裏住幾天嘛！」鄒秀珍大聲說，大口大口扒著飯，大筷子拈著菜。人活著又能好到哪樣呢？朱正奎呷一口酒想，人啊，只有斷了氣兒伸了腿兒，才好，也才了！他說，「好好，都常念叨著你們咧！」

熊娃子二十歲，虎娃子十七歲，堂客【註二】生五胎只存下這兩個種，長得和朱正奎一樣牛高馬大，一頓吃得下一斤八兩包穀面飯。春節前，搞「公物還家」，抵押退賠，工作隊牽走了他們家預備過年的一頭肥豬和兩隻山羊。熊娃子虎娃子不依，被他橫扁擔給擋住，氣得差點兒吐血！朱家寨子田土少，要吃半年的返銷糧，幾乎家家都欠國家一屁股口糧款。

朱正奎蠻餓似的，埋著頭大口吃喝，又好像有滿肚子的心事，欲言又止。牛二貴一小口一小口地呷酒作陪，閒聊時斷時續，遠沒有朱家寨子那酒席間的熱鬧氣。餐館裏也沒有幾個顧客，空蕩蕩的大廳顯得十分冷清。

「繼久老頭的身骨子還怎麼樣？還甩得動撞杆不？」鄒秀珍又問，厚嘴唇油光光，腮幫子兩旁也蹭著油膩。

「他倒是還能吃能喝。早就沒讓他榨油了，天天跟在大田裏混工分。」朱正奎說。又說，「自你們走後，寨子裏大會小會不斷，熱熱鬧鬧像土改。地主富農不許亂說亂動，隔三差五弄臺上鬥爭。托你們的福，這回總算還沒說我『四不清』，還沒叫我下臺。」

「繼久老頭勤扒苦做了一輩子，到頭來仍孤家寡人待著，也怪可憐的。」鄒秀珍感歎說。

大老遠地進城來，朱正奎原本想跟牛二貴商量件事兒：把寨子裏的空房暫時借給他們家住。熊娃子下過月要結婚，房子怎麼挪騰也不夠住。原本想這事兒好商量，房屋沒人住會朽壞得更快。談到朱繼久，朱正奎陡地覺這事兒倒說不出口了。說朱繼久賊心不死妄想推翻共產黨他不相信，上面要鬥爭這些四類分子，他只能組織大夥兒去鬥爭。榨房裏的活肯定不能再讓朱繼久幹了；快七十歲的人了，也幹不動了。那破窩棚八面來風，怕也支撐不了多長日子了——到時候，難道說叫朱繼久去住岩屋？

一邊鬥爭人家的親戚，吃人家請的酒席，一邊又想找人家借房子，也太不仁義了，朱正奎想，不仁不義的事兒，我可不能去做！

「拈菜吃，擱這兒浪費了。」牛二貴望著朱正奎說，「有啥作難的事兒儘管開口。我曉得沒要緊事兒，你不會進城來的。」

「哪兒呀！實在是悶得慌，說走就走了。嘿嘿，你們家屋後的那棵芝麻梨，今年的花開得好繁！過日子嘛，哪有不難的理兒呢？一輩子難過，一輩子也快過完嘍。」朱正奎搖晃著腦殼訕笑說，說罷又埋頭喝酒。

倒還是原來的那麼個牛二貴，朱正奎酸溜溜地想，大半輩子窩窩囊囊靠著鄒秀珍才活下來的人，如今倒反而有力量幫助別人了！世界上的事兒，也真他媽的難說！

鄒秀珍已經擱了筷子，正笑眼眯縫地望著他吃。

這一切都是命！朱正奎又想，任你有天大的本事，命裏沒有還是沒有！

「大伯，大娘，你們好哇！喲，小丫頭長得真胖……」

鄒秀珍正兩手輕輕晃悠著搖籃，擡起頭漠然瞅著，覺得像在哪兒見過眼前這個城裏女人。牛二貴認出是去年秋天在大隊部問過他話的女工作同志，站起身讓坐；又不曉得該如何稱呼，搓著手乾著急。朱玉娟在廚房裏洗碗，聽到聲音慌忙迎出來，一面解圍腰揩著濕手。

「嘻嘻……怎麼沒有看見你那個當家的？」柳玉又打趣說。

「他抱蘭花到柳林子裏逛去了。」玉娟說，沖一杯糖水遞給柳玉，轉身又對公公、婆婆介紹說，「她是縣文化館的柳館長。」

「是去年秋天，第一個問起我腿來的女工作同志咧！」牛二貴也補充說。

鄒秀珍的眼睛猛地一亮，像遇見了大恩人，端一把扶手椅用袖子抹抹，恭敬地塞到柳玉屁股旁。柳玉應酬地點頭笑笑，沒有坐，無目的挪著步子，心不在焉地茫然四顧。

丈夫鄭新宇陪縣委劉書記下鄉去一個多月了，音書無個。柳玉聯想起去年自己在工作隊裏的際遇，隱隱擔心又會出什麼意外事兒，所以過來散散心。

進到玉娟的小廂房，見三屜桌上擺著鉛筆和十多張廢紙片；《小英雄雨來》翻開著，上面壓一把斷了幾根齒的舊木梳。柳玉說：「蠻勤奮嘛，又認得不少字了吧？」

「沒有人教。貴生老是抽不出工夫。只恐怕學不成器咧！」玉娟苦笑著囁囁嚅嚅回答。

柳玉拉玉娟到面前說：「莫盡說些喪氣的話。你只要喊我一聲『大姐』，再認真磕上三個響頭，從今往後，由我來教你！」

「大姐——」朱玉娟失聲喊道，羞答答就要下跪。柳玉慌忙一把抱起，兩個女人摟抱著倒在大床上，笑得喘不過氣來。

笑夠了，倆人重又坐好，柳玉像發現什麼，責怪她，「怎麼不把列寧服穿上？眼下季節正適宜嘛！我可不收穿老式偏搭襟的女人作我的學生！」

「我，怕貴生不喜歡那種外國的浪蕩式樣……」

「都新社會了，誰還怕誰呀？去穿上！」柳玉大笑著催她趕快換衣裳。列寧服剛穿好，就聽見貴生哼著曲兒，從水柳林子裏回來了。柳玉輕輕推玉娟一巴掌，戲謔地嚷嚷，「當家的，快來瞧你媳婦兒，看漂亮不漂亮？」

丈夫聞聲，走進廂房來了。玉娟羞澀地迎上前，小小心心接過偎丈夫懷裏的蘭花，十分不好意思。貴生昨天才從鄉下回來。他簡直不敢相信這個穿列寧服的曲線畢露的洋氣女人是自己的妻子，十二分驚訝！

「嘿嘿，柳館長來了，稀客哩！」貴生掩飾地寒暄，矜持地揉搓著手指。他經常去文化館借書，彼此打過幾次照面。

「莫打官腔，和你媳婦一樣喊我大姐好了。」柳玉說，有點喜歡上這個家了；喜歡這幾個靦腆、憨厚、童心未泯的山裏人。「記得當初，我們怎麼就硬是認定你爸爸是國民黨殘渣餘孽！事後想也真可笑。」她又說，朗聲大笑。

三個人一起走出廂房。夕陽餘輝在堂屋的泥巴地上繪長長一塊白板，隱隱還能聽到小豬娃哼唧；空氣中瀰漫著溫煦閒適的農家氣息，挺溫暖人。

貴生訕笑說：「真還得謝謝你們。要不是這次運動，爸爸到死也不會有人知道他當過紅軍。塞翁失馬，安知非福？」

鄒秀珍接過兒子的話茬兒，「我就曉得！把你爹擡到我們家來時，人瘦得像根蒿杆兒，半條腿血糊糊的。聽我爹說，土地埡那條深溝裏，死了好多紅軍啊，又沒個人收屍，豺狗子把胳膊腿兒撕扯得滿坡都是，溪溝裏的水都染紅了……」

牛二貴怯生生乾笑，一聲未吭，心裏直煩老伴瞎咧咧。撿了條命，又沒立啥功勞，有啥值得嘮叨的？縣民政局每個月派人送來六十塊錢，他捧在手板裏，總覺得問心有愧，覺得對不起政府的這六十塊錢。

大家又隨便聊了會兒，柳玉起身告辭了。貴生一直將她送出水柳林子。回到屋裏，他再一次從頭到腳仔細打量妻子，笑眯眯問：「你究竟從哪兒弄來的這件衣服？」

玉娟怯懦地瞅丈夫，臉紅脖子粗，好半天才答上話兒，「……柳館長硬要給我的。」

「天爺，看不出你還蠻善於交際咧！」貴生喜形於色說，的確十分意外。妻子端坐在床上，兩隻手拘謹地擱兩條大腿中間，嫋嫋婷婷，秀色可餐，列寧服徹底屏蔽住了她身上的鄉巴佬氣息——簡直像個大學生！還有：貴生從未敢奢望過能夠在自己家中接待柳玉。她受過高等教育，美麗、聰明、氣質高雅，聽說父母都是知識分子老革命——又有誰料得到，這麼樣一位可望而不可及的公主，竟會喜歡上玉娟？

「舊時王謝堂前燕，飛入尋常百姓家！」貴生暗自吟哦，想入非非，內心蠻得意，有點兒意馬心猿！

鄒秀珍抱著蘭芝進屋子裏來餵奶，嘮叨幾句之後，又數落起兒媳婦身上的列寧裝來。貴生打斷她的話，出乎她意料地說：「縣城裏，像玉娟這樣年紀輕輕的，哪個還在穿老式樣的偏搭襟？也該給她去做兩件時興點兒的衣裳了。」兒子是鄒秀珍的心尖尖，當然有求必應。她立刻改口說：「我們懂個啥？明日你就陪著她去百貨公司再買一件，最好挑那種有花兒朵兒的，選腰身粗點兒的。」

臥室裏靜悄悄，小臺燈的光很柔和很溫馨。柳玉斜靠在床頭，翻著《安娜・卡列尼娜》，腦子裏還在想著牛二貴一家子，並沒有真正看進去。

鄒秀珍像生活在北極的愛斯基摩老太太，屁股又大又結實；寬顴骨，鼻子扁平，顯得既溫和馴順，又潑辣強悍。牛二貴羸弱、拘板、內向；因飽經滄桑，才心如古井吧？貴生的模樣兒倒有點兒像他爸，清瘦、單薄，有點點內秀……突然就又想起鄭新宇來，想到所有那些駐村鎮工作隊員們必須具備的「如秋風掃落葉」、「如冬天一般殘酷無情」的鬥爭心態……柳玉的心一時更亂，索性扔了書，仰面攤在大床上發呆。

縣文工團的樂隊指揮，原本勿須去「四清」工作隊。鄭新宇剛到小山城不久，曾經搞過一陣子民間音樂的調查、研究，認真勁兒和好奇心，使得他的那段搜集古歌、民謠的走山串寨的日子，過得愉悅興奮，激情洋溢！

歌師傅我唱歌天不怕，
我住在天邊雲腳下。
太陽是我的趕仗狗【註二】，
月亮是我的走馬燈，
皇帝是我的親外甥！

太陽出來照白岩，
妹睡牙床沒起來。
去年的相思還沒好，
今年又把相思害，
恨不得挑起相思賣！

……從此以後，「五句子歌謠」好像一直在鄭新宇的耳畔迴盪；對於閉塞原始的山鄉和淳厚古樸的山民，一日更甚一日地神往和憧憬著，就一次接一次地申請。劉書記十分欣賞他的執拗勁兒，成全他，帶著一起去了蹲點的那個公社。

「柳玉你應該注意些，稍稍地鬆弛一下可以，太消沈，太玩世不恭，就有悖於我們決定到基層來的初衷了。」分手的那天晚上，做愛之後，她渾身清爽地趴鄭新宇赤裸的瘦胸脯上，聽到的就是這麼一句話。鄭新宇很嚴肅很興奮，修長的手指輕輕撫摸她的細腰，目光如炬正視前方，倒像是一位即將率軍遠征的將軍。

有一句很時髦的話經常掛在鄭新宇嘴邊：你想要知道梨子的味道嗎？就應該親口去嚐嚐梨子。鄭新宇知道自己是個書呆子，所以對社會實踐格外嚮往。

走出彼得堡？柳玉想，這已經是我們倆第二次走出彼得堡了……

也許還真沒有必要太擔心，她懶洋洋自我安慰。鄭新宇也是個只有碰得流了血，才承認刀子厲害的執拗主兒，了不起再添一個「立場不堅定，旗幟不鮮明」的典型，等到飽嘗了「梨子的味道」之後，沒準兒還更能潛下心幹自己的專業，於國於家，說不定都有好處。

我倒是應該振作起精神來了，她又想，長此以往，很難保證我不會像黃菊英……

柳玉其實同鄭新宇一樣，羅曼蒂克，叛逆，好幻想，敢說敢當，也都是文教局行政股副股長黃菊英家的常客。柳玉喜好五彩紛呈，厭惡單調，渴望無所顧忌、隨心所欲的生活。小縣城因循守舊，老態龍鍾，如黃菊英一般血肉豐盈，率性而為，說話像孩子一樣口無遮攔的角兒，簡直寥若晨星！百無聊賴時，去她們家舞舞手臂扭扭胯；或者說說俏皮話，丟丟媚眼兒，最最受女主人的歡迎！

生活也實在太單調乏味了，柳玉一動不動躺床上，還在胡思亂想。山巒如高牆拱衛，縣城像一眼漾不起漣漪的古井！這會兒，她心底的某種精神，便彷彿樹幹裏的液汁一樣無聲湧動。那是沒有耗盡的青春活力，在遭到暫時挫折之後的重新躍起吧。

三

柳玉是一個頗引人注目的人物，有關她的故事也特別多，說好說壞不一而足。

她是黨員（據說十七歲時就入了黨），二十九歲，父母都在省公安廳工作。她一九五二年參軍，一直搞文藝宣傳，有少尉軍銜。後來被保送進大學裏深造，再後來不知為什麼，就從部隊轉業了。開始時被分配在D市話劇團當編導，她偏偏有福不享，前年，將四歲的兒子丟給父母，和丈夫鄭新宇一起來到這個小縣城。她抽煙，也喝點酒，穿著打扮一忽兒整潔，一忽兒蓬頭垢面，全然不在乎旁人說短道長。夏天裏經常穿一件光膀子露脊背、只遮了半邊屁股的鮮紅游泳衣，和只穿三角褲叉的丈夫手牽手在香溪河裏打鬧嬉戲。滿河床拳頭大小的鵝卵石白光光。雪一樣的細碎浪花和雪一樣的白淨皮肉潑刺跳躍，吸引好多少見多怪的老人和小孩站河堤上觀望。山城裏的姑娘媳婦們，夏天時穿及膝的短褲上街，也會被視為有傷風化。街頭巷尾著實熱熱鬧鬧議論了好一陣子。因為柳玉不但是外地人，而且地位特殊（聽說行署副專員曾是她爸爸的部下），沒有人敢出面干涉。

去水柳林後的第二天早上，柳玉又碰見貴生了，隔老遠就打招呼說：「嗨！叫你老婆來玩呀！她還欠我三個響頭沒磕咧！」

大街上人來人往。貴生走到柳玉跟前，難為情地訕笑，說：「她人太笨，恐怕也堅持不住，白白浪費了你的時間。」

「不要替她謙虛。我看得出她饞渴望學習，讓她沒事兒就過來找我。」柳玉說。

晚飯後，玉娟真地來了，手裏握著那支半頭鉛筆，靦腆拘謹縮手縮腳，倒還真像是一個本份守紀的乖乖小學生。

業餘時間總算有正經事兒可幹了，柳玉樂陶陶想，喜出望外，教化玉娟這般標致的年輕姑娘識字讀書，更可稱得是勝造七級浮屠的吶！

柳玉請玉娟坐進高背椅中，默默沖一杯奶粉遞過去，畢竟還從來沒有過教育小學生的經驗，她顯得有點兒不知所措。

只能通過讀書來教她認識生字了，柳玉想，我可當不了正經八百的老啟蒙先生！

站在書架前斟酌片刻，柳玉抽出吳運鐸的自傳體小說《把一切獻給黨》，車身緩緩地遞給玉娟，終於沒能忍住，「撲哧」地笑出聲來。究竟該怎麼教玉娟，她心中沒譜兒。她最最作不到的是四平八穩一本正經，撲哧笑就因為想到了所謂的「師道尊嚴」。倒把玉娟給嚇壞了，呆滯滯望她，如丈二和尚摸不著頭腦。

「今天就隨便聊聊天。你也可以給我講講山裏的習俗。」柳玉說，「明天正式開始。這本書每天讀兩頁，先弄懂內容，然後再教生字。最後，把每個生字抄十遍。」

沈默了一會兒後，玉娟怯生生問：「什麼叫習俗？」

「習俗就是習慣和風俗。」柳玉淺淺一笑，十分規範地回答說。

玉娟又問：「那什麼又叫風俗呢？」

得翻一下詞典了。柳玉念道：「風俗指社會上長期形成的風尚、禮節、習慣的總和。」

玉娟再問：「什麼又叫風尚呢？」

讓規範化見鬼去吧！柳玉心煩地想，這麼提問會沒個止境，簡直成多米若骨牌了！

柳玉真正招架不住了，合上詞典訕笑說：「一句話：習俗就是老規矩，就是老一輩人一代代傳下來的習慣和禮節！」

玉娟想了一會兒，細聲細氣呢喃起來，「在我們山裏面，老輩人常說『亡者為大』。人死了，不論輩份高矮，也不管在世時恩怨咋樣，活著的都要去他的棺材前行個禮，燒幾張紙錢。前些時候，正奎大叔來城裏講，天池觀大隊的董書記上吊死了，工作隊還不讓家裏人給他磕頭燒紙。工作隊的同志怎麼不講習俗呢？」

「工作隊……大多是城裏人，不懂山裏的習俗！」柳玉說，心裏一陣陣堵得慌。

真叫哪壺不開提哪壺，她想，硬是沒法兒讓人愜意輕鬆！倒也實在怨不得玉娟。

「好悶，我們出去走走吧。」柳玉說，看看玉娟，淺淺笑又安慰說，「『亡者為大』就是一種習俗，你講得不錯。」

夜色很好，清輝涼幽幽滋潤著。初夏的河風吹拂在臉上身上，讓人舒服極了。河堤上沒有幾個行人。她們倆親密地依偎著緩緩踱步，一時間誰都沒有開口。

「是柳館長吧？正找你哩！看著黑影兒彎像，便跟過來了。這位美人兒是——」

柳玉轉身，認出是錢玄之，十分高興地說：「幸虧你眼力好，剛剛從鄉下回來？她是文化局牛貴生的老婆，朱玉娟。我們正打算溜達到夜半再回去哩！」

「哦，好像見過一面的。」錢玄之伸手過去握握，又說，「鄭新宇叫我帶個口信給你，說他很好。他也的確忙，下去了就單槍匹馬一頭扎進最基層，挨家挨戶竄，結交了好些老老少少的朋友，劉書記偶爾有事，也難得找到他。白天滿山滿寨子跑，晚上就趴煤油燈下整理筆記，什麼山歌、故事、方言、俚語、民俗、風情、掌故、傳說……連一些陳穀子爛芝麻的家長里短恩恩怨怨也都記錄了不少，已經記滿滿幾大本了。他興致高得很，說要一直蹲到『四清』運動結束了再回；還說等稍微閒暇後，再給你寫封陪罪的長信。」

柳玉咯咯笑說：「無所謂。他是個書呆子，又是第一次到生活的最底層，所以興奮。什麼時候你再下去，也幫忙給他捎點兒營養品去。」

錢玄之也嘿嘿笑了，說：「老鄭能吃能睡，根本沒有瘦，倒是曬黑了不少。」

「柳老師，明晚上我還來不來？」玉娟耷拉著頭怯聲怯氣問道。呆呆地站旁邊聽著別人熱熱鬧鬧說話，她一時還不太習慣，倒像被人小視了似的，顯得彆不自在。

「怎麼能不來呢？每天都應該堅持來！」柳玉說，「明天我們正式開始。」

明天的確是一個好詞兒，柳玉樂滋滋地想，有明天就有希望！

「管不了啦！屋裏屋外我一個人忙！你把你媳婦寵得好，除了一天奶幾遍娃兒，有時候連衣裳也不幫忙洗了，像她那個給槍斃了的老子，一天到晚寸草不拈……我的命好苦啊！過去給她爺爺幫工，受盡了她的爺爺、她的爹壓迫剝削！如今老了，又還要伺候她！嗚嗚嗚……」鄒秀珍大聲嚷嚷，無師自通而且熟練地運用起了早已深入人心、戰無不勝的階級鬥爭理論，衝著剛剛跨進門坎的貴生一陣傷心地號啕。

豬娃還在小豬圈裏哼唧。剛才，蘭花和蘭芝為爭一塊餅乾，還扭成一團哭鬧，這會兒餅乾也不要了，坐大床上圓瞪淚眼望著婆婆。牛二貴正在給種植在小花壇裏的幾十棵煙苗捉蟲子，慌裏慌張進屋來問：「怎麼啦？好好兒的煩啥呢？」

「娘，玉娟有正經事兒哩，她在跟柳館長學著認字……」貴生微笑著解釋說。一個多月來，妻子風雨無阻雷打不動，差不多已經讀完了《把一切獻給黨》，學了不少生字生詞！他暗自高興，也預感到母親正在積蓄憤懣，會有忍不住的那一天。

「她認字有啥作用？拖兒帶母的，未必還指望將來去當工作同志？」鄒秀珍抹著淚花，惡聲大嗓說。她號啕全是作給貴生看的。兒子說得頭頭是道，她白號啕了。

「玉娟憑什麼就不能出去工作？只要她有文化！爹為革命流過血吃過苦，如果肯去跟劉書記開口提要求……」貴生一臉兒淺笑，望著父親說。

「我——」牛二貴張口結舌，臉頰也脹紅了；嘴巴裏像突然被塞進一塊燙舌頭的沾糊糊的高粱糖，窘迫得厲害。貴生掏幾粒水果糖分給女兒，又一隻手抱起一個，逗著笑著，一起去豬圈旁看小豬。

爹本來可以憑老紅軍牌兒多爭得點什麼，貴生想，爹太老實了，所以窩窩囊囊過了半輩子。娘的那幾句程式化的「想起往日苦」，倒讓兒子回憶起讀高中時受一些城裏刻薄同學的氣：他們嘲笑他的衣裳式樣，譏諷他苦讀書不過是想擺脫鋤頭把兒……

那時候也真可憐！貴生想，有些事兒，真可謂踏破鐵鞋無覓處，得來全不費工夫！

鄒秀珍悻悻地開始生火做晚飯了。柴禾有點兒濕，小廚房內霎時青煙瀰漫，薰得她直淌眼淚。朱家寨子的老人，娶兒媳婦之後，婆婆就不再下廚房了；但吃飯時仍同兒媳婦一樣，得待在竈台旁。鄒秀珍沒有受公婆挾磨的福份，一直是個自由媳婦。可是，如這般由著兒媳婦的性子滿世界跑，也太出格了！俗話說：「買牛要買喳喳角【註三】，嫖姐要嫖遼遼腳。」遼遼腳是專指喜好無顧忌四處亂跑的腳板。走的路多了，見識當然也會多，特別是年輕漂亮的媳婦兒，就更容易變成騷母狗了。

倘若讓兒媳婦也出去幹工作，那簡直更糟！鄒秀珍邊切菜邊想，玉娟太標致太水靈，又一直沒有爹媽管教，不曉得禮數；從小孤單少見識，待人接物不知深淺。貴生像他爹，天生一副軟泥巴瓢性格，自結婚到現在，一次也沒見捶打過媳婦！

鄒秀珍也和大多數山裏人一樣，認為不會捶打媳婦的男人只能算半個男人，只能算比如牛二貴那樣的帶殘疾的人。

湯水在鍋裏咕嚕嚕翻白泡沫，切菜聲一陣陣咚咚像擂鼓！孤零零坐堂屋裏的牛二貴默然聽著這些響動，腦子裏千頭萬緒。在山裏時，鄒秀珍待玉娟如親生女兒，對老親家朱繼久也照顧得仔細；如今竟然用起了鬥爭會場面上的那些詞句，連最傷人的話也敢衝著自己最親近的人胡說，不管不顧！

一切都變得太厲害了，他暗自感歎，老伴、兒子、兒媳婦，都好像換了個人！難怪朱繼久老是說城裏不是個善良住所，長此下去，本來和和睦睦的家庭，只怕到頭來會折騰得婆媳生分，雞飛狗跳哩……

街燈亮了。逛夜市的人摩肩接踵，窄街面上人聲喧囂，熙熙攘攘。牛貴生兩手插褲兜中佇立在街燈下，像一滴油珠兒，溶不進如水一般洶湧的陌生人流。

不遠處，黃菊英正津津有味地聊著什麼。沈宏坤一臉慈祥，步履笨拙憨態可掬。他們倆面對商店櫥窗的白熾燈光走著，彼此拉開不到一米的距離。貴生背對燈光，原本打算去黃菊英家坐坐的，擦肩而過時發現他們逕直朝商店大門去了，也就沒有吱聲。

漫無目的繼續朝前徜徉，貴生心底油然生一種落落寡合的味兒。他畢竟不是縣城土著，初來乍到又無甚名聲，當然也就沒多少人可以寒暄，沒有人會格外多瞅你一眼；最初的新鮮感過後，接下來只是空落落形單影隻。

黃菊英家又去過幾次，那嬌笑，那媚眼兒，牙齒比去皮的杏仁兒更白，頭髮漆黑，像烏鴉的翅膀……真正攝人魂魄吶！貴生更羨慕的是她們家的燈紅酒綠，高朋滿座，因為並未受到格外的親昵，暗自亦有些自卑和不服氣。

單論模樣兒，玉娟其實並不比黃菊英差多少；她所差的，不過只是一名職業婦女的地位、身份，還有隨之而來的氣質。貴生已經打聽到縣文化館的人員編制還有空缺。他眼下的當務之急是廣交有用的朋友，盡可能早地替老婆也謀一份工作。

八點半鐘，玉娟學習回來了，眉頭頻鎖，隱隱像藏著什麼煩心事。

「怎麼這麼早就回來了？不太高興？柳老師訓你啦？」貴生問。

「柳館長的丈夫從鄉下回來了。聽說是劉書記讓他反省，好像還說要處分他……」玉娟望著丈夫傷心地嘟噥。

「你都聽到了些什麼？」貴生問，大吃一驚。鄭新宇瀟灑斯文，與世無爭，雖然他們彼此之間僅打過幾次照面，貴生對他的印象一直好極了。

「好像為件啥事兒，跟劉書記吵起來了，說劉書記捕風捉影亂下結論，什麼『政治上草菅人命』……說的有些東西我也不懂。」玉娟沮喪地回憶說。

貴生沒有再往下問了，小廂房內一時像冰封雪鎖。

文工團的樂隊指揮，何苦硬要去摻和鄉下的事兒？他暗暗在心底埋怨，得罪了劉書記，又能討到什麼好處？

窗外一片漆黑，蘭花蘭芝睡得正香甜。他的確為柳玉和鄭新宇擔心，或者說是特別渴望了解到真相，猶豫了一會兒，拿起手電筒，拉上玉娟一起又去了文化館。

屋子裏還放著輕音樂。錢玄之也在那兒，正晃悠著二郎腿對柳玉講述什麼。鄭新宇樂呵呵讓座倒茶，壓根兒倒好像並未發生啥大不了的故事。他個子很高，很瘦，兩條腿特別長，戴一副玳瑁架近視眼鏡；仍穿著綴有補丁的舊中山裝，褲腳管捲老高，解放鞋上掛星星點點乾透了的泥汙——鄉幹部打扮同他那遮掩不住的書生氣質反差太大，給人一種不倫不類不真實的滑稽味兒。

貴生呷一口茶，試探地問：「剛才聽玉娟講——」

「你們特意為這個而來？謝謝。其實也沒什麼。鄉鄰之間的一點小糾紛，劉書記為了聳人聽聞，不惜激化矛盾，鬧得人人自危……」鄭新宇微微笑說。

「政治運動不是畫五線譜，必須得去經常地鬧點動靜，免不了還需要不時地弄幾個犧牲品……老兄又何苦硬要去充內行？劉書記有點霸道，有點自以為是，但是待部下還不算太苛刻。事不關己，你又何必太認真？」錢玄之說，也淺淺一笑。

「算了算了，是非曲直自有公論嘛！」柳玉說，似乎不願再談及這事，「處分不處分先別管它，管也沒用。你就老老實實待家裏，嫌悶得慌，乾脆幫我來教玉娟學文化，能腳踏實地作點事情，也算沒有虛擲年華。」

「對對，明天我就來教她。大家一起教。玉娟年紀輕，正好學東西，愚昧無知才最可怕……」鄭新宇說，沈思了一會兒又說，「山裏人質樸忠厚，不一起滾爬不可能真正瞭解！窮山惡水，日子的確艱難——多麼勤勞的人民啊！」

「別再說了好不好？去把小提琴拿來伴奏，我來教貴生跳交誼舞！」柳玉心血來潮說，關了留聲機，落落大方朝貴生笑笑。

「那麼，讓我來教貴生夫人跳舞吧。夫人，請——」錢玄之附和說，露本份的微笑。他有一副保養得極好的牙齒，衣冠整潔纖塵未染，像第一次上班的年輕護士。

「我不會跳……」玉娟給伸過來的手臂嚇壞了，臉蛋飛紅呻吟，惶悚得甚至弓起了腰板，大概想使拱起的豐滿胸脯不太招眼吧。

鄭新宇拉的世界名曲《飲酒歌》，旋律纏綿歡快，十分抒情。柳玉「一、二、三……」地發著口令，勻稱而有節奏。貴生規範地挪步，學得十分認真；攬在腰際的手小心翼翼，心緒倒頗為寧靜。柳玉處變不驚的神態實在令貴生感歎。在貴生眼裏，柳玉簡直像一尊冰清玉潔的女神雕像，雍容華貴，高不可攀，震懾得他根本不可能動曖昧念頭。

玉娟若能到柳玉手下工作就好了，貴生想，再刻苦學習半年，作圖書管理員總可以吧。

……步子就亂套了，踩到了柳玉的皮鞋尖。

四

吃罷晚飯，鄒秀珍熱得恨不能打赤膊，早早就抱著蘭花去了河邊。牛二貴只穿了條及膝的舊短褲，正用葵扇給躺涼床上的蘭芝扇風；皮包骨的瘦脖子、乾癟的胸脯、和瘦骨嶙峋的膝蓋沐浴在霞光中，像一尊佈滿銅銹的出土文物。太陽已經落到山背後去了。晚霞如鐵水凝固在天際，顏色雖然逐漸暗淡，溫度仍很熾熱。

五屜櫃上的小鬧鐘顯示：十九點已過八分。牛貴生用冷水洗罷臉，換了件藍色小方格短袖衫，高視闊步走出柳林。他對父親說：「局裏還有點兒小事要辦理。」因為是撒謊，心裏有點不是滋味。他還從來沒有對父母親撒過謊，以前一直也沒有這個必要。

是星期天的晚上，街上的行人特別多。貴生四平八穩緩緩踱步，內心充滿矛盾，拿不準是否該扭頭往回走。下午在閱覽室裏翻了一會兒雜誌，回家途中遇見黃菊英，邀他晚上去她家玩。她擡手輕飄飄拍一下他裸露的手臂，傳遞過來沾糊糊潮潤潤的夏天的氣息；嬌笑也十分迷人，充滿了誘惑。星期六在辦公室裏時，她就告訴過他：沈宏坤到地區開會去了。他整個星期天都禁不住想入非非，特別是從閱覽室回家後，更坐臥不安！

玉娟吃罷晚飯便又匆匆去了文化館職工宿舍，這一陣子好像分外用功，進步也蠻明顯。都說在勞動就業方面，計委副主任沈宏坤是個握有實權的角色。所以，凡黃菊英派過來的差，貴生總會傾全力作得讓她滿意，而且還盡可能多地攬些來作。在文教局裏她也算得個厲害主兒，幾乎能當局長的半個家！

上個星期的一個晚上，貴生在一條僻靜小巷的行道樹的濃蔭底下，竟然看見錢玄之緊緊摟抱著黃菊英在親嘴……「當心別弄亂了我的頭髮。」她壓低嗓音說著，細細聲嬌笑。當時貴生正巧在咫尺距離外的一處斷垣後面小便，唬得心砰砰地撞著胸膛，緊張得喘不過氣來。這種事兒，當然不能隨便對人說。

貴生知道黃菊英也越來越喜歡上自己了，但拿不準被黃菊英喜歡上究竟是福還是禍？也許因為丈夫畢竟太老，不太想認命吧？身邊的幾個男人又個個優秀，所以才率性而為，愛起來還真一往無前，很嚇人，也很勾人哩！是一條漂亮的騷母狗！貴生想，沾沾自喜，想放聲大笑。他骨子裏極厭惡輕佻放蕩的女人，由於還從未有過那種偷情經歷，又不禁浮想聯翩，分外神往。

離黃菊英的住宅漸漸近了，貴生不自覺放慢步伐，像是在窄街上隨波逐流，漫無目的徜徉。其實誰也不知道他要上哪兒，不知道黃菊英正一個人在等他。

已經能看到大門了。他好像十分生氣，生自己的氣，步子陡地變得疾促。他認為自己當然有權力去到任何地方，只要有人歡迎他去。

門扇虛掩著，隱隱還飄出時斷時續的說話聲，聽不太真切。背後冷丁吱吱唧唧輕響，貴生猛地轉身瞧：一隻老鼠飛快躥過甬道，鑽進柴禾堆去了。

真是個沒見過世面的鄉巴佬！他想，鎮定一會兒之後，輕輕敲門。

汽運公司經理吳志國拉開的門扇——也許是想談關於物資計劃方面的事兒，找沈宏坤不遇吧？黃菊英衝貴生笑笑，問：「怎麼沒有把老婆也帶過來玩？」

「她上柳館長家了。」貴生支唔說，想到自己是剃頭挑子一頭熱，窘得無地自容！絕望地又胡謅說，「國慶節晚會還有些前期工作，過來問問。」

「請坐，星期天不談工作。再說國慶節還遠著哩！」黃菊英說著遞過來一杯汽水，知道他在撒謊吧，笑模樣帶點兒嘲弄意味。

牛貴生坐進黃菊英對面的一把扶手椅裏，不知道接下來該說些什麼，臉上硬撐著笑意，內心沮喪透了。秘密幽會並沒有發生，誘人銷魂的春夢只能藏匿在心底了……

「我該走了。沈主任回來後，請一定代我轉達一下。沒辦法，實在是等米下鍋吶！」吳志國說，朝貴生點點頭，起身告辭。

黃菊英送他到大門外，轉回來站貴生面前訕笑，懶洋洋挑逗說：「真是個鄉下小男孩！你呀，太容易緊張了。」騷母狗！貴生在心底罵，臉頰微微發燒，囁嚅說：「我不善言辭。」

黃菊英今晚穿了條印有花朵的柞絲綢布拉吉，活潑潑挨貴生身邊坐下，完全不像三十歲的女人！透過懸掛在對面牆壁上的大鏡，貴生才發現自己的衣著太老氣太寒磣——還是臨來時，他煞費苦心挑選的哩！

「聽說玉娟還在跟柳玉兩口兒學習文化？她今年二十出頭吧，可憐的，也真難為她。」黃菊英說，並沒望人；又遞汽水給貴生，自己也端一杯小口小口呷著，若有所思。

一九五三年，黃菊英由「革命大學」分配來小縣城。同沈宏坤結婚時不到二十歲；那年沈宏坤四十一歲，轉業到地方之前是「四野」的一名副營長。婚姻完全由組織撮合。新婚之夜，學生氣未脫的她，聽說還曾經跳窗逃走過。組織又出面作工作，終於這麼湊合著過下來了。沈宏坤也認不得幾個字，質樸善良，為人還不錯。黃菊英原本就是個活潑開朗的女孩，因為一直沒生育，格外神往無所羈絆的愛情。

貴生也一小口一小口地呷著，汽水又甜又涼，整個口腔像有無數枚小針癢酥酥地扎。他十分討厭別人把玉娟當文盲看待，解釋說：「在鄉下時，玉娟就蠻刻苦好學，如今已能讀懂諸如《把一切獻給黨》這樣的大本頭小說了。」

「是嗎？」黃菊英心不在焉地說，摸了摸頭髮。

在搔首弄姿咧，貴生想，她就算不說話，不動彈，渾身也流溢著那麼種從容氣派，像有錢人對饜足生活懶洋洋厭倦！他也知道，自己正在慢慢地學習這種作派和腔調。他完全讓黃菊英的軀殼迷住了，同時又仇恨死了她那高傲和風騷！

「你不瞭解鄉下人。他們雖然木訥笨拙，但極要強極自尊，只要有適宜的環境，幹什麼都渴望能夠超過別人。」他還在解釋，一面敏捷地注視著黃菊英臉部的細微變化。「想當初，你由燈火輝煌的大城市來到小縣城，一定也不太習慣吧？有些東西是與生俱來的，比如你，就有一些吉卜賽女郎的浪漫神秘韻味兒。」

「當初我從『革命大學』畢業時，目標單純極了：建設新中國，解放全人類！慢慢的，隨著經歷、見識漸漸多，人反而糊塗了。」黃菊英沈甸甸感歎說，沈默一會兒又說，「不說這些，如今我討厭一切嚴肅的話題。咯咯，又來教你跳舞怎麼樣？你剛才不是說我像輕佻風騷的吉卜賽女郎？日子太單調了，偶爾風騷又何妨？」

留聲機低聲吟唱起來，如悲如怒，如泣如訴；旋律滑進耳朵，像遠古的濤聲。貴生起初跳得極用心，覺得自己就是個正在起步的躊躇滿志、左右逢源的人物，前途無量，而且還會橫生出無數的浪漫小插曲……小小野心家！突然，這五個字不合時宜在腦海裏蹦跳，攪得五官四肢也鬧獨立似地痙攣起來。

「放鬆一些嘛！隨便聊點什麼，別太留神腳下。」黃菊英望貴生柔柔地說，送過來口舌的溫香。「我就喜歡說說笑笑蹦蹦跳跳。老沈不在家，更不能讓這房子像口活棺材……」

「……柳玉和鄭新宇，像都蠻喜歡你老婆哩！咯咯，什麼時候，我們大家也來幫玉娟弄份工作。都出把力，應該好解決。」她盯住貴生又說。

貴生渾身燥熱，額頭、背脊和胸口上直沁汗珠，汗水癢癢地蠕動，順脊溝和腹股溝滑入滾燙的褲襠……他的耳朵和嗓子眼已經讓快感堵塞了，只是憑本能吭哧吭哧地積蓄力量，唯一的念頭，就是能將黃菊英扳倒在長沙發上……

總算寫完了最後一個生字，朱玉娟挺直腰板，輕輕噓一口氣。臺燈的光柔和溫馨，屋子裏只有她一個人，靜得能聽到心跳。

「寫完生字早點回去，今晚是中秋節嘛！」臨出門時鄭新宇這麼說，他和柳玉有事兒出去了。玉娟收拾好紙筆，關了燈，隨手鎖上房門。甬道裏秋風習習。銀盤似的滿月高懸在中天，樓房和遠山如淡墨渲染，影影綽綽，冥濛飄渺。

一個多月的強化訓練，她的確拼得厲害，也疲憊得厲害；因為收穫頗豐，累得舒暢。

文化館大門外的路燈底下，聚著五、六位酒足飯飽的老頭、老太太。玉娟經常來去，彼此已有些面熟。她咧嘴朝他們淺笑，謙恭地點頭招呼。沒走出幾步遠，背後的指指戳戳議論便追上來，聲音不大，剛好能聽得見。

「……難怪天天跟著柳館長屁股轉。只怕還想借瘸腿老紅軍的力量，爬到我們頭上拉屎拉尿哩！輕鬆飯讓國民黨稽查中隊長的丫頭端去了，我們貧下中農端什麼？」

……像有涼水兜頭淋下，寒氣順脊背直透到腳後跟。玉娟只感到腦子裏一陣鼓鑼齊鳴，腳下步履踉蹌，羞愧得無地自容！對於父母的模樣兒，她幾乎沒有印象；不過自懂事那天起，她就知道自己是個帶「罪」字的人。這一年多來，倒好像有點淡忘了。

實在怪不得人家，玉娟想，父親是挎盒子炮的惡霸，聽說比黃世仁還兇狠，可能就折磨過那幾位老人。她磕磕碰碰，逃命似地朝水柳林疾走，一個勁兒在心底怨自己命不好。

「怎麼這麼早就回來了？」貴生沒有擡頭，正忙著給報紙寫通訊稿。地區日報的編輯似乎蠻欣賞他的文筆，和對時事的敏銳目光，最近一個多月裏，接連登了好幾篇他撰寫的小通訊，連縣委劉書記也開始注意他了。

稿子終於寫完，貴生合筆舒展一下腰肢，才看清她臉上亮晶晶輝映著淚花。「出什麼事啦？」他大驚失色，腦子裏飛快猜測著可能發生啥事兒，會嚴重到什麼程度？

聽玉娟哽咽著講完，貴生噓了口濁氣，沒有吱聲。給妻子謀工作的事暫時也還沒有眉目——他一直希望給人以「夫唱婦隨，比翼雙飛」的印象，希望無論在單位工作或者家庭生活方面，自己都能比土著的城裏人更如魚得水！

妻子的出身還真是個坎兒。貴生想，要贏得社會認可，玉娟還真必須顯示出過人之處來！目光不經意觸到攤開的稿件上，腦筋急轉彎，他心底陡地一亮！

前些日子裏，貴生杜撰了一篇千字小說，寫一個大隊書記貪圖享受，被階級敵人拉下水，墮落成「四不清」幹部受到懲罰的故事。他找出稿子，慢慢地念給玉娟聽，念了三遍之後，又叫她憑記憶仔細講述這個故事。玉娟莫明其妙，抹著淚痕，講得結結巴巴。他又重念一遍，又啟發她添油加醋地再講，並把兩次講述都記錄下來了。然後，貴生參考著記錄重新寫稿，小說變得樸實稚拙，洋溢著濃郁的生活氣息。

牛貴生字斟句酌，又熬到夜半，終於將小小說謄清，作者署名「朱玉娟」。他愜意地舒一口氣，寬衣解帶上床，望妻子笑眯眯說：「明天我們就去把它寄給《蜜蜂》雜誌社！」

有兩隻螢火蟲兒，從窗口飛進廂房來了。香溪河的水聲淙淙蕩進耳朵，像木琴輕奏。玉娟弄不懂丈夫想作啥，只覺得暈暈乎乎幸福。她從來沒醉過酒，想當然，認為喝醉酒了就是這種感覺。她暗自慶幸攤上貴生這個好男人，脾氣好，面龐標致，又不嫌棄她的出身，還變著法兒教她文化逗她樂！她慢慢解鈕扣，脫衣褲，一件一件輕輕擱到床邊的方凳上。朱家寨子的男人、女人，因為擔心磨損布料，寒冬臘月上床，也要脫得赤身裸體，已經成一種習慣了。黑頭髮披了下來，略微低垂的乳房仍十分豐滿，兩條長腿很結實。玉娟拉熄電燈泡，摸索著爬上床，柔柔地依偎過去，將腦殼枕丈夫的胸膛上……

文化館是沒臉再去了，她想，只要丈夫肯天天晚上教也成。

「別理睬那些閒話！你刻苦學習，跟反動老子有啥關係？下功夫學些過硬的本領，到時候我偏把你招文化館來！」柳玉抽著香煙，氣憤憤說。

「她臉皮薄，膽兒又小，不過在家可沒敢鬆懈，整天除了寫字就是看書，比過去更用功哩！」貴生訕笑著說。

又笑嘻嘻勸慰了幾句，柳玉要回文化館上班去了。貴生也要去局裏，倆人一起走出水柳林。鄭新宇因為替「四不清」下臺幹部翻案，受了黨內嚴重警告處分。貴生剛打聽到，心底還直埋怨鄭新宇傻冒，國家大事，聽中央的話，跟頂頭上司走，總有好處！就算精力過剩，偶爾悄悄去犯點資產階級男女作風的錯誤，也實惠得多……他看到柳玉走得旁若無人，一時也懶得提起。一路上，兩個人各想各的心事，直到分手，沒有再說話。

玉娟懷抱著蘭芝，在水柳林裏讀《高玉寶》。日頭剛西偏，知了在樹梢頭鳴叫得好熱鬧！玉娟有一個多星期沒去文化館宿舍了。這本薄薄的《高玉寶》她已經讀五、六遍了，仍愛不釋手，每再讀一遍，都忍不住要心酸落淚。我要讀書！我要讀書！！甚至有好幾次，她在睡夢中都聽到了高玉寶的哭喊聲。她也陪著哭醒了，怕吵醒丈夫，只敢偷偷地抽泣……

我的苦命的兄弟啊！她想，我和高玉寶是一根藤上的兩個苦瓜！可是，高玉寶是貧農的兒子！她又想，而我，是個被槍斃了的惡霸的女兒呀？這麼左思右想，越發感到羞愧，難受，眼前一片茫然，癡癡呆呆更傷心了。

鄒秀珍提著個大竹籃，從菜隊那邊扯豬草過來了。玉娟慌忙將《高玉寶》揣進懷裏，迎上前去將蘭芝遞給婆婆，順手接過沈甸甸的竹籃。蔬菜隊的田邊地頭土肥水壯，白蒿、鵝冠草、狗尾巴草、刺兒菜，都生長得綠油油的，大竹籃裏早已被填塞得滿滿實實了。玉娟趔趔趄趄提著竹籃，去河邊洗淨泥土，又提回小院落，找來大片刀，一下一下狠狠地剁。汗珠兒很快濡濕了頭髮，一對大乳房也歡勢地上下顫動著。

勞作的時候，眼睛得盯住手裏正幹著的活兒，其它啥心煩事兒都不想了。水柳林和這獨處的紅磚小院落裏空氣清爽可人，每一陣清風都是一片歡欣笑語，每一聲鳥鳴都傳遞出縷縷快樂。玉娟的面龐，也隨著環境以及所接受的事物而變化，時而光彩照人，時而沮喪蒼白。她才不過是二十來歲的少婦，像一切最低賤的或者最高貴的生命一樣，雖然做了母親，從精神到情緒，都還沒有完全成熟。

牛二貴仍舊每日蹲在小花壇旁，精心伺候著他的煙苗，已經收穫了兩草繩煙葉，給拾掇得整整齊齊，乾魚一樣晾在屋檐下的背陰處。鄒秀珍這會兒正逗著兩個小孫女樂，笑聲爽朗，渾身的肉都跟著哆嗦。

兒媳婦不去文化館認字，又變得勤快了，讓她蠻高興。她想：孔老夫子也說「女子無才便是德」咧！小日子過得這麼舒心，還去讀個什麼書呢？

太陽終於落到山後面去了，幾隻麻雀立在瓦沿上懶洋洋啁啾。秋風吹得水柳林一片金黃，紅磚小院落內灑滿了金燦燦的落葉，剛掃去一層，又飄來一層。

五

貴生又沒有回家來吃晚飯。

牛二貴新近結識了一位蔬菜隊裏挺會種煙葉的老漢，剛吃罷晚飯，就和鄒秀珍一起，帶著孫女兒串門去了。玉娟沒有地方可以走動，手捧那本已經翻爛了的《高玉寶》，坐在夕陽下，悶悶地又開始梳理起亂麻一樣扭結糾纏的心思……

「你一個人在家？唉呀，這去處好難得找哇！」

玉娟猛擡起頭，怔住了：竟然是爺爺朱繼久！滿身塵土，正可憐巴巴微笑著；拄一根疙疙瘩瘩的細棗木棍子，另一隻骨節粗壯的大手裏，提著個土印花布的破包袱。

「你……您怎麼來了？」玉娟心情複雜，懶貓樣嘟噥說，差點兒站不起來。她領著爺爺進門，從大肚茶壺裏倒了半杯冷茶遞過去。

這丫頭，出脫得像個幹部太太了，朱繼久接過冷茶，心酸地想，孫女兒好像不喜歡她的「四類分子」窮爺爺上門呢。他顫巍巍扶著小方桌坐下，將土印花布包袱兒擱大腿上抱住，央求說：「先去給我弄點吃的來吧。唉，人老不中用，天沒亮，我就上路了，腿桿已經疼得快挪不開步了……我，還沒有吃早飯吶！」

剩菜剩飯都還是溫熱的。玉娟車身進廚房一碟兒一碟兒往外揣；地主周扒皮的形象也在腦海裏忽隱忽現，不過不似爺爺這般的精瘦模樣。

「……酒，給我拿點酒來嘛！怎麼哭喪著臉？跟貴生吵架了？受婆婆的氣了？」朱繼久囁嚅說，感到腰腿疼得厲害。朱家寨子裏面，鬥爭會越開越熱火，他兩隻腳並攏彎腰低頭站臺子上面，一鬥就是半夜！今天又餓著肚子走了近百里山路，把勞傷累犯了吧。朱玉娟木訥訥又去拿來大半瓶酒和一隻玻璃杯，看著爺爺那臉如死灰氣息奄奄的可憐樣兒，實在弄不清究竟應該恨他？還是愛他？

朱繼久自斟自飲，兩杯酒下肚，長長歎一口濁氣說：「我那兩個重外孫女還長得胖吧？抱過來讓我瞧瞧……寨子裏又和那年鬧土改時一樣了，不准地主、富農亂說亂動！窩棚也垮掉了，榨房早就不讓我過去望了。我們朱家的家業，這一回是真正乾淨了。我是偷偷地跑出來的。這半年裏，我又打擺子又屙痢，怕是活不長了……明天一大早我還得趕回去，這次算是辭路。像我這麼活，死了倒好。」

榨房的北面牆腳給挖了個大窟窿，雖然他也用草柯子遮了遮，遲早總會發現，又要開鬥爭會。朱繼久擔心待城裏久了會連累孫女兒，又喝下一杯酒，猶豫一會兒，放下筷子。

土印花布舊包袱彷彿有千斤重，他的手禁不住有些哆嗦了，嘴裏說：「這裏面，有兩錠銀元寶，二十四兩的，還是經我爺爺的手藏下，說是留著給子孫們一代一代往下傳的古蹟兒。怎麼說，我們朱家也算得老門老戶了。這一脈，到你這輩算是斷線了，但古蹟兒總得往下傳。一個家總應該有那麼點古蹟兒，子孫們看到了，也才曉得根從何處來！早該傳給你們了，我死了就再沒人曉得根古，就壓牆腳下糟蹋了……」

爺爺的爺爺，應該是地主老老太爺？兩錠銀元寶！肯定是剝削來的！玉娟呆呆地站她爺爺對面，一字一字聽著，頭昏目眩，渾身發冷，心兒也一陣陣發緊，漸漸感到上氣不接下氣；想號啕大哭一場似乎已經不能夠，淚水無聲地漫出眼眶，慘白的臉頰因劇烈抽搐，而被扭曲得不成樣子了……

「你——你怎麼啦？哪兒不舒服？」朱繼久好半天才發現，關心地問，雙手緊摟著破包袱莫明其妙。接著，就看到玉娟的牙齒猛咬下嘴唇，抽筋似的奪過包袱，使勁兒扔到大門外。包袱沈甸甸落枯枝敗葉上，幾隻香水芝麻梨和核桃軲轆轆滾出老遠。

「……你，你瘋啦？」朱繼久大聲吼，踉踉蹌蹌要出門去撿拾破包袱。玉娟彷彿真的瘋了，身不由己，兩隻手抓住爺爺的肩膀，使勁地往門外推搡，神情活像一頭陷入了絕境的母狼，連眼睛都通紅了！

「你給我滾回朱家寨子去！老地主！害人精！我不要你們剝削來的銀元寶！」玉娟聲嘶力竭尖叫，推搡得更有力量。

朱繼久被搡得直趔趄，仗著酒勁，掙扎著扭身打了玉娟一巴掌。他忘了空酒杯還拿在手中，被磕碰得粉碎，玻璃渣刺破了玉娟的額頭，也刺破了他自己的手。

一時兩個人都愣住了，如陌生人一般相互望著，都十分吃驚。

這究竟是怎麼啦？朱繼久想，簡直不敢相信！才一年多不見，自己嫡親的孫女兒，以往大氣都不敢出的小乖乖，怎麼變成這麼個兇巴巴樣兒啦？看起來，縣城實在是個鬼地方啊！從前教壞了兒子，如今又教壞了孫女兒。真是個鬼地方啊！他又想，把兔子放縣城裏久了，只怕也會像狼一樣地咬人吧？

「……好，我滾，我馬上就滾！」又過了好半晌，朱繼久才哽咽著說話。他渾身哆嗦，老淚縱橫，出到大門外，並沒有忘記彎腰拾起地上的破包袱，嘴巴裏嘟嘟噥噥，「銀元寶你不要，我把它扔河裏去算了。留著又有啥用？我大老遠偷偷跑出來，為的啥喲……」

他拄著那根細棗木棍子，搖搖晃晃地走了。小院落裏又只剩下枯葉劃過地皮的沙沙聲，一時間好安靜，靜得令人心寒。

像過了好久好久，遠遠地、隱隱約約傳過來「撲通」一聲輕響。朱玉娟如夢方醒，大吃一驚，以為爺爺跳河了，她心驚膽戰，慌裏慌張跑出紅磚小院，鮮血迷糊了眼睛，景象蒙一層紅暈：暮色中，遠處的朱繼久已經兩手空空了，正高一腳低一腳地順河岸踉踉蹌蹌朝上游走，很快消失在水柳叢後面了……

晚餐是宣傳部新聞科請客。最近一段時間，這個縣各條戰線的通訊員們，在地區日報上發了好幾個頭版頭條；有一條還配發了「編者的話」，說是對全地區的「四清」運動具有指導意義。劉書記十分滿意，點名表揚了新聞科。

酒足飯飽，錢玄之和牛貴生結伴走出餐廳時，街燈剛剛燃起。時候尚早，彼此也談得正投機。錢玄之拍拍貴生的肩膀，說：「走，上你的『莊園』再好好聊會兒。都誇那兒寧靜幽雅，是個世外桃源——我還沒有去過哩！」

走進小院，有什麼東西碰著了腳尖。貴生彎腰拾起，認出是一隻磕破了皮的香水芝麻梨。

「玉娟！天都黑了怎麼也不打開電燈？朱家寨子今天來人啦？」貴生說。

屋子裏黑燈瞎火。牛貴生摸索著拉燃電燈，才看見玉娟的半個臉巴血糊糊一片。他嚇壞了，握在手中的香水芝麻梨重又跌落到地上，叫道：「天啦！出什麼事了？你怎麼啦？蘭芝、蘭花，還有爹媽呢？」

玉娟就哭出了聲，哽哽咽咽講了事情的經過。貴生好長一段時間怔怔地無話可說，然後端溫水替妻子洗乾淨血污，敷上消炎粉，慢騰騰用紗布包紮。

有位英國人曾說過：「捷徑是從走彎路走出來的。」在宣傳戰線工作多年的錢玄之，冷靜站一旁聽得十分認真；一種類似於快感的東西，從大腦沿著網絡神經直沁到腳掌心，甚至還感到了勃起的衝動！等到包紮完畢，主人張羅著要倒茶時，他擺手制止，眉頭微皺問玉娟：「那兩錠銀元寶，你爺爺又帶回山裏了？」

「沒有，他把它扔到河裏了。」玉娟眼淚汪汪說。

「走，我們先去河邊看看，最好能把它打撈上來！」錢玄之目光炯炯，呼吸立刻變得粗糙急促，如觸電一般地痙攣著說；壓根沒有想徵得誰的意見，扭頭又吩咐貴生攙扶上玉娟，三個人磕磕絆絆來到河邊。

「寒露」剛剛過，河水已經有些刺骨。貴生和錢玄之脫得只剩條花褲衩，咬著牙跳進水裏。滿河床的鵝卵石滴溜溜滑，他們在玉娟所指的百多米長河段上蹚過來又蹚回去，仔細地將水底犁了約半個多小時。水深的地方都快沒過他們的胸脯了。兩個人的手臂不停地前後舞動，艱難地保持著平衡，終於，還是貴生的腳掌觸到了包袱團。

水淋淋的土印花布包袱兒裏，香水芝麻梨和核桃早已經隨水飄走光了，裏面只剩下用陳年油紙包裹得嚴嚴實實的兩錠元寶。畢竟都是第一次見識，貴生和錢玄之雖然凍得上牙磕下牙，仍就著手電筒的微光，滿臉欣喜，眼睛放光芒——那種如願以償的幸福感覺，跟兒時在睡夢中終於排空了膀胱，沒什麼兩樣！

錢玄之欣喜若狂，不由自主「嘿嘿嘿」大笑起來，眨眼又一臉嚴肅說：「機不可失，得馬上去向劉書記彙報。這件事兒太值得花氣力了，肯定能夠引起轟動，一炮打響！」

貴生也敏感地估量到這事兒在新聞和政治上的巨大價值，亢奮得渾身痙攣，太陽穴上面的血管幾乎要爆裂！他顧不得回家換濕褲衩，一邊急急朝身上套衣褲一邊哆嗦著吩咐：「玉娟你一個人先回去歇息。我們趕快走吧，太晚了怕劉書記會睡了。」

兩個人直接朝著縣委宿舍樓那方向，慌不擇路奔跑過去。錢玄之氣喘吁吁說：「這銀元寶承載著復辟翻天的動機，同變天賬一樣的性質。眼下，新聞宣傳口最差這方面的實物！玉娟這回有可能當女英雄了。弄不好我們倆今晚就得熬通宵。劉書記肯定希望儘早見報，肯定希望把這一階級鬥爭新動向的聲勢造得越大越好！」

貴生沒有搭話，內心激動得厲害，只顧埋頭大步流星走著，身上已經開始暖和。

蒼天有眼！他喜滋滋地想，工夫不負有心人，機會千載難逢，總算降臨了！

真看不出來，孱弱的玉娟竟然還有這般火爆的時候！他又想，夾著尾巴作人的日子，大概也該到頭了吧？

太陽剛剛升起來，炊煙筆直，藍天如洗。

水柳林樹梢頭的白霧還未散盡，就見縣委劉書記親自出馬，帶領一大群幹部，提著慰問品來看望朱玉娟了。打前站的同志早已經敲響了鑼鼓，點燃了鞭炮，一時間白煙繾綣，鳥雀亂飛，寧靜的紅磚小院落裏，很快擠滿了看熱鬧的人群。

貴生昨晚上一夜未歸。玉娟輾轉反側，也一夜未能合眼，這會兒更顯得疲憊憔悴。她被動緊張地讓劉書記握了好一會兒手，腦子裏亂成一團；硬是滿腦子的不明白，又覺得有滿肚子的委曲！她差點兒哭出聲，差點兒癱倒。

「……真是個好樣兒的！很勇敢，大義滅親，了不起啊！」劉書記撫摸著她的頭髮安慰說，然後車轉身面對群眾，語調鏗鏘地即興講演了十多分鐘。臨分手的時候，劉書記還親切地跟頭上纏白綳帶的玉娟，站在大門前合了一張影。

昨晚上，鄒秀珍和牛二貴串門回家後，就詳細地追問了事情的前後根由，當時就斥責了玉娟。鄒秀珍說：「你爺爺都七十歲了，走了百多裏山路，給你送元寶古蹟兒來。你怎麼能不知好歹、這樣對待呢？老人家為送家傳的古蹟兒，餓著肚子來，只喝了幾杯冷酒，就又要惡狠狠趕他走……銀元寶你不願意要，可以跟家裏人商量後，第二天再讓你男人交給政府嘛！你的心腸啥時候變得這麼硬了？依我看，也真該挨打！」

牛二貴當時也覺得，玉娟做得實在太不近人情了。俗話說：「過門為賓」，更何況還是自己的嫡親爺爺？他心疼地瞅了瞅兒媳婦的額頭，又在心底埋怨朱繼久對待自己的嫡親孫女兒下手也太狠，這麼思來想去，也就沒有多吭聲。

老兩口兒做夢都想不到：縣委劉書記一行人，會一大早就親自登門，又是鑼鼓鞭炮，又是握手照相！弄得兩位老人惶惶惑惑目瞪口呆，看得都傻眼了！從古到今，當官的都還講究個「君君臣臣父父子子」；山裏人讀書少，但也曉得「官打民不羞，父打子不羞」和「長幼有序」，稱那些頂撞父母的行為為「犯上」！——把理兒搬到天邊去說，孫女無端趕爺爺出門就是「忤逆犯上」。這種「犯上」的事兒，莫非政府也作興鼓勵嗎？

才近中午，縣廣播站就播出了錢玄之和牛貴生連夜撰寫出來的長篇通訊，題目是：「老地主賊心不死妄想變天，朱玉娟臨危不懼大義滅親！」大概意思是：朱繼久攜帶著一本變天賬，和兩錠重二十四兩、剝削來的銀元寶，跑進了孫女兒朱玉娟家，妄圖逃避運動。朱玉娟義正詞嚴，要扭送他去公安局認罪服法。經過一場生死搏鬥，老地主朱繼久打傷朱玉娟，又將變天賬和銀元寶一起扔進深潭，想湮滅證據。經過種種努力，銀元寶現已經打撈出來了，變天賬仍在尋找追查之中……寫得繪聲繪色，十分感動人。

三天後，朱玉娟的英勇事迹，又在地區的日報上登載出來了，還配發了和縣委劉書記一起照的那張合影。朱玉娟的笑模樣兒很不自然，愁兮兮的怪可憐。

這天，鄒秀珍抱了孫女兒去菜農家串門。一位識字的年輕姑娘給她念了那長篇通訊。她聽著聽著，心裏咚咚咚直打鼓，簡直嚇壞了！

「不得了咧，玉娟變得會說白話【註四】了，無影的事兒編得出有影兒來！」夜深人靜時分，鄒秀珍躺在被窩裏，悄悄地對牛二貴嘟噥說。其實，那篇廣播稿牛二貴已經仔細地聽好幾遍了，根本就不相信會有變天賬這麼回事兒！朱繼久認不得幾個字，變天了還不是照舊當榨油匠！牛二貴也暗暗發現，兒媳婦開始變得神神鬼鬼的了，難怪會對家裏人講一套，對旁人又另編一套……兒媳婦太鬼氣了，當公公、婆婆的，內心就格外緊張。

「懶得管他們咧！」牛二貴說，有些心灰意冷。今天早晨，他還悄悄地把兒子喊到一邊，想核對核對玉娟跟他和錢同志到底又是怎麼講的，沒料到剛開口，反挨了兒子一頓數落：「你和娘以後都別瞎操這個心了，你們又不懂政治！以後，誰若問起你們，都只能依照事實，說當時不在家，其它別的千萬莫要亂說，也莫要亂打聽！」

「城裏的事兒，誰又能說得明白？」牛二貴又感歎說，「如今老囉，吃我們的飯，打我們的鼾！反正我們啥也不懂，管不了那麼多囉！」

這幾天來，朱玉娟更是苦惱極了。她不明白錢同志和丈夫為什麼要合夥編那麼些完全沒有影兒的故事？貴生苦口婆心，私下裏打了好多個比方，用來說明這麼做是形勢的需要，政治的需要，對國，對家，對她自己，全都有著很大的好處！貴生說：「爺爺作為快入土的『四類分子』，當反面教材也屬必然，也算是廢物利用吧。這些年挨過無數次批鬥，啥種罪沒有受過？反正也習慣了，認命了，無所謂了……」玉娟木木訥訥漠然地點著頭，似懂非懂；人明顯地瘦了。畢竟她是當事人，同報紙和廣播裏的那些謊話有脫不掉的干係，就害怕似的更不願意出門，比前些日子遭人背後唾罵更覺得難堪，虧心。

柳玉和鄭新宇也前來探視過幾次。貴生特別叮囑玉娟說：鄭新宇剛受了處分，是縣委劉書記最討厭的人；對他們兩個，特別不能講真實的情況。

「真不簡單哩，我們的玉娟快成作家啦！怎麼竟想著寫起小小說來了？咯咯，肯定是你這位當家的主意，私下還幫忙改動了不少吧？」柳玉的目光掠過牛貴生肩頭，望著他身後的朱玉娟咯咯笑說。頓時，玉娟的兩頰猶如潑了血，羞得通紅。

《蜜蜂》雜誌社將要發表朱玉娟的一篇小小說。柳玉拿著牛貴生雙手遞過來的稿件採用通知單看了又看，喜出望外，簡直不敢相信！

「哪兒呀，我僅僅幫忙糾正了一些錯別字。」牛貴生矜持地說。

「大姐——」玉娟羞紅著臉喊道。好久沒有這麼喊了，目光躲躲閃閃，聲音有些酸澀。「大姐，我……我只想和過去一樣，重新跟你和鄭老師學……」

「沒有問題！」柳玉呵呵大笑說，又止住笑，猛地站起身，「對了，既然創作上你還有點天賦，何不乾脆調進文化館創作組來？」

「不行不行！」玉娟連連擺頭，緊張得幾乎要哭了，「我是真的啥都不懂，傍人也會指指戳戳的。就這麼一直跟著你們學，我也踏實……」

「怕什麼？現在我倒要看看，誰還敢再罵我們的女英雄？這事兒由我去辦好了。」柳玉朝前走幾步，摟玉娟在懷裏輕輕撫摸著說。這幾年裏，由於見識了太多的拍胸膛，捋袖子，聲震宇宙，氣壯山河的高調英雄，她倒是從心底越來越喜歡上這個雖然懦弱，卻心地善良，誠實單純的從朱家寨子出來的年輕媳婦了。

啥女英雄啊！玉娟在心底歎息，窘迫得渾身直起雞皮疙瘩，呆呆地咬著嘴唇發楞。我有苦無處訴說。我是錢同志和貴生瞎編出來的英雄！

她可憐巴巴望一眼丈夫，無可奈何地耷拉下腦殼，恨不得找個地縫兒鑽進去！

貴生默默淺笑，緩緩地呷一口熱茶。對於柳玉這類生活在雲端的皎潔女人，世俗的客套，往往只會令人覺陌生，適得其反。他擡頭望牆上的日曆，內心因事情正朝自己所夢寐以求的方向飛速發展而如釋重負。他朝長沙發踱步過去，感到渾身輕鬆。

當天下午，柳玉就去找了文教局長。因為朱玉娟非比尋常人物，晚上，局長又去向縣委劉書記請示。劉書記早先也曾聽人吹風，知道玉娟想去文化館。他說：「可以考慮嘛，這場運動中朱玉娟同志表現不錯，在全地區都是有影響的……什麼？還有文學才能？稿子你已經看了？寫『四清』運動的？馬上就要發表？不錯不錯！要人盡其才啊……」

十多天之後，由於朱玉娟一再堅持，才沒有去創作組，當了文化館的圖書室管理員。柳玉還在二樓騰挪出一間空房子，讓牛貴生夫妻搬進文化館居住，工作學習起來都方便。

【註一】堂客：鄂西方言，媳婦，也泛指已婚的婦女。
【註二】趕仗狗：鄂西方言，指獵狗。
【註三】喳喳角：方言，指兩個角尖分隔得很開。
【註四】白話：方言，謊話的意思。

第三章

一

一九六六年

「爺爺，這麼多的柳樹，都是你種的嗎？」蘭花仰著腦袋瓜兒問，汗水濡濕了小辮兒，小碎花汗衫上沾著些細草屑。

「不是的。」牛二貴說。他上身赤裸，正全神貫注，舉著一根梢頭縛有馬尾套兒的細長竹杆，在給大孫女兒套知了。

「是哪個種的？爺爺為啥不種呢？爺爺不愛勞動？」蘭花又問。

「水柳樹最沒有用處了，不結果子又不成材。爺爺種的有四棵梨樹，在朱家寨子，每年都要結好多好多的香水芝麻梨吶！」牛二貴說。

又問，「朱家寨子在哪兒？好玩吧？也有知了嗎？」

「好玩。因為地勢太高，知了不多。有好多好多各種的鳥兒，好多好多的野花。樹也長得粗壯，幾個大人手拉手都箍不住……」牛二貴說。

再問，「爺爺，你為啥不到朱家寨子去住？把我也帶上嘛！」

「……哎呀呀，硬是要打破沙鍋問到底，把知了也嚇飛噠！」牛二貴垂下長竹杆訕笑說。蘭花手裏的細棉線上，已經拴了好幾個知了。「我們今天不套了。你也幫婆婆扯會兒豬草去。把知了待會兒也給妹妹分兩個。」

住城裏就是太熱！牛二貴想，幸虧這兒還有這片水柳林子遮個蔭涼！

如今，牛二貴嫌種煙苗太操心，除偶爾陪孫女兒套套知了，最喜歡幹的活兒就是釣魚。找一株傍水的老樹遮陽，將瘦屁股坐虬龍盤曲的樹兜上，赤腳板在潤濕滑溜的小鵝卵石上懶洋洋磨蹭，眼睛茫茫然望著藍英英的流水……腦袋瓜子就會悠悠地活泛起來，就會想起朱家寨子，想起那掛滿香水芝麻梨的幾棵老樹；然後想起蓄著一根獨辮子的、年輕時的氣昂昂勁鼓鼓的鄒秀珍，再想起來被水機關槍打出來的腸子上面沾著的枯枝敗葉，想起胡亂甩在大青石板上的胖乎乎的地主、土豪的血腦殼……半晌還不見魚兒咬鈎，便又仰起脖子輕輕歎一口氣，把後腦勺枕著毛糙的樹幹望天。天就像深潭，平展展無邊無際，耐看，怎麼也看不透！漸漸的，腦子裏就空了，和天一個顏色，和天一樣乾淨，和天一樣輕飄飄……這個時候，人才真正舒服，實在也就無所謂舒不舒服了。

有娃兒們在身邊就不行了，牛二貴想，只要有娃兒們在身邊，就會鬧鬧嚷嚷，讓你一個魚兒也別想釣得到！

兩年多過去了，牛二貴漸漸習慣了閒散的休養生活，紙煙也抽得上口了，人也比剛進城那會兒胖了些。有時候，他也會想起朱正奎等等一幫鄉親們，那多半是睡醒之後天還沒亮，又再也睡不著時。雖然他知道想也白搭，卻沒法兒完全不想。

「老頭子快來！嘿嘿！來幫忙、嘿嘿！收拾這兩個小瘋丫頭，嘿嘿嘿……」鄒秀珍在水柳林子的那一頭直嚷嚷，笑得上氣不接下氣。進入伏天以後，無論待在家中或者去林子裏扯豬草，鄒秀珍總習慣赤裸著上身，身上只要出點兒汗就穿不住衣裳。貴生認為不雅，說他娘好多次了。山裏女人只要結婚了，赤裸著上身屬司空見慣。從小到老養成的習慣，要改也不容易！這會兒，蘭花和蘭芝嘻嘻哈哈笑著要吃奶，撲過去抓她們婆婆的那兩隻布袋樣晃蕩的癟乳房。鄒秀珍最怕癢，嘿嘿笑著跌倒在草地上。倆娃兒越發來勁，趴在那軟乎乎泛著油光的棕褐色肚皮上，一人捧一隻奶用嘴吮著。娃兒們也都只穿了條花布短褲，胖嘟嘟的，藕節一樣白淨。鄒秀珍笑得渾身的贅肉都在顫抖，又不敢翻身，擔心會壓著了娃兒們。

牛二貴又拉又哄，笑眼眯縫說盡了好話，蘭花和蘭芝總算鬆開了手，鼻兒烏，嘴兒黑，渾身大汗淋淋。太陽已快當頂，林子裏面已經感覺到暑氣蒸人。

「該回家弄中午飯吃了。」牛二貴牽著孫女兒說，昏昏欲睡，打不起精神。

「你先帶她們回吧，我還得去那邊再扯點兒豬草。」鄒秀珍說。豬圈又擴大了，養了兩頭黑豬，已經有百多斤了，見天要吃兩大竹筐嫩豬草。

在局機關工作的人，經常會遇到這種情景：每每辦公會開罷，局長便說：「請黨員同志留下來，還有幾件事要商量。」不多的幾個非黨人士便灰溜溜退場，走出老遠之後，彼此小小聲說幾句諸如「我們是翅膀黨」等俏皮話相戲謔，自我解嘲。

貴生由於兒時遭遇過太多的身心暗傷，內向且心高氣傲，這種時候格外覺得壓抑。

自從文匯報上登出了姚文元的〈評新編歷史劇「海瑞罷官」〉，敏感的貴生就預感到一次大的政治運動可能已迫在眉睫，不由暗自興奮，悄悄地作著「預熱」。其效果也如同「學毛選」的效果一般「立竿見影」：近一個多月來，地區日報上已經發表了好幾篇他寫的批判《三家村札記》和《燕山夜話》的文章。縣委劉書記還拍過他一次肩膀，笑呵呵稱他為「紅秀才」！他一如既往，低姿態奮鬥著，心底對未來充滿渴望。

滄海橫流，方顯英雄本色！貴生想，騎驢看唱本走著瞧！讓暴風雨來得更猛烈些吧！

牛貴生已經寫過五次入黨申請書了，有兩次洋洋灑灑近萬言。聽說局黨支部也曾討論過幾次，問題最後無一例外，又出在了玉娟身上。

發生了那次聳人聽聞的流血事件後，那本子虛烏有的變天賬當然怎麼也查不出來。到後來，朱繼久由於受不了工作隊的晝夜苦戰輪番審訊，乾脆自己跑進了縣公安局，像條死狗樣賴著不走，口口聲聲大呼「冤枉」！

還罵朱玉娟是狐狸精，「和她爹一樣歹毒、黑了良心！」弄得大家手足無措，疑神疑鬼，懷疑朱玉娟是不是隱瞞了真像；甚至揣測她丈夫也可能知道內情，故意指鹿為馬，避重就輕……貴生有口難辯，自怨自艾，雖然還在尋找突破方向，畢竟有點兒心灰意冷。偶爾也回水柳林陪老爹喝點兒酒，或者忙裏偷閒悄悄溜到黃菊英家小坐，百事不想地跳一會兒舞……如今，他的交誼舞已跳得十分地道了。

中央的《十六條》文件傳達下來之後，貴生的內心又開始起了躁動。年華易老，機不可失！究竟應該怎麼樣去努力？他一時也覺得茫然。

「吃飯吧。天氣真熱啊！」玉娟招呼說，額頭上沁著豆大的汗珠。飯菜已經擺小方桌上了。她解下花圍腰扇風，臉蛋兒紅撲撲。

住進了文化館裏，朱玉娟學習更努力，柳玉和鄭新宇也都沒有少耗心血，她眼下已基本上能獨立地應付工作了。

「喂，你去看了那個從北京疏散下來的城市資本家老太太沒有？就關在縣一中操場坎下的那一排豬欄裏。」玉娟憂心忡忡問，惶恐和同情溢於言表。「好白淨好標致的一位老太太啊！臉巴如上光紙一般光潔細嫩，怕是有七十多歲了吧？」

「看到了，少見多怪！是林彪副統帥的命令，因為戰備需要趕下來的。」牛貴生懶洋洋說道。他去看的時候，幾個學生娃正隔著柵欄朝裏面投石子兒逗樂。老太太表情漠然，局外人似的端坐在幾塊木板上。看第一眼，他便為北京老太太那雍容和超脫的神韻所驚歎了！

生活在天子腳下，名門望族，大家閨秀，年輕時已經享受夠了錦衣玉食和巍峨堂皇，所以才那麼大度泰然吧。貴生深深感歎，心底不禁油然騰起一縷縷妒嫉，接下是一陣陣抑止不住的不平和仇恨。又聯想到養尊處優、風騷漂亮的黃菊英，二、三十年後，會不會也落得個如此下場？人生易老，禍福輪迴。至少，北京老太太以及黃菊英所享受過、或正享受著的，都是牛貴生夢寐以求而又暫時得不到的；眼下老太太落這步田地，實在也是報應哩！

「柳館長的脾氣最近越來越壞了，為一丁點小事，就同鄭老師吵架。」玉娟又說，眼睛望桌面，有一下沒一下地扒著飯菜。

貴生埋頭大口大口地吃，沒有再接話茬兒。紅頭文件上說，要「高舉無產階級文化大革命的大旗」！這次文化大革命運動，究竟又要去革哪些人的命？大旗應該怎樣高舉？他思來想去，也確確實實沒有底兒。

下午一定得去趟宣傳部，找錢玄之聊聊天，貴生想，錢玄之可是個消息靈通人士，鬼機靈，政治嗅覺特別敏銳！

掛在屋檐角上的縣廣播站小喇叭裏，又在播貴生撰寫的批判「三家村」的文章。牛二貴翹著二郎腿坐坎沿上吧噠紙煙，蠻認真地聽著，其實一點兒也沒聽懂。他只曉得三家村是個反黨反社會主義的地方，就想當然認為在臺灣省，受著國民黨蔣光頭的領導。

「狗嘴裏吐不出象牙！」他嘟嘟噥噥自言自語，「好多年的死對頭了，哪個也莫要去指望他國民黨不罵我們共產黨！」

黑豬們大概太餓，天朦朦亮就哼哼唧唧聒噪。蘭芝和蘭花也很早便醒了，又跟著鄒秀珍去菜隊那邊扯豬草去了。

這會兒，太陽剛剛升起一竹杆多高，遠山還盤亙著薄霧。就見貴生突然從縣城那邊回水柳林子來了；也不跟爹打招呼，像掉了魂兒，悶悶地坐椅子上發呆。

牛二貴有些犯疑惑，問：「你怎麼沒去上班？又出什麼事兒啦？」

貴生說：「城裏都亂套了！學生娃們鬧事，滿街滿巷子貼大字報。又把書記、縣長、局長等等一些頭兒揪到大禮堂吵吵嚷嚷辯論，像鬥爭四不清下臺幹部。」

不啻晴天一聲霹靂！牛二貴腦子嗡嗡響，張口結舌，身子也微微打寒戰。這才真是右派翻天哩！他想，肯定是蔣光頭從臺灣偷偷地派壞人過來唆使的！

他又回憶起劉書記每年都要來噓寒問暖，客客氣氣沒有半點官架子……沈思一會兒之後，對兒子說：「你還年輕，應該去幫幫劉書記他們。共產黨為窮人打江山治國家，學生娃們身在福中不知福，全讓壞人給利用了。」

「我還敢去幫誰？都罵我是縣委的黑筆桿子，是保皇狗，還要揪我去批鬥算賬呢！」牛貴生一臉沮喪說，六神無主。讀高中時，他親眼目睹過反右派鬥爭，印象非常深刻。據說，宣傳部蘇副部長就是因為反右派鬥爭時特積極，才給提拔起來的。那天，牛貴生同錢玄之聊了整整一個下午。兩人都認為眼下是反右鬥爭的花樣翻新。於是更沒日沒夜地趕寫大批判文章，大會小會都踴躍發言，希望也能在運動後期被提拔。誰料形勢急轉直下，他成了眾矢之的；好比實習水手初次掌舵遇上狂潮漩渦，一下子慌了手腳！

天近中午，朱玉娟也慌慌張張跑回水柳林子來了。她說：「圖書室的大門被學生娃們打了封條，好多好多的書，都給堆在院子裏用火燒，黑煙滾滾，黑紙灰滿天飛……」

「……老輩人只講過『五胡亂中華』，怎麼胡人、番幫沒見來，自己人反而鬧騰起來了？剛才扯豬草回來，我還看到幾個小學娃兒在喊口號，什麼『革命無罪造反有理』！還口口聲聲說是『最高指示』！從古到今，也只有秦始皇燒過書。天爺！莫非真的要大難臨頭了？」鄒秀珍瞪老大眼睛呢喃說。她活了大半輩子，真還沒親眼見過燒書的事兒！在朱家寨子，凡寫有字的廢紙片兒，都不敢用來擦屁股，怕褻瀆了孔夫子後遭報應。

「這回，我倒要親眼去瞧瞧西洋景！」她跺一下腳又說，騰騰走出大門，「老娘不怕！也算開眼界長見識！」

……一些前無古人、千奇百怪的消息，源源不斷地飄進了水柳林；百姓們一個個都像無頭蒼蠅亂竄，神經兮兮彼此嘟噥，臉上露著興奮或驚惶。古怪事兒年年有，而這一年的古怪事鋪天蓋地，讓高下三等的人全都看得目瞪口呆！

城南月亮凹山頭，那座始建於明萬曆年間的日月塔，說是封、資、修的「四舊」，被紅衛兵用烈性炸藥連根拔去了；平日裏難得一見的書記、縣長、宣傳部長、文化局長們，胖手上都塗滿墨水，身穿戲子的綴有珠寶的大花長袍，由學生娃們押著遊街示眾；百貨公司、輕紡公司、土特產公司的大門前水泄不通：凡屬繪有花兒圖案的布匹、瓷器、雨傘、床單、被面、臉盆、花瓶、衣褲、長裙、玩具、年畫、壁鐘，都有認真的紅衛兵們仔細檢查，哪怕你花兒千萬朵，只要數出有一朵十二瓣的，便認定是替國民黨招魂，一律砸碎或者點燃！大街上瓷器的碎片滿地，熊熊烈焰映紅了一張張亢奮的娃娃臉……

「……學生娃們十幾個人一隊，舉著紅旗，扛著挖鋤，雄糾糾氣昂昂『破四舊』！由街道老太太引著，專門往過去的地主、資本家屋裏闖，挖地三尺，攆得雞飛狗上屋！」旁觀者鄒秀珍唾沫四濺地講著，眼睛瞪得老大。她每天吃了飯就上街去看熱鬧，豬娃餓得嗷嗷叫也不管。「還真讓他們挖到金磚了。我親眼所見，三塊，只有麻將大小！紅衛兵們就把那個老資本家揪到七寸寬的條凳上鬥爭。老頭站不穩，滾下來，額腦殼也跌破嘍。」

牛二貴聽得膽戰心驚，幾乎不敢相信是真的正在發生著！從古到今，當官的威嚴赫赫，所到之處地皮都打顫！一旦連草民也打起當官的來，天下肯定大亂了。眼下，他最最惦記的是縣委劉書記究竟如何？問鄒秀珍，卻說一直也沒有看見過。

貴生歎口氣說：「如今一切都顛倒了，亂套了，都看不清前途，都是泥菩薩過江自身難保。過一天，算一天，誰還管誰呀？」

看到兒子、兒媳婦整日瑟瑟縮縮可憐巴巴，牛二貴的心裏也空落落不是味兒。淡黃色的水柳樹葉紛紛揚揚，漸漸地又落滿了小院。縣城那邊仍終日鬧哄哄，三天兩頭傳過來震天的鑼鼓聲、口號聲。日子長了，連鄒秀珍也看得覺怪沒意思了。

幸虧當初沒住在城裏頭，牛二貴想，城裏人沒有田土可操勞，又沒有山水鳥獸可以養眼，太閑太閑，才喜歡起哄造亂子！

貴生和玉娟的臉色越來越難看，每日到單位點個卯，便又縮回水柳林裏隔岸觀火。爺孫三代六口，整日大眼望小眼，找不到話可說。牛二貴的心，又飛到山裏去了。

今年的雨水好，他想，我的那幾株香水芝麻梨，一定又壓彎了枝……

每年的這個時候，朱正奎總忘不了托人給他捎幾大筐梨來。今年沒有人送梨來，也不曉得山裏是不是也在鬧騰？

二

一九六七年

「大叛徒、老土匪、冒牌紅軍牛二貴罪惡滔天，必須老實交代！」

「敵人不投降，就叫他滅亡！」

「徹底砸爛國民黨老土匪牛二貴的狗頭！打翻在地，叫他永世不得翻身！」

……紅衛兵們來的那天，天氣的確如「兩報一刊」社論使用頻率最高的八個字可形容：豔陽高照，紅旗漫捲。在紅磚小院的圍牆上刷寫標語的，是一位穿舊軍裝的瘦高女中學生。每一筆、每一劃都惡狠狠的，像在拼最後的力氣；因為飽蘸了墨水，字迹漆黑鮮亮，分外醒目！用七寸寬的排刷在糙牆上書寫比人還高的大字，牛二貴第一次見識；自己的名字第一次上牆、而且給寫得那麼大——他真正開眼界了！

柳絮全然不顧四海翻騰、五洲震盪的革命氛圍，依舊漫天輕揚；指甲大小的鵝黃色芽苞兒，綻滿在婀娜作態的柳絲上。兩隻喜鵲立圍牆外的老水柳樹梢頭，冷眼旁觀，不時還嘰嘰喳喳評論幾聲。圍牆大門上，貴生寫的春聯還蠻新鮮：「春風楊柳萬千條，六億神州盡舜堯」每個字不過巴掌大小，相形之下，簡直像小螞蟻了。

牛貴生腳尖並攏，兩手緊貼褲縫，臉色鐵青垂著腦殼。他是「舊縣委的黑筆桿子」，自從春節後開始批判「走資本主義道路的當權派」，經常被拉去陪鬥，臉上和身上憑添了不少銅皮帶環留下的傷痕。朱玉娟兩頰慘白，顫顫兢兢立丈夫身後，眼皮耷拉不敢望人。鄒秀珍一把鼻涕一把淚，還在苦苦地向紅衛兵小將們訴說著這個家庭解放前所遭受的種種磨難。蘭花、蘭芝像雛鳥雙雙偎牛二貴的腿邊，大眼睛軲轆轆轉，不敢亂動，也不敢哭。

紅衛兵們標語刷完，又呼口號，內容仍是刷在紅磚圍牆上的那幾句話。老水柳樹梢頭的那兩隻喜鵲，大概也感覺到威脅，撲楞楞飛走了。圍攏過來幾個紅衛兵小男孩，上下打量著牛二貴，嘻嘻哈哈揶揄諷刺，像頑皮娃兒逗老瘋子！

「喂，你看你哪兒像個紅軍嘛！瘸腿，三角眼皺巴巴，如果把你擱墊著虎皮的太師椅中，活脫脫一個匪首坐山雕吶！」

「獐頭鼠目，猥瑣孱弱，就是在土匪隊伍中，也他媽算不得一條響噹噹漢子！說你是個土匪頭兒，簡直算擡舉你啦！」

「嘿嘿，下一次，我們乾脆帶一隻烏龜來，就在這小院裏，讓這老土匪跟烏龜賽跑！」

……也許是憐憫他那條瘸腿吧，竟都沒有動手。紅衛兵們樂呵呵笑夠了，扛上紅旗，提著麵糊桶、紙卷和墨水桶，揚長而去。小院裏又安靜了，高空中有一隻鷹在盤旋。

良久，貴生才緩過神來，輕輕地噓一口濁氣。他埋頭朝前踱幾步，車轉身望呆若木雞的一家老小思索片刻，斬釘截鐵地說：「這地方不能夠再待了。紅衛兵們只要來過一次，就會來第二次、第三次……」

「什麼，你是說又讓我們回朱家寨子？」鄒秀珍脫口問。山裏雖然是生養她的地方，平日也時常會念及；突然真要離開水柳林子，似乎又有點捨不得。

貴生說：「現如今，連賀龍、陳毅都給揪鬥了，那個曹司令員還肯再給爹作證？與其守在這兒挨批鬥，最終仍逃不過被遣返回山裏，還不如乘早走。待會兒我就去買汽車票，明天一大早，就送您和爹回朱家寨子。蘭花、蘭芝暫時也都跟著去。」

「我們今天就走！唉唉，丟人現眼還嫌不夠？」牛二貴哆哆嗦嗦說，搖搖晃晃獨自進屋子開始收拾行李。倒並不是怕，他想，快要入土的人了，還怕個啥？也不是委曲，共產黨領導打江山時，自己實在沒有出多少力，憑什麼資格賴在縣城裏享清福？原本就不該來啊！怨不得有些人會嫉恨你，連娃兒們也罵你是土匪、叛徒，叫你滾……

鄒秀珍和玉娟也跟著進屋來了，死了娘似的哭喪著臉，默默地幫著收拾。蘭花蘭芝倚門框上觀望，眼淚花花的，一下子像懂事了許多。貴生吩咐說：「先簡單收拾點兒行了，以後再慢慢往山裏帶。」說罷急匆匆去車站買票。

都還不至於太生疏，牛二貴又想，我能夠編曬席，老伴也還舉得起挖鋤，揮得動砍刀。兒子、兒媳婦已經是有單位的人了，只怕不能夠隨便離開……

眼眶竟有些酸澀。他歎息：什麼世道啊……

四十多里的羊腸小道，既熟悉又陌生。山倒還是老樣子……

牛貴生挑著一大擔行李捲兒走在最前面，兩條腿杆竟如灌了鉛一般沈重。玉娟後背上背著蘭花，胸前抱著蘭芝，氣喘吁吁，緊緊跟丈夫身後。鄒秀珍那如老黃牛一般的寬厚身坯上，橫七豎八攀掛著好幾個小藍布包袱兒，雙手還得不時去攙扶老頭子。牛二貴高一腳，低一步，吭哧吭哧上氣不接下氣，走得十分艱難。

山風料峭，山路崎嶇不平，才勉強綻出米粒樣芽苞兒的灌木枝柯呼拉拉掛褲腳管；低窪處和背陰的山坡上還有殘雪。幸虧天上懸著一輪明月，清輝幽幽地映照著靜寂寂的山林。遠處，有一隻角麂正淒迷地叫著，是在呼喚配偶吧？貓頭鷹在溝谷底的林中低沈地哼哼，時斷時續，更給夜色添了幾絲兒恐怖。林濤聲由遠而近，又滾向遠方，不知疲倦，悶雷也似地震人耳膜。沒有人說話。蘭之、蘭花也許睡著了，也許給嚇壞了。

夜半時分吧，他們好不容易才摸進朱家寨子，已經都累得筋疲力盡了。一條大黄狗低吠著撲過來，牛二貴認出是朱正奎家的獵狗黃毛。黃毛也許老早就認出他們來了，湊過來討好地搖尾巴，嗅他們的褲管，躥前躥後撒歡兒。接著，就聽見「吱呀」一聲，厚木板大門洞開了，甩出來一團黃燦燦的光暈。朱正奎端著煤油燈，腳踩在粗麻石門檻兒上朝這邊大聲問道：「喂！那邊是哪個？」

「是、是我們……」牛二貴連忙回答，聲音沙啞，心底酸溜溜不是味兒。他今天暈車了，吐得特別厲害；又走了這麼長山路，渾身的骨頭都像散了架，關節都脹鼓鼓的疼。

「唉呀……要回來怎麼也不捎個信兒呢？老早就聽學生娃們講：城裏在批鬥書記、縣長，不太平得很！大夥兒都懵懂了，正惦記著你們吶！」朱正奎驚訝地大聲嚷嚷，將煤油燈擱檐坎上，大踏步過來幫忙拿行李包袱。

「吱呀——」「吱呀——」「吱呀——」……沈重的木門扇次第打開，煤油燈的光斑很快便在大青石砌的古老村道上連成一片。全寨子都驚醒了，蓬頭垢面的婆娘，光頭的漢子，赤條條的娃娃爪爪們，全都熱乎乎圍了上來，都驚訝地喳喳呼呼問候，搶著拿行李，提包袱，鬧鬧嚷嚷如大隊伍，送他們來到自家的大門口。

蘭芝、蘭花也驚醒了，迷迷糊糊問道：「朱家寨子怎麼沒有電燈？」惹得婆娘們、漢子們和娃兒們，全都開心地大笑起來。

銅鎖鏽死了，用鑰匙怎麼也打不開。牛二貴彎腰撿起一塊石頭，遞給兒子砸開鎖。

屋子裏黑古隆洞，一股濃烈的潮濕泥垢的黴味兒湧進鼻腔，直沁肺腑。幾大滴老淚禁不住就滾出了眼窩。牛二貴沒顧得去擦，也沒有人發現……

就有人連夜送床鋪草來了，有人扛松木鋪板、條凳來了；有人用木桶從溪溝邊提來清涼水，有人端來了鍋碗瓢盆……熱心快腸的婆娘們開始張羅著架床板，鋪被褥，嘴巴糙的青皮後生們，則嬉皮涎臉圍著稍標致點的小媳婦，輕聲嘮叨些風騷話。玉娟就羞紅了臉，忍不住「咯咯咯」直笑。一時間，廂房內嘰嘰喳喳一片，像搗了喜鵲窩！

堂屋這邊也熙熙攘攘。乾透了的櫟木柴也背來了，男人們掏通豁了屋子中央的地爐，架起了火，支起了吊鍋。山裏人都喜歡說「火是主兒」。無論家窮或者家富，只有在堂屋的地爐上旺旺地燃起一堆火之後，才像一戶人家。

依照習俗，凡出遠門歸來的人，應該給左鄰右舍捎帶點見面禮，如煙、酒、糖粒兒、芝麻餅，或者小段的碎花布料等等。這次走得太狼狽、太倉促，兩手空空，鄒秀珍面對鄉親，覺得十分過意不去。陡地又看到朱正奎提一壺酒，熊娃子端著一大盆羊肉、豬肉、麂肉煮的三鮮，菊嬸子捧一筲箕熱氣騰騰的包穀飯，一家子呈一條線走進屋來！鄒秀珍窘迫得更厲害，慌忙迎上前，把手掌蹭著大腿訕笑，說：「我們在夫子鎮吃晚飯了……」

「客氣個啥，上個坎還要再吃一碗哩！剛過清明節，家裏剛巧剩有些現成的下酒菜。來來，先喝兩杯壓寒氣！」朱正奎說，斟一杯酒遞給牛二貴。

「熊娃子的媳婦頭胎就生了個放牛娃！上個星期剛滿月，屋裏才剩了些葷菜咧！」菊嬸子滿臉喜氣，也笑呵呵說。

「都得孫子、當爺爺婆婆了，我們還不知道，恭喜恭喜！」牛二貴說，雙手接過酒杯一飲而盡，又感歎，「老古話說，『清明青半山』。城裏的水柳都粉綠了，山裏的樹還才綻一丁丁芽兒！這陣子城裏鬧紅衛兵，把節氣都鬧忘記了。」

於是，就有人問起縣城裏的事兒來：「都說紅衛兵是毛主席派來的，見官大一級，像哪吒一樣三頭六臂！那些平日裏威嚴赫赫的縣長、局長們，見到了紅衛兵，一個個都嚇得把腦殼垂進褲襠裏……究竟是真是假？」

畢竟為避禍才逃回山裏，與富貴還鄉不可同日而語，牛貴生怎麼也打不起精神來。他也懶得去聽人家說了些啥，不過偶爾眉頭微鎖望對方苦笑，然後埋頭只顧喝悶酒。

牛二貴說：「縣城裏如今反正亂七八糟，連縣委劉書記也讓紅衛兵整服行了！究竟是怎麼回事，我也說不明白，反正是待不下去了……」

扒進肚子滿滿尖尖兩大碗飯，鄒秀珍抹抹油嘴巴，勁頭也緩過來了，開始繪聲繪色講述起來：「起初還只是破『四舊』，燒書，砸罎罎罐罐，接著抄『四類分子』的家……最後掉過頭，整起當官的來了！從古到今民怕官，如今是官怕紅衛兵！紅衛兵其實都是些學生娃，可他們握有毛主席的最高指示，真比天兵天將還厲害吶！」

朱正奎笑呵呵說：「縣城裏的事我管不到，可山裏頭還是我說了算！正剛兄弟的滿娃子，在省城讀技工學校，放假回來後，也跟著洋人造反，說什麼報紙上號召的，什麼『經風雨，見世面』，什麼『捨得一身剮，敢把皇帝拉下馬』！鼓弄著幾個學生娃，想去奪公社的權。讓我事先曉得了，跑過去敲了他兩煙袋鍋兒！十六歲的娃，他們曉得啥？」

大家都面面相覷，對縣城裏正在發生的事兒更加摸不著頭腦了。冷場了一會兒，又你一言我一語，議論起去年的雨水好，包穀、黃豆比哪一年都收得多！梨樹和一些核桃樹去年歇枝，今年肯定要大結，肯定要壓彎枝！嘴巴甜的又誇起朱正奎家的黃毛厲害，前天早晨竟咬死了一隻大角麂……在廂房內，嬸子大娘們坐了滿床，都異口同聲讚歎蘭花和蘭芝出脫得像年畫裏的胖娃娃；邊誇獎邊大把地朝她們懷裏塞高粱糖、核桃、山裏紅、板栗……兩姊妹大眼睛左望右望，忽閃忽閃眨巴，手捧粘合著高粱米花的糖坨，啃得有滋有味！

待客人們都走盡，天已經差不多快亮了。因為事發突然，始料不及，四個大人腦子裏亂糟糟，竟然都沒有一點睡意。地爐子裏的櫟木劈塊早已經不放煙兒了，木炭塊像熬夜人的腥紅眼睛一般有氣無力，忽明忽滅。四個成年人守著地爐的餘溫，各人想著各人的心事，好一會兒，誰也沒有吱聲。

「今晚上，玉娟的爺爺沒有來坐坐咧。只怕還在為銀元寶那事兒記仇？唉，也不曉得他身子骨還硬朗不？」鄒秀珍突然說。

朱玉娟立刻把腦袋瓜兒耷拉得更低了，肩膀一聳一聳像在哽咽。貴生瞅妻子一眼，畢竟問心有愧，心底十分不自在。他倒是想安慰一下妻子，身子微微晃動，乾咽下一口唾沫，最終也沒有找到適宜的話題。

牛二貴慢吞吞將長煙桿湊暗紅的炭灰上，巴噠燃旱煙，長長地吸一口，歎息說：「老輩人常講，『小難逃城，大難逃鄉』。紅衛兵們燒書砸古物件兒，自古也沒有經見過。也不曉得這一回，究竟是大難還是小難呢？」

天色很快便朦朦亮了。因為並沒有請假，貴生和玉娟不敢耽擱，還得匆匆趕回縣城去。蘭花和蘭芝很晚才躺下，這會兒在墊有厚厚稻草的床鋪上睡得正香。朱家寨子被濃重的霧氣所籠罩，鄉親們都還在睡夢中。沒有人送行。

三

《人民日報》一月二十二日的報紙就攤開在寫字臺上，已經給翻得有些破爛了。

牛貴生從山裡匆忙趕回縣城，為謹慎起見，先匆匆上局裡露了會兒臉，然後便悄然來到柳玉家。他簡單地講了昨天早晨發生的事，敘述得有條有理，不帶半點情緒。局裡的日常工作看起來已癱瘓。非常時期，他拿不準是否跟柳玉也該少接觸為妙。

「好多天沒看報紙了，人硬是給鬧騰得有點兒暈頭轉向。」貴生訕笑說。他是前些天經錢玄之提及，專門來找這張報紙的，希望能把握住運動的大方向。合上報紙小心翼翼捧著，又望柳玉微微點頭訕笑，然後匆匆回宿舍去了。

柳玉重又仰面倒大床上，頭枕著手掌，心裏亂糟糟不是味兒。報紙上的那篇社論：〈無產階級革命派大聯合，奪走資本主義道路當權派的權〉，鄭新宇推薦給她之後，她已經一字不漏地看兩遍了。社論上說：「上海革命力量起來，全國就有希望。它不能不影響華東，影響全國各省市。」——會怎麼影響？將建國以來的所有工作全盤推翻？把老幹部都打倒？所謂「有希望」，又是指什麼？難道就是無情地批鬥人、甚至毒打人，無休止地焚書，無所顧忌地砸毀一切文物古蹟？

殘忍野蠻啊！可究竟為了達到什麼目的？她想，連牛二貴、鄒秀珍這樣老實巴交的人都不放過，都給嚇破了膽，又逃回山裏去了……

劉書記這麼快就在廣播裏聲明縣委犯了方向性路線性的錯誤，表示要堅決支持革命造反派奪權，也大大出乎柳玉的意料。對於劉書記過去的許多作法，她當面頂撞得多，腹誹也多；但要說劉書記是死心踏地走資本主義道路的當權派，柳玉仍然覺得太武斷了。她的確煩躁，剪不斷，理還亂；至今仍作壁上觀，還想再思索思索，再看一看。

虛掩著的房門緩緩被推開，鄭新宇回來了，興沖沖喜形於色。他很早就加入縣直機關的造反組織了，還是一名主管輿論宣傳的勤務員。

「今天怎麼回來得這麼早？是不是找不到什麼東西可以來砸爛了？」柳玉挑釁地問道，躺在床上沒有動彈，連眼皮都沒有擡。

「你最近怎麼老是用這種腔調說話？」鄭新宇朝上推推眼鏡框，仍一臉兒笑說。「我知道你是在為貴生的爸爸媽媽傷心難過。其實，我也並不認為他一定就是土匪，北京的學生還刷標語說賀龍、朱德是大土匪咧。運動初起，就好比山洪暴發，泥石俱下，魚龍混雜，難免會發生一些過火的行為。電影《列寧在一九一八》你也看過，列寧問高爾基：兩個人生死搏鬥，你能說哪一拳必要，哪一拳又不必要？更何況，這次無產階級文化大革命，在國際共運史上也沒有先例。但矯枉必須過正！少數無辜者的血淚，是非常時期沒法兒避免的副產品，正所謂慈不帶兵嘛！革命就是暴力，是破壞，溫情脈脈能成得了什麼大事？」

理論的確太冷酷又太蠱惑人心了！柳玉懶洋洋地想，簡直像寒光閃爍的佩劍，像晶瑩剔透的冰山！她陡地又記起還是在大學時期讀到過的、蘇聯建國初期，無產階級文化派詩人基利洛夫寫的一首著名的詩；時至今日，竟還一字不差全記得：

……我們在瘋狂的激情支配下
讓別人對我們喊：「你是美的劊子手！」

——為了我們的明天，我們要燒掉拉斐爾，
我們要毀壞博物館，我們要踩爛藝術的花朵！

柳玉甚至還記得，讀第一遍的時候，她這個十九歲的女兵、女大學生，熱血如在燃燒，真正感覺到天降大任，心情振奮，幸運得渾身直哆嗦……

老囉，可能也因為在基層見識了太多的苦難，柳玉又想，「書生意氣」早消磨盡淨，再也不會有「糞土當年萬戶侯」的氣概了！

「鄭新宇，你也別忘了，當年列寧曾斥過責無產階級文化派，說他們在純粹的無產階級藝術和無產階級文化的幌子下，擡出的是某種超自然和荒謬的東西！我真弄不明白，時至今日，為什麼這種思潮偏偏又成了時髦？」柳玉突然又歇斯底里大發作說，生氣地坐了起來，巴掌拍得床架砰砰直響。

「好了好了，我們倆就別再爭了。究竟誰是誰非，相信歷史會有評說。」鄭新宇有點覺得懊喪，息事寧人地擺擺頭。「我還沒有吃飯呢，有現成的東西沒有？」

「飯菜都還溫在鍋裏。」柳玉說，發現丈夫比前一陣子更瘦了，眼睛佈滿血絲。

吃完飯，就著飯碗倒點開水嗽一下口，鄭新宇在臥室裏來回踱步，滿臉嚴肅又說：「群眾運動猶如江河決堤，勢不可擋；個人不過是滄海一粟，力量太有限了。龔自珍說得好：『九州生氣恃風雷，萬馬齊喑究可哀』！到現在，群眾總算發動起來了。龐大的社會機器已經轟隆隆啟動了，每一顆齒輪和螺絲釘，只能跟著運轉……」

見妻子懶得望他，懶得搭腔，鄭新宇瞅一下手錶，心事重重又出門去了。

剛安靜一會兒，又有人輕輕敲門。「砰砰」，聲音顫顫悠悠，十分微弱。

是牛貴生還報紙來了。仔細地看罷社論，貴生感覺到劉書記等官們大勢已去，不禁心底更虛。他瑟瑟縮縮打量四周，問：「老鄭怎麼沒有回來？」

「他如今可是個大忙人！」柳玉說，「坐吧，還有什麼事兒？」

貴生猶猶豫豫坐下，欲言又止，兩隻手神經質地撫摸報紙，歎一口氣說：「這麼終日惶惶也不是個事兒。柳大姐，你看我究竟應該怎麼作才好？」

「這時局，『四海翻騰雲水怒』，『亂世英雄起四方』！我哪裡知道該怎麼辦？索性自在逍遙作壁上觀。」柳玉咯咯笑自嘲說。

「如今，奪走資派的權已成大勢所趨。我也打算去參加造反組織了，想請老鄭幫忙通融通融。他們肯要我嗎？」貴生試探地問。

「依我看，你就別自作多情了。「紅藝兵」、《紅教工》們，正在籌備奪文教局的權，局裏面有幾個人討厭死你們兩口兒了，說遲早還得找你算賬咧！」

牛貴生立刻緊張起來，後悔前一陣子風頭出得太過，卻燒錯了香火上錯了船。他腦殼低垂沈思一會兒，囁嚅說：「我想乾脆搬回柳林子去住，先躲一躲。我惹不起他們……」

柳玉說：「也好，柳林子偏僻。單位裏如今反正已無事可做了……」

重新回水柳林子住下，兩口兒足不出戶，天天吃鄒秀珍留下的酸蘿蔔、老南瓜、熏臘肉和乾鹽菜。小豬朱玉娟倒想養，卻被貴生送給了一戶菜農。文藝書籍早讓紅衛兵們抄得精光。百無聊賴時，貴生便背誦唐詩給玉娟聽，一併也教她幾個生字。玉娟心裏掂記著女兒，學得很勉強，整天眼淚汪汪。

柳玉也會不時地獨自晃悠過來坐會兒，順便帶來一些千奇百怪的消息。這個一直蠻有主見的女人，眼下好像也給駭喪膽了，攪糊塗了，再三叮囑他們莫上街，又感歎說：「柳林裏真是世外桃源啊！」

看著柳玉修長的背影在這春意盎然、燕歌鶯啼的水柳樹枝柯間漸行漸遠，悲愴的情緒像磨盤，沈甸甸壓迫著貴生的心胸，使他想哭喊，想發瘋一般奔跑！

過的他媽什麼樣的日子喲！他想，柳林子成了被人遺忘的角落，我他媽也成了囚徒、成了與世隔絕的白臉皮修女了！

安貧樂賤不是貴生的本份，午飯吃得沒有一點滋味。兩個人都找不到話說，紅磚小院落裏更顯得空曠寂寞。麻雀作對成雙，又在屋檐口快樂啁啾；柳絮浪漫繾綣，連芽苞裏生命萌動的聲音似乎都可以聽到。

呆坐著的貴生突然想到了死亡：所有的機會、享樂，還有這人世間美麗的一切，都將在遲早會到來的那一天消失，連可憐巴巴旁觀都作不到……他不甘心，再也坐不住了，擔心可能會坐失離奇的幸運降臨到頭上。春的氣息也激勵著這位從底層一路掙扎上來的小知識分子，渴望出人頭地的本能，就是在革命年代裏，也無法完全征服。

貴生決定親自去找鄭新宇聊聊，或許能夠想出個擺脫窘境的辦法。這麼些天來一直平安無事，也許自己是太神經過敏，其實壓根兒用不著緊張。太陽光明晃晃。單獨走在大街上畢竟仍有點心虛，牛貴生於是便硬拉上玉娟作伴兒。

「喲呵，黑秀才攜夫人駕到！媽的，狗男女送上門來啦！」

剛剛走到街口，便被迎面而來的一小隊胳膊肘兒上佩「紅藝兵」袖章的熟人和同事攔住去路。牛貴生心虛地點頭搭訕，還沒有完全適應現如今的階級劃線，說時遲，那時快，笑臉上早挨了重重一耳光，鼻孔立刻淌出鮮血。

「王八蛋！大白天還同臭婆娘吊膀子，向革命造反派示威呀？你們不是陪著土匪老子逃到山裏去了？老子以為你們不回來了咧！」另一個文工團的美工破口罵道，上前抓住玉娟的長頭髮猛力拖曳。玉娟「哎呀」一尖叫，踉蹌幾步，重重倒在地上。

「呵呵，國民黨稽查中隊長的千金好嬌氣！美女蛇，快把老地主的變天帳交出來！」幾條姑娘的亮嗓子十分威嚴地嚷嚷。寬皮帶呼呼生風，朱玉娟立刻感覺到脊背上猛一陣火辣辣生疼，茫茫然望著這一張張熟悉的臉孔，人完全懵了。

「反革命臭婆娘，還不老實交代！」

「趕快交出變天賬來！坦白從寬，抗拒從嚴！敵人不投降，就叫她滅亡！」

……圍觀的人越聚越多，或表情漠然，或笑笑嘻嘻，或七嘴八舌跟著起哄。牛貴生弓腰駝背哆嗦著，腦殼幾乎抵著膝蓋，根本不敢去望妻子。朱玉娟頭髮亂蓬蓬耷拉，臉上紅一陣白一陣，坐在地上不自主嗚嗚啜泣。年輕演員們手中的皮帶，還在不斷地呼呼生風抽打過來，玉娟已經感覺不到特別疼痛了……

自從報紙上登載她「大義滅親」的事迹之後，玉娟一直害怕提這事兒，一直覺得虧心。記得初到朱家寨子時，老哭著要媽媽。爺爺疼她，哄她，為了逗她樂，時常趴地上學狗叫，學羊叫，讓她坐背上「騎馬馬」。開始時，有好長日子吃不慣包穀飯，爺爺天天給她熬高粱粥，在溪溝裏摸小魚蝦，用文火煎得二面金黃，一口一口地餵她吃。五九年大饑荒，有一碗飯也要留給她吃，爺爺自己則吃用枇杷樹皮磨粉、然後拌和野菜做成的粑粑……她知道丈夫是為她好，不想過份埋怨貴生。參加工作不久，她曾瞞著丈夫捎回去二十元錢，沒幾天，又被爺爺退回來了。那天貴生剛巧在家，只淡淡地說：「爺爺恨我們，不會要錢……」像也有點兒內疚吧。回朱家寨子的晚上，她幾次想去看爺爺，又覺得沒臉……

有人拿來兩塊馬糞紙，一塊上寫「土匪崽子、黑筆桿子、保皇狗」，另一塊寫「混進革命隊伍的反革命美女蛇」，用細麻繩分別套在牛貴生和朱玉娟的胸前……掛黑牌和戴高帽等等形式，還是看了北京批鬥黑幫的記錄片，無師自通模仿來的。小山城民風淳厚，好多老人起初還看不習慣，認為「砍頭不過頭點地」，「打人莫打臉」！經歷了一次次暴風驟雨的洗禮，老人們明哲保身，早已噤若寒蟬。

「都把手舉起來，低頭認罪！」「再不老實就給他們架飛機！」又過來了一隊戴「紅小兵」袖章的小學生娃娃，興高采烈跟著吆喝，稚氣的臉蛋上沁滿激動的油汗。窄街口人頭攢動，比看猴把戲還要熱鬧！一個街頭閑漢也擠了進來，手中抓一束稻草嬉皮笑臉嚷嚷，「都來瞧啊！反革命臭婆娘撈救命稻草啦！」將稻草往玉娟脖頸裏塞時，那隻硬手閃電般探下，在乳房上使勁擰了一把。朱玉娟頓時全身僵硬，熱血直沖頭頂，眼珠兒像要迸出眼窩！她不假思索死命掙扎，狠狠咬了湊在唇邊的胳膊。

「哎呀！狗雜種咬人……」

拳頭擊打在腮幫上，口剛鬆開，胸脯上又挨了幾拳。玉娟的身子搖搖晃晃朝後踉蹌幾步，隱隱看見一隻穿翻毛皮鞋的大腳惡狠狠往小腹飛過來了。「啊——」一聲細細的悲鳴，她軟軟地癱倒在貴生的腳旁，不動彈了。

貴生鼻孔裏的血還在吧噠吧噠滴著，早已是魂飛魄散。他以為妻子死了，慌忙緊閉眼睛，任淚水無聲地流；身體仍僵僵地呆立，像豎得直挺挺的大問號。拳腳和皮帶環抽打在身上早已感覺不到疼了，他只是口渴得厲害……

晴空萬里，太陽像一隻睜大的眼睛，冷冷地打量如蟻群咬架一般洶湧著的蒼生。有一隻烏鴉掠過，還興災樂禍喝彩，「呱——呱——」不祥之聲也飛翔了。

老天保佑，讓我莫再倒下了，貴生咬緊牙關想，都怨我，真不該帶玉娟上街……

「……嘖嘖，下手真重。造孽啊！」柳玉歎息說，長睫毛上淚光閃閃。

上午，她從水柳林回家不過一會兒，連午飯也沒讓吃，就被請到設在舊縣委大院內的「反戈一擊學習班」裏去了。造反派覺得柳玉文化大革命前喜歡我行我素，在劉少奇反革命修正主義路線下也不香，決定幫助她回到革命造反隊伍中來。

玉娟挨打的消息，是黃菊英打電話給沈宏坤，又由沈宏坤悄悄告訴柳玉的。奪權運動一開始，遵照妻子的意思，沈宏坤率先就拱手交出了縣計委的大印。為表示對造反派掌權的絕對信任，沈宏坤索性百事不管，樂得在家自在逍遙。這一次，他作為可以利用的老幹部代表，也被請進了「反戈一擊學習班」。

「貴生你也真是！有這麼幽靜的林子，這麼寬敞的小院落，何苦還要跑大街上去湊那份熱鬧？」黃菊英大聲埋怨說。她正在廚房裏幫著張羅做晚飯。「這地方好，扯再大嗓門說話，也不用擔心外人會聽見！下次我再來，一定把那架留聲機也帶來。柳玉，我們沒事就躲這兒來樂吧，搞個逍遙派俱樂部！」

也真是緣份！「紅藝兵」、「紅小兵」們丟下貴生和玉娟剛走開，黃菊英正巧從那街口路過，遠遠便發現了，連忙幫著貴生把玉娟攙扶回水柳林。與一般女人相比，黃菊英遇事更能拿主張；但以女幹部的身份來衡量還嫌欠缺，心裏有什麼就不加掩飾地捅出來。周圍人也瞭解她那勝似男人的女中豪傑性情，私心甚至都樂於跟她接近。

凡打傷的地方已經都抹了藥水，或者敷了膏藥。玉娟平躺在床上默默淌淚，小腹還如針紮火燒一般灼疼；還是初次認識黃菊英，見她那麼熱心快腸，說話又那麼爽直，絕望的心頓時感受到一縷縷的暖意。

「柳大姐，黃大姐，我除了得罪過爺爺，再沒有得罪過任何人啊！怎麼連不認識的大人、娃兒，都那麼恨我？」玉娟說，又泣不成聲。

牛貴生垂頭耷腦坐在床沿上，慌忙掏手絹輕輕替妻子揩淚，勸慰道：「事情已經發生了，莫再想，好好休息吧。」

「都是嫉恨你的這個太伶俐了的秀才男人！他幹啥都愛逞強，太年輕氣盛哩！」黃菊英在廚房裏笑笑呵呵，大聲接過話茬。「咯咯，也怪你生得太標致水靈。記住大姐的話：男人們都他媽是饞貓，越漂亮水靈的花兒，越想能夠親手搓揉個稀巴爛！」

貴生聽得心底猛一「咯噔」，腦殼垂得更低。因為最近心裏裝的事兒太多，有好長一段時間沒有去黃菊英家串門了。是感覺到受了冷落，她才含沙射影如是說吧？

「黃科長又取笑我。我們鄉巴佬，想在縣城裏活出個人模樣兒，不拼命幹怎麼行？」牛貴生訕笑著掩飾說，心底酸溜溜難受，說的倒是真情話。

柳玉和玉娟也都陪著淺淺笑起來，氣氛稍稍變得不那麼太沈甸甸了。

「菜都洗淨切好了。貴生掌勺去！堂堂七尺男兒，挨了幾皮帶，難道就要癱倒不成？」黃菊英扯毛巾揩乾淨手，進到廂房裏又吩咐說，「這會兒由我和柳玉來陪你媳婦。從今往後，可不能再委曲玉娟了。柳玉教過她文化課。現在，該由我來教她怎樣享受生活！」

貴生咧嘴巴訕笑，乖乖地下廚房忙活去了。他其實也樂意暫時一個人待會兒，只不過還有點兒擔心兩位喜怒無常的城裏女人由著性子胡吹海聊，沒準兒會讓他在妻子面前更下不來台。柳玉站起身打算去幫忙，被黃菊英攔住：「女人們都休息！今日這頓晚餐任由他折騰去，就算把飯菜都燒成黑炭了，我們也吃！」

讓貴生獨自下廚房忙活，玉娟一時還有點兒不習慣，不自在，聽黃菊英這麼說，也微微笑覺得有趣，鬱悶的心胸一下子竟開豁了不少

「大街上白紙黑字刷著：『造反派可敬！逍遙派可恥！』我真算服你了，把逍遙的日子調理得這麼有滋有味！」柳玉感歎說。

「毛主席指方向，紅衛兵向前闖！我一個半老徐娘，遇到千載難逢的逍遙日子還放不鬆心境，那才真對不起自己這輩子！」黃菊英大大咧咧說。她其實也悶，不願承認罷了：家庭舞會不敢再開，好朋友人多都成了喪家之犬；單位裏又實在找不到可以插手的事兒，整日同老沈呆頭呆腦大眼瞪小眼，也真他媽別提有多膩味！

「我們家老沈，修煉得比我還到家。面壁打坐樂樂呵呵，兩耳不聞窗外事，真可謂六根清靜！」她又說，「想穿了也是，折騰來折騰去，究竟為了什麼？沒有人說得清楚。糊糊塗塗幹，還不如撒手不管！女人老得快，更不能去白費那個精神。」

柳玉微微笑聽著，思想信馬由繮，聯想到好多好多……又想到鄭新宇，微笑就顯得有些勉強了。不過三、兩天工夫，縣城內的奪權鬥爭已塵埃落定。眼下正輪到了梁山泊英雄排座次，各個造反組織，彼此之間爭得不可開交，大有火拼之勢！特別是這幾天，鄭新宇忙得更厲害了，夜半十二點之前很少回過家。

「真是老囉！飽經滄桑之後，氣魄越來越小，更多時候，則是無所依傍、無可奈何的悽惶……」柳玉沒頭沒腦說，硬是有點心灰意冷。

「屁話，你比我還小一歲，賣什麼老喲！你的毛病也是太愛爭強鬥狠，而且太認真。」黃菊英說，低頭望著玉娟又說，「如果我沒有記錯，玉娟你才二十二歲吧，真叫人羨慕！這回皮肉雖然吃了點苦頭，沒啥大不了，從今往後也學著逍遙嘛！我看『逍遙派俱樂部』這名兒就蠻好！讓那些個不鬥爭就沒法兒活命的傢伙們去

鬥爭好了。我們女人嘛，得尋塊蔭涼去處，乘著還不算太老，逮機會快活我們自己！」

「好吧，就這麼說定了，」柳玉心不在焉附和說，「以後有機會我們就來這兒小聚——也真懶得再理睬那些烏七八糟的事兒了！」

一股焦糊味從廚房裏飄過來了。緊接著，傳來貴生的驚呼：「黃大姐快來幫忙——」

四

為了在將來的鬥爭中立於不敗之地，依照中央文革領導小組所制定的「文攻武衛」原則，各股造反力量開始悄悄籌備，準備組建自己的武裝。

四月十七日這天，「衛東彪紅色造反第四野戰兵團」突然襲擊了縣公安中隊的軍械庫。行動是在深夜兩點四十八分發動的。擔任警衛的那位河南新兵根本不敢相信，完全傻眼了！他慌裏慌張朝天打出了一梭子子彈，沒敢停留，撒丫子跑回營房報告。恐怖的子彈「嘶嘶」地劃過夜空。以縣一中高中部學生為骨幹組建的「敢死隊」，大都只在電影院裏見識過如此場面！衝在最前面的十多名隊員中，一名以為自己中彈快死了，跌坐在地上「哇哇」大哭；還有三名嚇得尿了褲子……

縣城裏最大的造反組織「東方紅總部」，動手整整遲了三個半小時，軍械倉庫裏已經只剩下幾門殘缺的「六零」炮、重機槍，一些生了鏽的手榴彈，和幾支破損的「三八」式步槍。總部一號勤務員徐楚漢聞訊後大怒，當即召開緊急會議，決定改變策略，由負責宣傳鼓動的勤務員撰寫出〈嚴正聲明〉，一個上午就貼滿了縣城裏的街街巷巷。

「……『四野』搶槍，破壞軍民關係，毀我偉大長城，是走資派幕後操縱的一起重大反革命事件！是可忍，孰不可忍……勒令狗『四野』兩天內將所搶的全部槍支彈藥，一律送回軍械庫。關於組建我縣人民武裝之事，由以『東方紅總部』為首的無產階級革命造反派，匯總其他各造反組織的意見後，再協商解決。」

「衛東彪紅色造反第四野戰兵團」是由縣一中學生、縣宣教文衛戰線和縣直各機關的造反派聯合組成的，人才濟濟，完全不買「東方紅總部」的賬。當天下午，他們針鋒相對，出動了六台宣傳車。十一名兵團勤務員腰挎「五四」式手槍（剛剛搶來的），志得意滿親自督陣；「紅藝兵」的女戰士們一身半舊戎裝，步履矯健，英姿颯爽，敲打著洋鼓洋號，興高采烈行進在隊伍最前列。車載高音喇叭裏，「革命不是請客吃飯，不是做文章，不是繪畫繡花……革命是暴動！是一個階級推翻另一個階級的暴烈行動！」等語錄歌曲唱得震天響！也撰寫有措辭強硬的〈嚴正聲明〉：「……『東方紅總部』中的一小撮野心家，為擴大山頭，招降納叛，隊伍嚴重不純，成了走資派和保皇狗們的傳聲筒，已經為廣大的無產階級革命造反派所不齒！受蒙蔽無罪，反戈一擊有功……」

到傍晚時分，兩派的「文攻武衛隊」在十字街口發生衝突，雙方都傷了幾個人，大街上血迹斑斑。一直貌合神離的各路造反派隊伍，終於分裂成勢不兩立的兩大集團了。

「衛東彪紅色造反第四野戰兵團」在地處鬧市區的五層樓縣政府招待所頂上，架起了十二個高音喇叭，一天到晚播放由一百名嗓門最渾厚的男子拼全力吼出來的自編歌曲。歌詞很短，旋律奔放雄壯，十分有力度：「搶得好！革命無罪造反有理！好！好！好！搶得好！槍桿子裏面出政權，好！好！！好！！！」沒有多少日子，縣城內的老老少少，差不多都能哼哼了，於是簡稱他們為「好派」。

「東方紅總部」則針鋒相對，每當對方在高音喇叭裏唱「搶得好」時，架在百貨大樓屋頂上的「東方紅總部」的二十四個高音喇叭就一連串大聲斥責：「放狗屁！放狗屁！」所以被縣一中的學生娃們刻薄地稱之為「屁派」。

入夏以後，「好派」和「屁派」之間的武鬥，也隨著氣溫而上升，漸趨白熱。雙方各控制著半個縣城。對峙的幾棟高樓相距不過咫尺，叫罵聲不絕於耳；臨街的大門上和樓頂上，還都用麻袋沙包築起了作戰掩體。

「啾——啾——啾——」，「三八」式步槍的聲音隔遠聽頗清脆；「咕咕咕——」，那是重機槍在打連發；「砰！」撇把子「獨角龍」不但模樣兒最醜陋，聲音也特別粗糙，像過年時放大炮仗……雙方的勤務員有命令，文攻武衛隊員暫時都不敢瞄準活人；都是對空射擊，借槍聲撐威風。傳說流彈曾打斷過一位在半山腰放牛老漢的腿；也有人講是貼著一位標致村姑的頭皮掠過，還燙焦了一溜兒頭髮。無論白天還是黑夜，小城上空鑼鼓聲、口號聲不斷，槍聲也時斷時續。「五類分子」們、「走資派」和「保皇狗」們，一時都被冷落在各自家中，成了激流下的鵝卵石塊，誰也沒有精力再顧及他們了。

朱玉娟的傷已基本調養好了，每月無聲無息去文化館財會室領回工資，然後蝸牛樣待家中聽子彈掠過晴空。她的腰和小腹仍經常疼，偶爾還尿血，月經期間幾乎不能起床。她越來越想念兩個女兒，嘮叨著要回朱家寨子看看，整日以淚洗面。貴生擔心節外生枝，擅自去鄉下可能惹出更大麻煩，或者會被單位除名。好不容易雙雙在縣城裏站住腳，輕易放棄豈不太可惜？他內心也十分想念女兒，所能夠做的，不過每月寄回十多元錢和幾句問候話；對時局仍分外關注，就從黃菊英和柳玉那兒找來各種造反派的小報，讀得十分認真。

黃菊英一直以〈飲酒歌〉中的「這世上最重要的是快樂，我為快樂生活！」為座右銘。然而，槍炮聲令她毛躁，窒息了她尋歡作樂的心境。往水柳林中的紅磚小院走動過兩、三次之後，她便沒有再去了，「逍遙派俱樂部」無疾而終。

柳玉礙於丈夫沒完沒了、苦口婆心的開導，被硬拉進了「好派」，卻一直懶得參加活動，實際上還是逍遙派。她逍遙得也並不徹底，一個人閉門家中，從丈夫那兒弄來一捆捆傳單小報，越看越覺得迷糊、荒唐……

進入「伏天」，小城裏兩大造反集團之間，對立的情緒已經到了寸土必爭、你死我活的境地！一場更大搏鬥開始悄無聲息醞釀，槍炮聲也不約而同稀疏了許多。太陽火一般熾熱，水泥樓房暑氣蒸人，窄街上已經鮮有人迹。

「屁派」正在集結隊伍，打算將「好派」一勞永逸地趕出縣城。「好派」刺探到準確消息，三百多名「新一中」紅衛兵，和一百七十八名「紅藝兵」、「紅醫兵」、「紅教工」，也乘著夜色，靜悄悄開進前沿的幾棟高樓，嚴陣以待。

「屁派」的一號勤務員徐楚漢，文化大革命前是縣機械廠的一名車間主任，當過幾年兵。他親自挑選了三十名復員軍人掌握機槍、步槍，用來掩護手持鐵棒、木棍和自製小炸藥包的戰友衝鋒。他吩咐：「這次進攻只能勝利不能失敗！注意，不到萬不得已，不准直截瞄準人射擊；子彈打距離頭頂一、兩公尺的地方！」又暗暗找來兩名可靠的神槍手，由他親自掌握，專門敲「好派」的勤務員和骨幹分子。他還是擔心局面失控，再三叮囑，「瞄準屁股以下射擊，要抓活的，使他們潰散之後群龍無首，成為烏合之眾！」

又是一個晴朗的日子，天高雲淡，碧空如洗。半邊太陽輝映著幾縷搖曳的細細炊煙，街巷暫時還闃靜無聲，只有兩、三隻早起的流浪狗在徜徉。

鄭新宇腰佩「五四」式手槍，滿臉疲憊，站在最前哨的一棟三層樓屋頂平臺上。平臺四周已經預備了好多筐大大小小的鵝卵石，和一些破瓦斷磚。守衛這棟樓房的五十名「新一中」紅衛兵，這會兒大多還待在樓下房間裏打盹兒。

也不知道「屁派」具體什麼時候會進攻，他想，但肯定會有一場惡戰，實力太懸殊！不過想一口吃掉我們也不容易！

昨晚的勤務員會議，差不多一直開到半夜，而且已經派聯絡員去各個鄉鎮中學搬救兵去了。鄭新宇長長地打一個呵欠。他當然不知道「屁派」的首領徐楚漢，這會兒正隱蔽在對面樓房的一眼小窗背後；不知道手持半自動步槍的狙擊手已經開始朝他瞄準了；不知道「屁派」的近七百名精幹工人早蹲在前沿的幾棟樓房裏躍躍欲試。他所能夠預料到的是：武鬥正在升級，又要增添更多頭上纏白繃帶的傷員了。

身後的高音喇叭開始廣播，唱的是由著名作曲家譜曲的那首林彪副統帥的語錄歌：「在需要犧牲的時候，要敢於犧牲，包括犧牲自己在內。完蛋就完蛋！上戰場，槍一響，老子下定決心，今天就死在戰場上了！」

文化革命不可避免地演變成武化革命了，鄭新宇又想，倒也符合「革命是暴動」的天才歸納。據可靠消息，四川那邊已經連坦克車和榴彈炮都用上啦！巴黎公社街壘戰的畫面，和紅色暴君羅伯斯庇爾的名字，也如鬼使神差，在鄭新宇腦海裏浮起。只不過法國大革命一百多年前所抵抗、鎮壓的，是莊園主和貴族資產階級……

兩個女紅衛兵笑笑嘻嘻小聲聊著，從樓道口上來了，都穿褪色的舊軍裝，紅袖章血一樣耀眼。鄭新宇表情嚴肅地望著她們，陡然感到心情好沈重。文件上說「資產階級就在黨內」，號召廣大造反派「要將無產階級文化大革命進行到底」！然而對立兩派都以正統自居，都斥責對方為「資產階級乏走狗」！究竟應該以如何方式進行到底，怎麼樣了才算到底？當下之中國，除了偉大領袖，恐怕誰也說不太清楚。

冷丁就聽到對方吹響了衝鋒號。頭戴柳條帽的「東方紅總部」戰士，揮動著鐵棍木棒，嗷嗷叫著，密密麻麻如黃蜂一般撲過來了。幾乎與衝鋒同步，密疾的機槍子彈也帶著哨聲橫掃過來，「噠噠噠噠——」，高音喇叭上霎時佈滿蜂窩狀彈孔，啞了。女紅衛兵嚇得都趴地上不敢擡頭，其中一個哆哆嗦嗦直哭。

天啦！鄭新宇臉色慘白難以置信，他們該不會真的對活人開槍吧？他硬著頭皮強撐著沒有趴下，禁不住上下牙齒「咯咯」直打架。

「砰！」大腿像挨了一棒，身體不自主猛地一挺——鄭新宇重重地跌坐在地上，甚至都沒有疼的感覺！緊接著，從頭頂上又掠過一陣密疾的機槍子彈。這會兒，連剛剛衝到樓頂上來的十多個最勇敢的男紅衛兵也都臉色慘白，無心戀戰了。他們不由分說，架起鄭新宇，一窩蜂樣從屋頂平臺上潰退下來。

鄭新宇這一隊人從樓房裏剛逃出來，就在街口又同對方遭遇上了。柳條帽們源源不斷，鐵棍鋼條聳動，看不到盡頭！鄭新宇舉手槍朝追兵上空打兩槍，扭頭命令說：「各自分散，先找熟人的家隱藏起來！」說罷推開攙扶的學生，瘸著腿跳到樓房的拐角處，朝著追捕者的頭頂上空接連又開了幾槍。

學生們很快都跑散了。鄭新宇總算鬆了口氣，持槍慢慢地後退著。這一帶他十分熟悉，溜進前面那條小巷子，再朝右拐，上十多級大青石臺階，離黃菊英的家便不遠了。隱隱約約感覺到身後有動靜，他慌忙扭頭：一副高大的軀幹近在咫尺，擋住了去路；粗木棒已高舉過頭，柳條帽下的那張面龐正得意地陰森森獰笑著。

鄭新宇恐慌到極點，鬚眉倒豎；遲疑間，左肩頭早挨了一棒。他本能地調轉槍口，「砰！」一那人應聲撲倒，柳條帽軲轆轆滾出老遠。鄭新宇一時也呆了，傻眼了，惶恐地垂下了持槍的右手。蜂擁而上的眾多柳條帽們沒容他多思索，棍棒如雨點樣呼呼生風打過來。他慘叫兩聲，眼睛睜老大，也倒進血泊中……

我殺人啦！鄭新宇想——這想法就永恒地被定格在他的腦海裏了……

「衛東彪紅色造反第四野戰兵團」的書生們終於成不了大氣候，逃亡的逃亡，倒戈的倒戈，全作猢猻散了。「東方紅總部」大獲全勝。

兩具屍體很快就掩埋了，一百多位頭破血流的傷員也都一一包紮好……

日子一天天過去，親戚或余悲，他人亦已歌！

柳玉傷心欲絕，病倒了，在床上躺了一個多月。朱玉娟幾乎天天過來守候，端茶遞水，間或也細細聲說幾句安慰的話。

一個手無縛雞之力的書生竟然殺人了，柳玉想，須臾之間，自己也被敵對方一陣亂棒所擊殺……夠本？等於零？究竟是哪個地方出了毛病？

這麼些天來，那顆血淋淋的殘缺腦袋瓜兒，老是在柳玉的眼前浮現：表情嚴肅地訴說著，或者微微淺笑著，就是不肯離去……一顆多麼酷愛生活、酷愛音樂的聰明腦袋啊！一個多麼天真、斯文、又熱情如火的人兒啊！

「……血衣裳還是讓我給拿出去燒了吧？老這麼掛牆壁上，看著就寒心。」玉娟小小心心地說，怯生生又瞟了一眼那件釘在臥室白牆上的血衣。

那是一件奶黃色的柞絲綢短袖衫，穿在身上又涼爽又帥氣，還是他們結婚那年，柳玉的爸爸送給鄭新宇的。如今已慘不忍睹了：斑斑血迹已經呈堅硬的漆黑色，星星點點幾團腦漿像發黴了的乾麵包屑，上面還蓬亂地夾雜著幾縷兒黑頭髮；又該灑了多少妻子柳玉的傷心而且苦澀的淚水啊！

「就聽玉娟的，好不？事情已無可挽回，生活還得繼續……」牛貴生眼神茫然附和說。他瞞著妻子悄悄加入了「東方紅總部」，卻並沒有受到重用。他好像也看淡了，不過借廟躲雨，苟且性命於亂世而已。

柳玉望望貴生，又望望玉娟，猛地坐起來，護衛似的輕輕撫摸著髒兮兮的血衣，焦黃的臉皮上竟然露一絲兒獰笑。站在床邊頭的玉娟，被唬得愣住了。貴生一時手足無措，毛骨悚然，也覺恐怖極了。兩個人都以為她可能瘋了。

柳玉輕輕地撫摸了好一會兒，呢喃：「一件價值連城的藝術品，多漂亮啊！不是嗎？」

「一件價值連城的藝術品！」這話最早是黃菊英說的，血衣也是她和柳玉淌著淚獰笑著釘在粉牆上的。出事那天人人自危，也只有黃菊英才有這擔待：黑喪著臉，叼著香煙，一手提從縣醫院借來的擔架，一手攙扶著柳玉，硬是當著手持木棒鋼條橫衝直撞的「屁派」戰鬥隊員的面，用白床單裹了渾身血污已經僵硬了的鄭新宇，將屍體跌跌撞撞擡回了家……

「不燒也好，就這麼掛著吧。」貴生囁嚅說，沈默一會兒後又說，「對了，剛才來這兒的路上，我在一條小巷子裹碰見錢玄之了。原來他躲到新疆去做了半年多的零工……他說待一會兒就來看你。人倒沒見瘦，只是曬黑了不少。」

造反派奪權之後，宣傳部新聞科副科長錢玄之，擔心受皮肉之苦或者胯下之辱，一夜之間，逃得沒了影蹤。提心吊膽的日子一天天過，大家差不多已經忘記了這個人！

柳玉沒有吭聲，仍有一下沒一下地撫摸著血衣，眼睛卻有點兒走神。

還是錢玄之聰明。她想，我和老鄭也真傻啊！當初，我們怎麼就沒有想到一起離開內地，乾脆跑到新疆或者西藏去流浪逍遙呢？那兒可是雪域高原、歌舞之鄉啊！錢玄之是個頗功利的人，機敏，文筆蠻不錯，有幾分小聰明，仍落魄到如此地步，也堪憐……

現在我哪兒也不願去了，她又想，我要永遠待在這兒，死了也埋在這兒！

第四章

一

一九六九年

又是一年柳葉黃。

秋風習習，柳葉紛紛揚揚纏綣，終於無聲地墜落到亮晶晶的漣漪之上，然後打著漩兒，緩緩地隨波逐流，像一隻隻沒有舵手的金色小船。

牛貴生手持一根自製的釣魚杆，坐在河畔的老水柳樹下，悶悶地想著心事。進城五年了，機關算盡，煞費苦心，希望與失望交錯往復，到頭來仍是一場空。

運動仍舊一個接著一個不見盡頭，「反『二月逆流』」、「清理階級隊伍」、「追謠」、「一打三反」、「滿懷豪情迎九大」……《東方紅總部》一號勤務員徐楚漢，在縣革命委員會副主任位置上風光了一年多，隨著大局的基本穩定，陡地又跌落為有血債的打砸搶分子，上個月也上吊自殺了。

貴生一直沒有再搬回文化館宿舍，每天去辦公室呆呆地翻幾個小時的「兩報一刊」，然後懶洋洋回家；太百無聊賴，煙也抽上了，酒也喝上了，舉杯澆愁愁更愁……魚兒吞鈎了，釣絲牽得肘彎離開了膝蓋，唬得他猛一激楞！

能夠衣食無憂活著，也許已屬幸運了，他想，世事如「翻燒餅」，稍不留神，可能就「上了賊船」或者「站錯了隊」——明哲保身，就這麼一天天混唄！

先歸林的黃鶯、烏鴉開始聒噪，身後的水柳林已經看不太分明。貴生收了釣竿，蔫蔫地往家裏走。玉娟又回朱家寨子去了。自去年春節之後，每隔兩個月她都要回山裏陪女兒住幾天。貴生過春節時才進山裏待個十天半月。畢竟是擁有城鎮戶籍的非農業人口了，進山猶如寄人籬下，猶如逃難，心裏總覺得沒滋沒味沒精神。

朦朦朧朧發現紅磚小院落外，竟有個修長的人影兒在晃悠！貴生慌忙止步，禁不住一陣膽戰心驚；再仔細瞧，認出是錢玄之。

「我說你這隻嚇喪膽了的老鼠，到底躲哪兒去了咧！還從未聽說過你愛釣魚？搞了瓶好酒，一個人喝怪沒勁，想起找你來了。」

兩個人一前一後進到屋裏。因為擅離職守，錢玄之被調離了宣傳部，新聞科副科長的烏紗帽也弄丟了。好在他人緣廣，如今在汽運公司幹材料採購，滿世界跑，手頭也活泛。

屋子裏瓢朝天，碗朝地，臭襪子掛在門栓上，髒襯衫丟在柏木小方桌底下……這個家裏倘若沒了女人收拾，簡直就像豬圈狗窩！

「玉娟呢？又進山去了？喂，也把你老頭子、老娘接出來嘛，如今不是沒人再說他是土匪了嗎？」錢玄之又說。

「那一次把他們都嚇破膽了。山裏人見識少，倔咧，都情願待在鄉下。」

「那也該先把兩個寶貝女兒接出來嘛。我們男人無所謂，當媽的怎麼受得了？這麼冷冷清清，哪兒像個家？難怪玉娟待不住。」

「她們的爺爺婆婆都捨不得哩。再說，玉娟也不願意她們進城，擔心女兒們會跟著受人欺辱。」貴生說，苦笑著擺了擺頭。

「清理階級隊伍」時，玉娟作為階級敵人的女兒，又憑白遭受了好一陣子精神上的羞辱，連累得貴生在人前也擡不起頭。他蹲在門檻兒上剖魚，準備著下酒的菜。血糊糊的魚兒還在毫無意義地掙扎著，攪得手心癢癢的。看著魚兒那無助的小眼睛，一種同病相憐的酸溜溜情緒，從貴生心底直沖鼻腔，別是一般滋味。

「劉主任讓我幫忙給縣革命委員會弄一台北京吉普，稍微舊一點的也行。這可真難著我了。我打聽到那個紅軍團長曹友余，現在仍是省軍區副司令員，求他給弄一台北京吉普，還不是易如反掌？只要你們家老頭子肯開口，這事兒準成！」錢玄之笑嘻嘻說，把小板凳兒挪到門檻邊，點燃兩支香煙，扯一支塞到貴生的唇上。

「待我寫封信回去問問。老頭子從不求人，試試看吧。」貴生說。

「就說是原來的那個縣委劉書記請他幫忙，估計他準幹。」錢玄之說，沈默一會兒又說，「歷次運動，知識分子總是首當其衝。我算是看透了。想不想換個地方？眼下我們汽運公司正差一名辦公室主任，你幹不幹？」

貴生擡起頭笑一笑，沒有吭聲。當初，倘若娶的不是如玉娟這麼個家庭背景複雜的老婆；造反派橫行的那兩年，硬撐著不去參加「屁派」；特別是在劉書記受批鬥、遭冷遇，門可羅雀的時候，悄悄地去多走動，多套套近乎，現如今，只怕文教局副局長也當上了！真是一步走錯，滿盤皆輸啊！其實，曲意逢迎，溜鬚拍馬，拉幫結派等等升官之道，他和錢玄之都懂。真正實行起來，他比起老錢來更遜色多了；屈辱感和自卑感總會如影隨形束縛著手腳，從而使理論沒有能夠得到為所欲為地正常發揮。

骨子裏我還只是個鼠目寸光、謹小慎微的鄉巴佬哩！牛貴生苦笑著想，如今更是前怕狼，後怕虎，有賊心沒賊膽……恐怕到底也成不了大事！

更何況，從行政事業單位朝企業調動，難免會給人一種走下坡路的感覺。苦拼苦熬到現在，再去另起爐竈，重打江山，還真讓人不甘心。

「這件事兒，我還得認真考慮考慮。」牛貴生訕笑說，捧著濕漉漉滑膩膩的魚兒，心不在焉朝小廚房裏走去。

沈宏坤已經又官復原職，只不過稱謂改變了，如今叫作「縣計劃委員會革命領導小組副組長」。他靠邊站了兩年多，今年已經五十七歲了，更懶得去管事，整日彌勒佛一般模樣，笑眯眯地在辦公室裏坐上大半天，然後笑眯眯地回家；挺著個碩大的肥肚子，屁股也碩大，舉止已經露老態龍鍾樣兒了。

是星期天。錢玄之進到這屋子的時候，黃菊英剛剛洗罷衣裳。沈宏坤在陽臺上，窩在藤條躺椅裏，搖頭晃腦小小聲哼著《紅燈記》裏的「臨行喝媽一碗酒」。

大雁在高空擺著「人」字，遠山綿延蒼翠，崗巒五彩繽紛；深秋的太陽正暖融融地照耀著，令陽臺上的老人舒服極了。

「連衣裙這次終於給你買到了。」錢玄之說，將長方形紙盒擱小茶几上。他去上海出差剛回來，「是上海最時髦的樣式哩！只能等明年夏天再穿了。」

「到明年，我可就又老了一歲羅！」黃菊英說，抖出連衣裙來，在身上忽左忽右比試，還旋了個圈兒，似乎很滿意。「老沈，我穿這裙子還走得出去不？」

「蠻好的。」沈宏坤朝屋子裏探頭瞧瞧，說，小眼睛笑成了一條縫兒。

「北京吉普搞到手了沒有？」黃菊英關心地又問。

「沒有。在杭州時，人家簡直就沒讓我見著那位曹友余副司令員。貴生那紅軍老子的脾氣也真夠倔的。」錢玄之說，「柳玉最近沒有來你這兒？」

「好久都沒有來了。她活得也太認真，大概還在思考祖國的前途、人類的命運吧。媽的，如今是想幹事的沒事幹，想玩的又沒工夫玩！」她心煩地說。

「九大」召開之後，下面照例得好多天地組織群眾敲鑼打鼓，遊行慶祝，接下來，又是辦學習班貫徹林彪副統帥所作的政治報告，又是深入領會無產階級專政下繼續革命的理論……黃菊英升業務股長了，天天帶著文工團一幫年輕丫頭們，下到廠礦、農村宣傳，天天唱「繼續呀革命喲不停腳……」

對於林副統帥的模樣兒，黃菊英怎麼看怎麼覺不順眼！掃帚眉毛，蔫不拉嘰，癆病殼殼一樣佝僂著腰，完全沒有大元帥或者副統帥的精、氣、神兒！當然，這些也只敢在心底胡亂想想，說出口，可是要掉腦袋瓜子的！她其實是厭惡乾巴巴的工作，偏偏還得裝激情洋溢模樣兒；這種日子實在太沒勁！

「嘿嘿嘿……」錢玄之大概也正沈浸於自己的心事之中，突然沒頭沒腦地笑起來，還有滋有味地輕輕晃悠著腦袋，像老學究吟頌千古絕句，悠哉遊哉，莫測高深。黃菊英這才回過神兒，莫名其妙瞅他，「噗嗤」地笑出了聲，問：「你這個鬼機靈，傻乎乎笑個什麼？又在想搞什麼下三爛鬼名堂了？」

「我，打算跟老婆離婚算了。」錢玄之止住笑說，嗓門稍稍壓低了點兒。「我倒楣的那陣子，她天天在家裏臭罵我，就差落井下石了。不能共患難的女人最靠不住。心裏有話，在外面不能講也罷了，回到家還得提防著，夜半三更，夢都不敢亂作，又有什麼意思？」

「想離婚有什麼值得笑呢？哼，你這個傢伙呀，最不老實了！」黃菊英說。錢玄之同他老婆文化大革命之前關係就一直不好，大鬧三、六、九，小鬧天天有，簡直就沒有看到他們兩口兒親親熱熱一起走過！

錢玄之將嗓音壓得更低，嚴肅地說：「柳玉為人挺不錯，爽直，有主見。娶這樣的女人作老婆，男人在社會上無論怎樣浮沈，也絕對不用擔心後院起火。時間過得真快，眨眼工夫，老鄭已經死兩年了。你跟柳玉的關係一直不錯，幫我回憶一下：她曾流露出想再找個伴兒的意思沒有？你覺得，她對我印象怎麼樣？」

果然是無事不登三寶殿！黃菊英想，立刻也猜出錢玄之是笑居然來請同自己關係曖昧的前女友去作媒！她差點就哈哈笑出聲；笑卻給堵在胸口，心情變得有些複雜起來。錢玄之雖然一表人才，處世八面玲瓏，作為知心朋友其實是個最靠不住的人。他也的確能幹，處任何環境下都能夠張弛有度，遊刃有餘——他竟然能來對她訴說就是證明。就這麼樣一個男人，偏偏喜歡上執著得甚至有點迂腐的柳玉！你能說他不辨善惡是非？能說他內心不孤獨悽愴？能相信他真地如表面那般瀟脫快活？錢玄之雖然有紳士作派，骨子裏卻是商人。而鄭新宇除了紳士風度，更多的還有如魏、晉名士的潔身自好和豪放疏狂——他是個真情漢子從不弄虛作假——可憐的柳玉，到底沒福份與如此優秀的人白頭偕老！

這麼想著，黃菊英第一次覺得自己真應該知足了！沈宏坤雖然說年齡比她大了許多，但言聽計從，逆來順受，像一位老實的父親，愛得慈祥又敦厚。

「婚姻這事兒，一是緣份二是命……」黃菊英一本正經剛開口說，又因為不習慣太一本正經而好笑起來，「咯咯，我就奇怪了，憑你老錢的能量，想找個比柳玉漂亮十倍的黃花閨女，應該也算不得什麼難事兒！」

「你就別拐彎兒罵我了。人爭閒氣一場空，雖然是『人在江湖身不由己』，爭來鬥去也怪累人的。仕途上如我和牛貴生，拍錯了馬屁站錯了隊，且不說它。老婆同床異夢，身邊連個可以交心的都沒有，想說的只能爛在肚子裏……黃花閨女如狼似虎，我還怕到頭來給我戴綠帽子吶！嘿嘿，我可沒有含沙射影你們。說真的，像柳玉那般率真本色地活法，我可能作不到，但我是從心底敬佩她！有時候想想，還這麼終日戴著個假面苦苦掙扎個啥呢？身為爺們，不能活個有頭有臉，似乎又不甘心！心灰意冷時，倒還真有點羨慕你們家老沈，自在逍遙，樂享天倫。只可惜我又沒有那個資格。」

「嘿嘿老囉！」窩在陽臺上看日落的沈宏坤大笑起來，「我像你們現在這個年齡時，真正天不怕地不怕哩！打錦州那會兒，我是副連長，炮彈把黑土地都犁得熱乎乎了！我們踏著死人衝鋒，直殺得血流成河……」

「快別擺你的那些崢嶸歲月了，聽得讓人毛骨悚然！」黃菊英打斷老沈。難得錢玄之能如此敞開心扉，看來，他對柳玉硬是動了真情！

一般情況下，錢玄之難得有情緒失控的時候。剛才他只顧感歎，幾乎忘記了沈宏坤的存在！竟一時語塞，倒好像沈老頭早已瞭解他跟黃菊英之間的曖昧故事……

今天怎麼變得窩窩囊囊了？他反抗地想，我不過是找舊相好傾訴一下窩在心底的話，並不是為求得憐憫或寬恕；暫時也還沒落到那種地步！

《辭海》上解釋：瑜伽（yoga）的含意是「結合」，指的是「修行」。此派意在說明調息、靜坐等修行的方法，與數論派在哲學體系上基本相同，但……承認有一個「自在」。

通往臥室的門緊閉著。柳玉盤腿端坐在大木床的中央。眼睛茫茫然望仍殘留著斑斑點點血污的白牆，神情哀怨而又彷徨。她根本沒法兒作到平心靜氣，意守丹田；眼睛無論閉著或睜著，那麵粉壁簡直如同湧動著的歷史煙塵撲面而來；每一點血污都幻化成一幕已逝去的生活場景，朦朦朧朧，若隱若現——又是那般的真實、生動，歷歷在目。

比如：初到小城的鄭新宇，看天天高，看地地闊，閒暇時最喜歡模仿當地人說話。雖然錢玄之也擅長此道，無論模仿誰都活靈活現如睹其人，其目的卻是為了嘲笑或揭人之短。但鄭新宇是滿腔熱忱的愛戀，簡直愛到了癡迷的地步！

「……嘿嘿，兩口兒待在家裏，倒不妨也泄起個衣服撒起個鞋！」他這麼跟柳玉商量說。本地土話：穿衣不扣扣子叫「泄起」，穿鞋不提上鞋後跟叫「撒起」。「……這『泄起』和『撒起』，還真瀟脫安逸，甚至帶那麼點魏、晉時期的古樸遺風咧！」

或者當柳玉揪著他辯論一些形而上的東西，而他自認為已經說得夠明白，不想再辯下去了，就會如撥浪鼓一般搖晃著身子說：「你這堂客（土話，指媳婦）呀，笨到家啦，腦筋晃子（土話，指大腦）差二兩！都說我們倆活得太認真，不妨學黃菊英多嚼牙巴骨（土話，指說閒話），也許更能添生活情趣。」

……好長一段日子裡，鄭新宇總愛用地道的土話跟妻子交流，呵呵笑樂在其中。

毛主席的《炮打司令部》在神州掀起造反狂飆。鄭新宇興奮得如同十月革命時期的俄國詩人葉賽寧！「萬歲！天上和地下的革命！」葉賽寧這句五十多年前的著名詩吼，鄭新宇那陣子幾乎一直掛在嘴上。狂熱的葉賽寧後來因失望而自殺了。熱愛生活的鄭新宇竟更勝一籌，先是昏頭昏腦殺人，緊接著又被他人亂棒擊殺，死不瞑目……

柳玉的大腦給一些碎片往事攪成了糨糊，疲憊極了，人也越來越虛弱。眼前恍恍惚惚又燃起了沖天火光：堆得如山的書籍、字畫、古董傢俱……劈劈啪啪作響；所有的年代、朝代，所有的歲月、小時，所有用書籍、木雕、石刻記載的故事、道理，都在熾烈的火舌上抽搐，掙扎，哀號……她恐怖得緊閉雙目，仍然關不住幻覺的閥門；也實在希望哪怕暫時擺脫這些沒用的傷感，好讓身體恢復，大腦清醒。

我必須重新振作，柳玉想，我得給活著找個理由。我要弄清楚究竟怎麼回事？

「滿懷豪情迎『九大』」的歌聲不絕於耳，「九大」已經又閉幕好長一段日子了。基層的黨委、黨支部還沒有建立起來，黨員們也沒恢復正常的組織生活。「九大」報告中全面肯定了無產階級文化大革命的豐功偉績，剛傳達下來的最新最高指示也說：「有些地方前一段好像很亂，其實那是亂了敵人，鍛煉了群眾……」

誰是敵人呢？柳玉納悶兒：地、富、反、壞、右？保皇派？造反派？走資本主義道路的當權派？以及跟這些入另冊者沾親帶故的人？

父親和母親仍被軟禁在沙洋勞改農場的「五七幹校」裏，輾轉托人捎信，囑咐她暫時仍不要去探望，少寫信發牢騷，盡可能地閉門家中讀書養性；說兒子很健康很懂事，讓她別太掛念。柳玉好想兒子，鄭新宇死後，想得更厲害了。

朱玉娟又回鄉下看女兒去了，昨晚她一個人過來陪坐了一個多小時。聽玉娟說，錢玄之找過貴生，想托兩口兒幫忙從中撮合。貴生雖然懦弱地滿口應承，卻跟本沒敢來對柳玉提及。在貴生的心目中，功利且實用的錢玄之，倒是個可作為精明男人效仿的楷模……他和柳玉看似般配，實際卻一個在天上，一個在地下，相距遙遠，像夢境和現實……

剛才，錢玄之又來敲門了。柳玉沒有心情，懶得動彈；壓根也沒把玉娟的嘮叨太當事兒，仍舊斜倚著鋪蓋捲兒，想自己的心事。

大床上亂糟糟的。床頭擺著一大摞鄭新宇的日記本。對於運動中發生的好多現象，他好像也反感，弄不明白，不能理解，到最後，又都歸咎於自己的小資產階級出身……臨死前的那兩天他似乎忙昏了頭，竟沒能留下隻言片語！

血衣還是上個星期由玉娟陪著，一起在鄭新宇墳頭火化的。荒塚一堆，已經長滿了纖纖青草！朱玉娟壓抑地低聲呼喊著「鄭老師」，趴墳包上哭得好傷心……

老鄭義無反顧投身造反隊伍，到底是因為什麼？又是什麼導致竟落得這般下場？柳玉越想越覺得懵懂，越懵懂就越渴望要去弄個明白……

二

核桃和白果的落葉，蓋滿了朱家寨子曲裏拐彎的窄石板路，。灰喜鵲拖著它們長長的花尾巴，成群結隊掠過晴空。扳包穀的季節又到了。

這一年風調雨順，包穀棒子長得像水牛角！想到下一年的吃食已經穩穩當當，全寨子老老少少的臉上都洋溢著喜慶氣兒。

廣口大背簍的背帶早已抽閒空修補好了，撕包穀衣殼的生產隊大倉屋已經騰挪一空，烘烤包穀棒子的矮擱樓也派人更換上結實的新木條。

最後的幾塊臘肉全取下來了，剁成大塊兒，丟進懸在地爐子上的吊鍋裏；櫟木疙瘩柴的短火舌伴著青煙搖搖曳曳，生鐵吊鍋裏熱氣蒸騰，咕嘟嘟翻滾起拳頭大的油泡沫。

「喲喂——該出坡囉——」

天才朦朦亮，朱正奎的濁重嗓門就透過白鐵皮喇叭，在還罩在濃霧中的寨子上空響起來了。他挺胸站在榨房門前的岩石臺子上，彷彿指揮千軍萬馬，顯得十分威武。前幾年他也挨了幾次批鬥，和幾個當過勞模的大隊書記一起，被押解著跟在公社書記身後遊過鄉。運動像一陣山風刮過，慢慢地，一切又都回復了原樣。山裏人得靠自己在田土裏勤扒苦做，才能夠活命；也大多數都餓怕了，沒有城裏人那麼多的閒工夫瞎折騰！

塌了的舊窩棚早已經重新搭好了。岩石臺子上臨時支了口大鐵鍋，朱繼久被安排來燒開水給大夥兒喝。蘭花、蘭芝今天也醒得特別早，這會兒正雙雙忙顛顛地幫著抱柴禾，小嘴兒還一個勁嚷嚷：「太爺，燒我抱的這塊乾柴！」「太爺，燒我抱的這塊嘛！」喜得七十二歲了的朱繼久暈頭轉向，口中連聲應諾，瘋了一般快活地跳著圈兒。

牛二貴一臉兒微笑，慢條斯理地擺著舊條凳，預備著大夥兒歇晌時可以坐著喝茶水。早晨起床時，鄒秀珍就用窄布條紮了褲腳管，她和玉娟今天都要去大田裏幫忙扳包穀。玉娟是昨天下午才進山來的。有五年多時間沒在生養她的這塊大山裏勞作了，她比鄒秀珍還要心急，早已經背著廣口大背簍，和虎娃子、熊娃子等一群年輕後生在前面走了。

露水很重，霧靄正緩緩地朝山腰爬。包穀葉片像修長的黃布條軟綿綿耷拉著，一層疊一層，望不到盡頭。梯田的土質鬆軟肥沃，包穀棒子直挺挺指著藍天。勞動的人們走在霧中，臉上很快就蒙了薄薄一層水氣，清涼刺激得汗毛洞洞好愜意，舒服味兒直沁心底。藍天乾乾淨淨像剛剛擦拭過，看不到一絲兒雲彩。

「熊娃子，莫只顧埋頭走路，也喊一首歌子給大姐聽聽！」玉娟喘息著說。待城裏太閑，把腿腳也養嬌了，大踏步走山路已經有點跟不上趟。

熊娃子嘿嘿笑摸一下光頭，放慢腳步，清了清嗓子，唱得略嫌拘謹。

一步下田坡，
雙手接鼓鑼，
羅裙高紮起，
田中討生活……

「不好不好！哥哥他臉皮薄，讓我來喊個有味的給玉娟姐聽！」走在後面的虎娃子大聲嚷嚷，還沒等哥哥的音落，便尖起嗓子悠悠地喊起來：

白銅煙袋桿子長，

見郎呼煙妹要嘗。
郎呼三口遞給妹，
妹呼三口遞給郎，
口口涎水賽冰糖！

行走在山道上的高高矮矮一隊人馬，全都嘻嘻哈哈大笑起來。虎娃子更來勁兒了，伸脖頸喘一口粗氣，裝模作樣挺胸扭腰，又喊了一首更騷情的「五句子」情歌。

「郎害相思要解藥，
姐說解藥是胡說。
酒醉還得酒來解，
相思還得相思醫，
藥罐子就在姐懷裏！」

曲曲彎彎的山道上，立刻像蜂房炸了窩，去勞作的人們蹦蹦跳跳大笑，吆吆喝喝起哄，驚得灌木枝柯裏的土畫眉兒，撲楞楞直沖天際。這會兒霧氣已慢慢飄散，青山、綠樹和土黃色的包穀林子濕漉漉潮潤潤，沐浴在朝暉裏，像剛洗刷過一般鮮亮。

走在隊伍最後頭的朱正奎也呵呵直笑，說：「上面若來幹部了，這種『五句子』葷歌是不能唱的。好在玉娟不是外人，自幼也聽習慣了。」

虎娃子不太怕他爹，頂撞說：「電影《劉三姐》裏，不是也有『山歌不唱憂愁多，胸膛不挺背要駝』嗎？

劉三姐難道不是貧下中農？」

「你個狗東西，少跟老子嚼嘴巴皮！」朱正奎罵道，「劉少奇、鄧小平，哪個不比你能幹一百萬倍？還不是給灰溜溜整下山了！好在我們這兒山高皇帝遠，城裏幹部來得也少，要是住在縣城裏，非天天掛黑牌、架噴氣飛機鬥爭你不可！」

「報紙上說，《劉三姐》也是宣揚封資修的反動電影。我還聽說，演劉三姐的那個標致演員，也給批鬥得沒個人樣兒了。」朱玉娟嚴肅地證實說。只要提到城裏，她就喪氣，惶恐，打不起精神。「『禍從口出，病從口入』，這種五句子歌讓城裡幹部知道了，恐怕會惹麻煩，虎娃子以後還是莫唱了吧。正奎叔，今天是從前面那塊大田朝回扳吧？我們扳包穀去。」

人群咕咕唧唧議論，結伴兒很快散開，隨著包穀桿一陣呼啦啦亂晃，漸漸都消失在大田裏了。朱家寨子人時興扳「站杆子」，就是只扳下棒子，並不割倒包穀桿。一般由女人扳，男人們朝倉屋裏背。高山所特有的這種廣口大背簍，插滿尖尖的包穀棒子之後，怕足足有兩百多斤重，背著還得上坡下嶺穿老林，沒有一把力氣可不行。

太陽光烘乾了包穀葉片上的露水，大田裏變得乾爽了。從密密匝匝的包穀林子裏，出人意料，竟傳過來朱正奎的粗濁嗓門。他唱的《講狠歌》，大概還對虎娃子剛才不知天高地厚的頂嘴耿耿於懷，不吐不快哩！

叫聲歌師傅你莫犟，
個把歌子唱個什麼唱？
幾吊銅錢放個什麼賬？
碗把豌豆曬個什麼醬？
東扯西拉的莫上場！

……就有人嘻嘻哈哈起哄，打鬧，包穀林子裏一時熱鬧起來。朱玉娟聽得咯咯直笑，兩手不停地扳著，竟記起同貴生戀愛時的情景。他們也悄悄地鑽過幾回包穀林，並不打鬧嬉戲，不過文靜地面對面坐著，彼此小小聲聊天兒……一般是在夏末，密不透風的包穀桿青翠欲滴，屁股坐在鬆軟的黑土上，給人踏實、安全的感覺……

城裏算不得一個好去處，她想，就算住上一輩子，我恐怕也不會喜歡縣城裏的！

虎娃子溜過來了，滿臉嚴肅，不似平日的嬉皮笑臉模樣。他說：「玉娟姐，我有件急事兒，想請你幫忙替我說句話。」

「有啥好事兒？弄得神秘兮兮的。咯咯，你怎麼也掉單了？都二十一歲了，還沒尋到個相好的？」玉娟笑著問，覺得怪有趣兒。

「找了一個。我爹嫌她們家成份高，硬是不讓和她好。其實，爹也是個種田人，不曉得擔的啥心。將來我兒子恐怕也還是種田。又不去求官兒作，誰嫌誰，誰怕誰呀？」

玉娟語塞，微笑也僵在了臉上。這種話由她去說，的確不適合，更何況正奎叔的擔心也不無道理。沈默一會兒後，她說：「請你牛大伯去勸不行？」

「牛大伯和你婆子媽的話他都不會聽。」虎娃子說，「你和貴生哥如今好歹是城裏的國家幹部，你們開口才更管用。」

這個忙真正不敢亂幫呢，玉娟心慌意亂地想，就因為地主出身和那個被槍斃了的反動老子，只恐怕將來還會連累得蘭花、蘭芝也擡不起頭來。早知道這麼嚴重，當初真不如不結婚；結婚了也不敢要娃兒。

「我可不敢去勸正奎叔。等春節時貴生回來了，讓他去試試。」朱玉娟說。

撕包穀衣殼純粹是女人和半大娃兒們的活計，都是在大田裏忙到昏天地黑之後，才開始的。背回來的帶衣殼棒子在大倉屋裏堆得像一座山，站在上面，伸手可以摸著倉屋的瓦條！匆匆吃罷晚飯的女人們，和半大娃兒們，全都爬到包穀棒子山上，一人偎個窩兒坐著撕，一直撕到屁股貼著冷冰冰的泥巴地才算結束。剛撕下的衣殼溢新鮮包穀的淡香，偎坐在上面很暖和。女人們個個是人來瘋，特別嘴巴閑不住，比鬥雞公和灰喜鵲還能聒噪……朱玉娟還是半大娃兒時候，最喜歡幹的活計，便是在大倉屋裏撕衣殼了。

在大田裏忙碌一整天，朱玉娟原本想待家裏陪兩個女兒說說話，也好早點休息；長年沒有幹過重體力活了，雖然快活興奮，實在感覺到太累。兩個女兒吵著鬧著，要跟外婆一起去倉屋撕包穀衣殼。她沒辦法，只好也跟了來。

進得鬧鬧嚷嚷的大倉屋，姑娘、媳婦們都爭著拉蘭花、、蘭芝到自己身邊坐。玉娟發現爺爺也在裏面，獨自坐靠門邊的堆子角落，像給包穀棒子埋了半截兒，顫巍巍撕得十分專注。女兒也看到了她們的太爺，小燕子一樣撲過去，分別依偎在左右；學著她們太爺的模樣，十分認真地撕起來。

每次回朱家寨子，令朱玉娟最尷尬的事兒，莫過於兜頭碰上爺爺了。她有好幾次曾試圖打招呼陪個禮。朱繼久哼哼說：「編故事坑我，差點要了我的老命！我沒有這樣的孫女兒！」她也真正愧疚得慌，看著孤苦伶仃的爺爺一天比一天更顯衰老，有淚只能往肚裏落。

「爺爺，您也來啦？」玉娟緩緩湊過去問候說。女兒對她們的太爺比對母親還親熱也讓她暗暗自責，甚至認為這就是報應。

被兩個重外孫女簇擁著，臉上正笑得像花兒樣的朱繼久，聽到問候，這一次竟緩緩地擡起了頭，木訥訥茫茫然地望玉娟好一會兒，甚至還哆嗦著站起來了。他不由分說，一聲不吭上前拉住她的手，搖擺著一起走到倉屋外面。

場壩上沒有人，遠山如剪影黑糊糊；天空淒淒清清，不多的幾顆星星正閃閃爍爍。玉娟心裡沒底，禁不住一陣發怵，不知道又會發生什麼事情。蘭花和蘭芝大概又在跟姑娘、媳婦們瘋樂，稚氣的咯咯嬌笑聲追到倉屋外面來了。

「我扔到河裏的銀元寶，聽說貴生後來又找人撈上來了？」朱繼久沒頭沒腦問道。朱玉娟使勁兒點一下腦殼，更緊張，弄不懂爺爺突然問這個幹啥？

「政府收去了不是？去找他們要回來！」朱繼久又說，「銀元寶是我爺爺留下的，不是我剝削的。他老人家當過洪秀全手下的小頭領，和共產黨一樣，也殺富濟貧。趕快去找政府要回來，等蘭花、蘭芝到十八歲，給她們一人一錠！」說完話，他長長喘一口氣，這才鬆開玉娟的手，搖搖晃晃又回倉屋裏撕衣殼去了。

林濤聲悶悶地震人耳鼓，山風料峭，已經有點刺骨了。朱玉娟呆呆站夜空底下，欲哭無淚，確實不知道應該怎麼辦才好。她蔫蔫地回到大倉屋裏，縮在人少的角落埋頭撕著包穀衣殼。一盞舊馬燈高懸在屋梁上。燈影搖曳，女人們手裏忙碌，嘴巴都在嘰嘰喳喳聊著家長里短，根本沒有留神玉娟進屋。

快到夜半時分，朱正奎風風火火跑進倉屋，手臂亂揮大聲嚷嚷說：「不撕了！除『五類分子』之外，都回去準備火把！廣播裏又發表了偉大領袖的最新最高指示！公社來電話，叫我們連夜組織遊行慶祝！」

蘭花和蘭芝本來已歪在暖和的包穀衣殼裏昏昏欲睡，又來了勁兒，高興地雀躍，扯上玉娟和鄒秀珍就要去準備火把。

朱家寨子密樹森羅，泉水叮咚，蜂飛蝶舞，鳥語花香……在蘭花和蘭芝的眼中，簡直就是個快活林。外婆鄒秀珍和太爺朱繼久，更是倆小丫頭須臾不可離手的拐棍！

「外婆快來看呀，灰喜鵲啄石榴花咧！嘴真饞！嘴真饞！石榴花又不是能吃的東西！」蘭花一個人在樹下跳著腳直嚷嚷。灰喜鵲不怕小娃兒，仍抖著樹枝嘰嘰喳喳。

「太爺，再講個狼外婆的故事好不？講懶惰娃兒的故事也行。」蘭芝搬個小凳兒，緊緊挨朱繼久坐下，搖晃著她太爺的瘦腿，細聲細氣央求說。

朱繼久呵呵笑，屁股下的破椅子也吱呀呀響。於是又講了個懶惰娃兒的故事，說有一天，懶惰娃兒陪他爺爺去趕集。在路上，爺爺看到一塊破馬蹄鐵，便叫娃兒去撿拾。娃兒說懶得彎腰咧！爺爺就去撿了，拿到集上換了一包紅櫻桃。往回走的路上，爺爺故意將包櫻桃的紙弄了個小洞，走幾步就掉一顆。每掉一顆，娃兒都悄悄彎腰拾起丟進嘴裏。娃兒拾最後一顆時，爺爺才車身，說，先叫你撿不肯彎腰，結果倒彎了幾十下腰！

站在旁邊的鄒秀珍也呵呵笑，誇獎說：「老親家的記性真好！我還是小姑娘時，爹也給我講過。要我來再講，我可講不伸抖！」

蘭花小腦袋上插一朵鮮紅的石榴花，又在窈窈窕窕追一隻花蝴蝶。蝴蝶飛遠了。她扭頭喊蘭芝，說太爺的故事都聽過了，叫妹妹去把外婆扯過來，一起上林子裏找外公，看他今天究竟拾到的是松菇，還是花櫟菇？

春忙時節，整個寨子就這三位老人兩個娃兒可以不幹農活。山花爛漫，倒是看不厭煩，何況還有松鴉叫，野兔跑。去年秋後，朱正奎耕田時捉到了三隻毛茸茸小野兔。牛二貴用舊木箱做了個兔窩。倆姊妹天天扯最嫩的野草餵它們，如今小兔變成大兔，抱著都有些吃力。三隻大兔子同兩姊妹成了好朋友。

蘭芝稍文靜些，最喜歡聽外婆講的一些扶弱濟困、樂善好施的故事，或者太爺所講的關於勤勞人或勇敢人的故事。有一天，蘭芝問林子裏有老虎嗎？太爺說：「蛇不亂咬，虎不亂傷。除非你把它們逼得無路可走，或者讓它們曉得你彎怕它們。」

有個問題，蘭芝在心裏老想不明白。有一次姐姐悄悄對她說：「太爺是地主分子，壞人哩！」她不相信，還說了道理，「太爺走路都直打晃，見人笑眯眯，怎麼會壓迫剝削窮人？紅衛兵們還說外公是土匪。全是些罵人的話吧。」姐姐後來就沒有再說，是懶得去管它吧。可蘭芝沒有忘記，還問過外婆。外婆說：「他過去是地主，可幹起活來從不惜力氣，人也不壞。」蘭芝更糊塗了，「書上，報紙上，還有電影上，都說天下烏鴉一般黑。地主怎麼會幹活？怎麼會不壞呢？」外婆咯咯笑說：「那是政府裏的大人們聒噪的事，連我這個老太婆都理不清爽，小娃兒就莫要管這些事。」

蘭芝有時候真想親口去問太爺，看到太爺老得吃飯都顫抖抖，又聽太爺講了個「浪子回頭金不換」的故事，就沒問了，心想：大概太爺年輕時是浪子，到老了才回頭吧。

三

一九七一年

柳玉不知從哪兒找來幾冊文化大革命前的初、高中語文課本，「砰」地重重擱三屜桌上。她臉色冷冰冰，似笑非笑逼視，像一尊雕像。

「還要學啊？活了今天不知明天……」朱玉娟眼神茫然呢喃，沒有動彈。

「知識裝肚子裏爛不了！也可以輔導蘭花和蘭芝嘛……」柳玉惡狠狠嚷道，又從黃軍用舊挎包裏掏出一摞練習本，不由分說推到玉娟面前。

媽的，硬是找不到正經事兒可作！她想，太閑了，終日如坐愁城，日子難過啊！

理想同嚴酷的現實相距太遠，她想啊想啊，一面不斷地進行自我剖析，想了幾年，仍很難作出明確的判斷，也許永遠都弄不明白……實實在在是太寂寞了。骨子裏，她仍是個地地道道的戰士性格：做或者不做，立刻就決定下來。

玉娟可憐巴巴伏三屜桌上，兩隻手輕輕摩挲著中學語文課本和那一摞練習冊，眼眶有些酸澀；心裏亂七八糟的，百感交集。

「柳大姐，你，你真的一點也不想園園？」玉娟擡起頭怯生生地岔開話題，因為課本，又想起仍擱在山裏的兩個女兒了。

「自己的兒子，怎麼能不想？白天總有些瑣碎事兒要應付，還算容易打發；晚上才真正難熬哩！」柳玉仰起頭望堊白的頂壁，沈甸甸歎息說。

「園園幾歲了？怕早已經上小學了吧？也沒見到縣城裏來過，一定是你爸媽捨不得小外孫離開，像貴生的爹媽一樣……」

「十二歲，讀小學五年級了。反正他姥姥如今也賦閑在家，可以輔導他的學習。我媽比我有涵養，有耐心。長期擱我身邊，還真擔心我會放任自流，讓他學壞了。」

「你媽媽還認識字？那她……她從前是大地主、大資本家的姑娘？」

「嘿嘿，讓你猜對羅！媽媽是三十年代末同濟醫科大的學生，上海淪陷後，她幾經輾轉，於一九四三年參加了新四軍。」

「嘖嘖，你媽媽真行！老人家如今幹什麼工作？」

「如今還能幹什麼？媽媽和大多數老同志一樣，運動初期挨批鬥，然後因為不願隨波逐流，就靠邊站了——我說，你就別再刨根問底啦！」

柳玉尖利的嗓音陡地碰撞四壁，震得朱玉娟的腦子嗡嗡直響。貴生正在廚房用文火煎剛釣回的小魚，慌忙朝這邊探腦殼，投過來驚詫的目光。

我這是怎麼了？柳玉想，脾氣硬是變得越來越壞。她擺擺頭定了定神兒，訕笑說：「對不起。走，陪大姐去水柳林裏轉轉。」

初冬的傍晚，水柳林陰暗而寂靜；沒有一絲兒風，修長的柳條已經如馬鞭一般光禿禿了。地上鋪厚厚一層鬆軟的落葉，腳踩在上面，窸窸窣窣怪舒服的。幾隻烏鴉被驚起，「哇——哇——」一陣怪叫，從她們眼前掠過，消失在暮色中。

「狗雜種，可惡！好一個單純而寧靜的天地，讓它們破壞啦！」柳玉望著遠去的烏鴉罵道，狠狠地唾一口唾沫。

傳達林彪摔死在溫都爾汗的消息那天，縣委小禮堂門口，增加了好些佩槍的公安幹警值勤。主席臺上也是一片緊張肅殺之氣，整個會場靜極了，幾乎彼此聽得見對方心臟的跳動。消息其實早已經事先漏了風，大家的心底並不特別驚訝，只不過都在故作肅穆謹慎樣兒。文化館成立革命領導小組之後，柳玉一直被涼在一邊。昨天，縣委組織部找她談話，說打算恢復她的副館長職務。她一直黑喪著臉，自始至終沒有表態，到晚上躺在床上時，再也忍不住，無聲地淌了好一會兒眼淚。一九六三年，她和鄭新宇懷揣一顆同偏遠山鄉百姓共建文化生活的願望，羅曼蒂克，心潮澎湃，興衝衝來到小城……轉眼八年過去，卻仍然看不明白方向。鄭新宇糊裏糊塗丟了性命，墳頭的青草已經四度枯榮。兒子同她也越來越隔膜，每年春節見面時，喊「媽媽」都有點陌生……

「柳、柳大姐，怎麼不說話了？是不是還在生我的氣？」

「哪兒呀，是生我自己的氣。」柳玉溫和地笑笑，擡起手臂，耷拉住玉娟的肩膀，「我的確是個不稱職的媽媽。當初，因為擔心下到基層工作太忙，沒有工夫教育兒子，才把他丟給他姥姥和姥爺的。唉，運動一個接一個，然後是動亂，流血，最近兩年硬是在心灰意懶混日月……於國於家兩無顏，慚愧啊！」

她重重地吐一口濁氣，歪腦袋瓜輕輕蹭一下玉娟的臉蛋，又說：「從明天起，讓我們倆都重新振作起來吧。飽食終日無所用心總不是長久之計。你也把當年那股好學勁兒拿出來！莫看現如今有人嚷嚷『知識越多越反動』，書到用時方恨少，多學點兒，將來總有機會派上用場的。小時候你沒能進學堂門，已經夠慘了……兩個娃兒又暫時不在身邊，現在抓緊點兒，刻苦點兒，還來得及……」

「可我心裏總想著蘭花和蘭芝……我才是個不稱職的媽媽哩！」玉娟垂著頭說，心底酸溜溜好疼。上個月，她又回朱家寨子待了幾天。蘭花和蘭芝像撒放慣了的羊兒，根本坐不住板凳！而那所村小學也太亂糟糟，不像個讀書的地方。

「我有將近五年沒有見到她們小姊妹倆了。都已經上小學了？你看看，日子過去得真快呀！」柳玉感歎說。

「貴生的爹托人捎信來，說蘭花和蘭芝幾個月也沒有多認十幾個生字，擔心這麼下去誤了娃兒。柳大姐，我想再請幾天假進山瞧瞧……如果她們倆將來也像我一樣，我，我可真正沒臉兒活了！」玉娟眉毛緊鎖絮絮叨叨，終於沒能忍住，竟失聲嗚咽起來。「我的兒啊，嗚嗚，想得我心裏疼，吃不下飯睡不著覺……我苦命的丫頭啊！嗚嗚嗚……」

柳玉一時楞住了，鼻腔酸楚，心頭也湧動起苦味兒。她咬咬牙克制情緒，撫摸著玉娟的脊背說：「瞧我的記性，我倒忘了蘭花和蘭芝今年都七歲了。別哭啦，明日我陪你一起進山，也實地瞭解一下山裏學校的情況。」

「玉娟，柳館長——飯菜都快涼啦！」遠處傳過來貴生那中氣不足似的懶洋洋呼喊聲。不知不覺間，天色已經麻麻黑了。

貴生越來越不像條漢子了，柳玉想，可憐的人，精神似乎完全垮了！

小學設在一座土嶺上，過去據說是朱姓祠堂，從朱家寨子往東走還有大約兩華里。站在學校對面的山包上瞭望過去，破破爛爛如一座廢棄了的寺院：屋脊上飄拂著一叢叢枯萎了的巴茅草，屋檐瓦溝也呈現多處缺損；屋前的小場壩不過區區兩百多平米，有兩株古柏，枝柯遒勁，共同擡著一口銅鐘。地勢倒是十分顯陽。

鄒秀珍帶著柳玉和朱玉娟爬上土嶺，隔老遠就聽見古柏樹上鳥雀聒噪。娃兒們正好放學，小場壩上如螞蟻搬家熱熱鬧鬧。學生們穿得都很破爛，都挎著個裝紅寶書的小紅布袋兒；看到來了生人，立刻顯得木訥，走遠後又朝這邊瞟，一邊彼此咕咕唧唧小聲議論。

「外婆——」「外婆！」

蘭花和蘭芝雙雙跑過來了。玉娟慌忙迎上去，問：「咯咯，不認得媽媽了？」

「哎呀，硬是沒認到！咯咯咯，是我城裏的媽媽來啦！」蘭花大聲喊，一邊扭頭張望四周的小同學，很驕傲很自豪的模樣兒。

「媽媽……」一早依偎在外婆大腿旁的蘭芝，瞟一眼玉娟，細聲細氣叫道，又瞟一眼媽媽身旁的柳玉，好像不好意思，垂下眼瞼，臉蛋兒飛紅。

走過來一位二十出頭的青年，穿雞腸似的瘦腿褲，剃著光頭。他兩手鬆鬆垮垮插褲口袋裏，似笑非笑，不卑不亢搭訕：「喲，來稀客啦！」

「嘿嘿，這位是縣文化館的柳同志。先前我們住縣城裏時，來往得最熟了……」鄒秀珍介紹說，「他是孫老師，是從大城市下放來的知識青年。」

「……不過暫時代幾天課。」孫老師同柳玉握一下手，「沒幹頭！又沒有正規教材，天天帶著學生們滿山爬，學工，學農，學軍。好歹把這學期混完，不想幹啦！」

柳玉問：「你們學校現在共有多少學生？多少老師？」

「一百二十九個學生。五名老師中有四個是『民辦』身份。這個學校人手缺，經費又少，教個什麼喲！我若是家長，寧肯讓孩子待家中幫忙幹點家務活！」

大教室的土牆上刷著堊白的石灰漿，「批林批孔專欄」用紅紙圈了邊兒，十分醒目。上面多是一些摘抄自中央文件和「兩報一刊」社論上的指示精神和批判文章，小學生們恐怕也不大懂。還有幾幅漫畫：林彪一臉痛苦，或被絞索勒著，或者被大皮鞋踩著。偏僻地方的牆腳跟還有好多用木炭頭畫的仿製品，歪歪扭扭，內容五花八門，全部是小學生稚拙的手筆。柳玉走過去蹲下身子，頗感興趣似的，一幅一幅看得很仔細。

一個紮兩根小辮子的女孩，四肢張開，被一根粗絞索吊著，長舌頭都耷拉在嘴巴外了。旁邊寫著一行歪歪扭扭的大字：絞死朱紅菊！

一個光頭小男孩被一隻大腳踏著，兩條細手臂正徒勞地張牙舞爪掙扎。畫兒旁邊寫的是：打倒朱衛東！朱衛東是小林彪！

「……都是學生娃兒胡亂畫的。」孫老師也跟過來了，咧嘴淺笑解釋，「上個月，一個九歲的男娃還在牆角上寫了句『五字反標』，公社武裝部長、派出所長都驚動了，查來查去，那男娃家裏祖宗三代都是貧雇農、睜眼瞎！是娃兒們不懂事，不知厲害，又有啥法兒呢？倒是把我們幾個老師坑害苦了。」

柳玉車轉身望孫老師苦笑，擺了擺腦殼，沒有吭聲。

晚飯的菜肴很豐盛，有野兔肉、野雞肉、野羊肉、野豬肉；中間是一大盆山芋狗肉湯，正騰騰地冒熱氣，滿屋子都香噴噴的。

鄒秀珍知道柳玉會喝酒，專門請來大隊書記朱正奎作陪客。朱正奎平日裏有空閒就喜歡扛了銃上山轉悠，桌子上的野牲口肉，都是他送過來嘗鮮的；喝的也是他家自釀的柿子酒，又甜又酸，還有點點青澀滋味。

「山裏人不會講客氣，也拿不出啥好招待來。」朱正奎呵呵笑說，仰脖頸帶頭喝乾碗中酒，連腮鬍子上掛滿亮晶晶的酒珠。「柳工作同志是第二次來我們這山裏，聽說一來就去學校看了？我是進駐那所學校的貧宣隊代表哩。其實，進駐了又能管啥用？老師們不安心，不敢管，由著學生娃們胡鬧，白白糟蹋了學費不說，把娃們也帶壞了。」

柳玉雙手捧起土碗，也呷了一大口。她說：「好幾年沒見著蘭花、蘭芝倆丫頭，怪想的。學校裏的確太亂。大多數鄉村小學，眼下恐怕都這個樣兒吧？」

牛二貴端著碗沒有喝，聽罷柳玉說話，扭頭問玉娟：「這一次進山來，是不是打算把娃兒接回城裡去讀書？」

「死老頭子，誰讓把娃兒接走了？」鄒秀珍嚷道，也不管有客人，只顧滔滔地數落開，「丫頭子讀書能有啥用場？再說，學校裏那麼多學生，就我們的娃金貴？這年頭，書讀多噠是禍害！夫子鎮中學的校長裝了一肚子書，大前年不是被打得吐血？」

朱正奎舉起空酒碗晃了晃，打圓場說：「鄒嫂子喝酒嘛，也不怕把客人冷落了。柳同志是代表縣委下來搞調查的吧？要我說，娃們的事為大，上面也該拿出個妥善辦法才是。」

柳玉微微笑說：「不是調查，待城裏悶了，下鄉散散心。文化教育這一塊，全國的情況大概也差不多，只怕縣裏也無能為力。」

「山裏好多人不識字，還不是一輩子過來了，也沒見比別人過得差！」鄒秀珍眼睛望朱正奎，不服氣地嘟嘟噥噥。

「縣城裏好玩吧？我要去！」蘭花跳下板凳，拉著媽媽的衣襟搖晃說。蘭芝羞答答瞟母親和柳玉，像擔心她們馬上要走。她對縣城完全沒印象了，也蠻想去看看。

朱玉娟左右為難，絞扭著手指，求援似地眼巴巴望柳玉，欲言又止。

「為這倆丫頭的將來考慮，還是接出去比較好。城關鎮小學雖然也亂，至少比鄉下稍正規些，況且回家後，父母還可以教育、督促。」柳玉說，聲音軟綿綿有氣無力。

朱正奎驚訝地睜大眼睛，望望柳玉，又望蘭花和蘭芝，像想要說什麼，勉強地克制住了，臉色變得很難看。大家面面相覷，席間的氣氛陡地緊張起來。

「吃菜吃菜，不說這些了。」鄒秀珍說，站起身使勁兒給大家碗裏挾肉塊。每個碗裏都堆得滿滿尖尖了，卻仍沒有人動筷子。娃兒們都沒見過這陣勢，蘭花剛剛餵進嘴巴一小坨兔肉，楞怔怔不敢嚼了。

操雞巴蛋！朱正奎在心底罵人了，當初搞「四清運動」那陣子，你柳同志坐主席臺上，說得天花亂墜，幾多好聽！原來內心還是沒把我們山裏人、山裏娃兒們當回事兒啊！

又看到滿桌子除他之外，個個都擁有非農業戶口，朱正奎作為貧下中農管理小學校的代表，再也嚥不下這口氣，緩緩地擡起頭，目光直逼柳玉說：「我這個人，心裏藏不住話。柳同志，我的孫兒龍娃子今年四歲，再過三年也得進學校讀書了。到時候，是不是也送進城來請你幫忙教育督促？」他端起鄒秀珍剛剛斟滿的酒碗，仰頭又一口喝光，「大夥兒誰也沒指望娃們讀書了去作官兒，會讀報紙，會寫信，記賬——只要比我們強就行了！你好歹當了多年國家幹部，前些年還幹過工作隊，這會兒，怎麼能說出那種話來？那麼多貧下中農生養的山裏娃兒，就不管他們的將來了？」

沙啞的粗嗓門終於止住，大家都覺得十分難堪，誰也不知道該怎樣把話題岔開。柳玉的臉微微泛紅了，燒烘烘的，內心著實也替那些可憐的農村孩子難受。

如果沒有園兒，她想，如果老鄭還活著，我會毫不猶疑地拉上他，一起來這兒教書，獨善其身。蘭花、蘭芝，還有園兒，她們比農村的孩子高貴嗎？當然不。是不是給園兒換個環境，乾脆帶上兒子一起來朱家寨子小學？……不，不。我可以犧牲一切，但沒有權力犧牲兒子的未來！我沒這個權力……

「對不起，朱書記。」柳玉說，「作為一名入黨多年的女共產黨員，我很慚愧……有許多事兒一下子很難解釋清楚。我的確無能為力……」

兩天之後，朱玉娟好不容易才說服婆婆，帶著蘭花一個人上路了。蘭芝依偎在外婆懷抱裏小小聲哽咽，眼睜睜瞅著姐姐蹦蹦跳跳越走越遠。鄒秀珍也在抹淚。

柳玉牽著蘭花的小手，步履匆匆走在前面。她沒有勇氣，也沒有心情回頭跟鄉親們道別，腳步沈甸甸的，心兒也沈甸甸。

第五章

一

一九七二年

春節剛剛過，柳玉出人意外地帶著十三歲的兒子鄭素園，回到了小縣城；母子倆還攜帶了好多個大包小包，像逃難的人，聽說把兒子的戶口關係也給遷下來了。

「簡直是昏頭了，發瘋了！」那天，這母子倆剛巧給黃菊英在通往長途車站的一條昏暗巷子裏遇上，她幾乎不敢相信，跺著腳直埋怨，「你呀，也太不負責任啦！」

柳玉咧嘴巴似笑非笑，恍恍惚惚地輕輕搖了幾下頭，什麼也沒有多說。

這次還真不是她的主張。四十年代，母親做過幾年地下黨的情報工作，解放後，又在公安戰線任職多年，啥樣的腥風血雨和嚴酷場面都經歷過。柳玉一直自認頗瞭解母親那巾幗女傑性情。這一次實在出乎意外，最後，也就順應了母親的意思。事情雖然決定了，柳玉的心裏其實仍舊七上八下，拿不準這麼幹對於園兒的未來究竟意味著什麼。

女兒如今孤孤單單一個人，做母親的心疼吧；省城裏社會風氣越來越差，大概更擔心長此下去，可能會污染外孫幼小的心靈？母親甚至說到，一旦等她的歷史問題得到澄清，不似現在紅不紅黑不黑，人不人鬼不鬼，她就離職，也到小縣城來，跟女兒和外孫住一起，「……采菊東籬下，悠然見南山！」母親臉色凝重，心事重重吟哦著——那情景深深印進了柳玉的腦海，夾帶著從未有過的濃烈的辛酸……

母親一直不是這般樣兒的，柳玉想。記得自己剛進大學那年，母親給她讀浪漫詩人濟慈的《希臘古甕行》，並解釋說真理是不變的，只有一個，它包括了觸動人心的所有東西，如慈悲、勇敢、公正、愛情……那情景深深印入腦海，至今仍歷歷在目……

經歷了這場史無前例的文化大革命，竟讓最自信的人也手足無措，最視死如歸的人也像給抽去了脊梁骨——母親看樣子已經完全垮了……

小素園畢竟年少，初來山區，看一切都覺新鮮，剛吃罷晚飯，就讓媽媽陪著，繞著古樸的城牆轉了一圈兒，快活得像小鹿撒歡；還走不慣青石板路，好幾次差點崴了腳。環城的車馬古道約兩米多寬，路旁生長著高高的榆樹、槐樹、古柏和苦楝樹；大青石板不知還是哪朝哪代嵌鋪的，光光溜溜坑坑窪窪，都呈龜背形——是牛車軲轆、木輪車軲轆、和商賈的馬隊踐踏成的吧？小素園仔仔細細打量觀察，甚至不自覺輕聲吟詠起「車轔轔，馬蕭蕭，行人弓箭各在腰」等詩句，小小的心兒興奮得直哆嗦！

「難怪姥姥經常誇這片緊傍神農架的山區，說這兒空氣好，風景好，古木參天，人面桃花……實在是太賞心悅目了！」

蘭花和她爸、媽也都過來看望他們了。蘭花說：「園兒哥在背書吧？普通話真好聽！」逗得柳玉和貴生、玉娟都咯咯大笑。

蘭花讀一年級，素園讀五年級，倆人很快成了好朋友，上學放學手拉手一起走，一起又說又唱，像親兄妹一般親熱。

星期天下午，柳玉帶著兒子，又來到了紅磚小院裏。她真是個有韌性的女人，凡決定了的事情，風吹雨打不動搖。玉娟微笑著迎出房門，課本和練習簿已擺放在三屜桌上了。

素園隔遠遠看著，便喜歡上這片水柳林，和這條綠綢緞也似、河床上鋪滿圓溜溜白光光鵝卵石的香溪，喝了杯茶水，拉上小蘭花，蹦蹦跳跳往那邊去了。太陽剛剛西偏，河風輕拂，剛綻出嫩葉片兒的柳條徐徐蕩漾，抖得大大小小光斑在綠草地上閃閃爍爍。更遠處，從河畔的絲茅草叢中，幽幽地飄過來幾聲鵪鶉的啼叫。

「水柳林子又沒有野兔，又沒有灰喜鵲，又沒有那種特別漂亮的霸王蝶，不好玩。素園哥，我們到街上去玩吧？」蘭花說，偶爾會懷念起山裏的風光。素園已經採了一束小野花兒，有幾朵淡紫色的，還有一串兒的花瓣像小米那般金黃，都是他從未見到過的。因為素園沒有響應，蘭花折了根柳枝，撅著小嘴巴，使勁地抽打起盛開在路邊的一叢粉紅色金櫻子花來。細柳條呼呼生風，花瓣兒紛紛揚揚，刺蓬上很快只剩幾星兒毛茸茸的花蒂了。

素園聽到柳條呼呼生風才扭頭，制止說：「別打呀！多漂亮的花兒，可惜了哩！」

「野花兒有啥好？孔老二才愛花！孔老二是惡霸地主，天天要學生給他送米，送肉，送布！他還殺人……」蘭花頂嘴說。

「只叫你不抽打花兒嘛！」素園搔著頭皮大聲說。他確實不想發脾氣，車轉身賭氣不理睬蘭花了。兩個娃兒背對背呆呆站著，都很生氣。

小時候姥姥就講，孔夫子是中國古代著名的教育家。前些天上大批判課，老師又講了「孔老二和柳下蹠」、「孔老二殺少正卯」等故事，素園都聽得糊塗了。放學回家後，他就纏著媽媽問。柳玉不願無端招惹是非，又不忍心欺騙兒子，字斟句酌說：「姥姥說的沒錯，老師講的也有依據，就像……就像一加四等於五，二加三也等於五……好了，有些事情，你長大後讀書多了，自然會明白。小孩子還是少操這些心。」

素園不明白媽媽怎麼會這樣沒有是非觀念？心底一直暗暗不服氣。

「園園哥是壞人！園園哥是孔老二！」蘭花突然大聲嚷嚷，還狠狠地跺著腳。

素園立刻忍不住笑出了聲，覺得不該同小妹妹一般見識。他轉身解釋說：「我姥姥講的，孔夫子是古代著名的教育家，特別有學問。老師講的也——」

「你反動！孔老二連麥子、韭菜也分不清！孔老二和林彪穿一條褲子，瞧不起貧下中農！你就是小林彪！」蘭花打斷素園的話，嚷得愈加帶勁了。碰巧柳玉和貴生到林子裏來找他們倆，聽到了最後幾句話，光天化日之下，格外令人肉跳心驚！

貴生本能地四顧，然後幾大步跑上前，彎下腰，壓低嗓門喝住孩子們：「都不准瞎嚷嚷！這樣的話，是能隨便亂說的嗎？想連累家裏人坐大牢啊？」

素園還從未讓人惡狠狠訓斥過，又心虛，又覺得委曲，淚水在眼眶打著漩兒。蘭花得理不讓人還嚷：「爸，素園哥說反動話！」挨了重重一巴掌，哇哇大哭起來。

「打蘭花幹什麼？」柳玉說，彎腰抱起蘭花安慰，「爸爸打人不對，柳媽媽批評他了。以後園兒哥欺負你了，也來告訴柳媽媽。好了，這事兒以後都不要再說了。素園過來，牽著蘭花小妹妹在前面先走。」

「你媽也太書生氣，都什麼年月了，教小孩這些東西幹啥？」貴生嘟嘟噥噥埋怨，驚魂未定似的。素園和蘭花已經手牽手走遠了。

「別像個長舌老太婆，特別是任何情況下都不能打孩子……孩子們都還小。你呀，也太敏感啦！」柳玉淡淡地說。

文化館的閱覽室逢星期二、四、六開門，沒幾個讀者；除了「兩報一刊」和樣板戲劇本，也沒有幾本書可以借閱。工作環境如尼姑庵，倒蠻適合朱玉娟。她逢人低頭，目光無辜而驚惶——只有回到紅磚小院內，或者和柳玉待在一起時，臉上才露些微笑意。

也不知是從啥時候重操舊業的，牛貴生又開始忙活起來，地區的日報上，接連登出了好幾篇署名「XX縣文教局大批判組」的「批林批孔」文章。小城輿論為之一震。

「……拿著工資，總得幹點事，反正小報抄大報唄！」他私下裏自嘲說，腰板也開始漸漸挺直了些，又忙得經常很晚了才回家。那根伴隨他好幾年的自製釣魚杆，早已束之高閣，落滿了灰塵，星星點點被灑了些蜘蛛尿。

因為急著做柳玉昨天佈置的作業，這天下午玉娟乾脆沒有去閱覽室。抄寫完最後一段文字，擡頭看鐘，四點還差一刻了。她伸個懶腰，打算去河邊散散步，輕鬆輕鬆，剛走出小院，就看到丈夫遠遠地走過來了。

「今日怎麼這麼早就下班了？」玉娟問，發現丈夫的眉頭緊皺，心煩意亂。

「唉，都什麼年代了。柳玉硬還是一根筋，脾氣真太倔了！」貴生說，環顧一下四周，又有些不放心，

「走，回到屋子裏再說。」

「柳、柳館長怎麼啦？」進屋伺候丈夫坐下，玉娟臉皮灰白，氣息濁重而且發顫。她的確是個上不得陣的女人，早已經給嚇喪膽了。

「還是春上的事。蘭花陪素園第一次去水柳林裏玩，素園說過：孔夫子很有學問，是著名的教育家。最近，也不知素園為啥事兒得罪了蘭花，這丫頭笨頭笨腦，竟將素園的話告訴了老師。話很快彙報到劉書記的耳朵裏。今天一大早，劉書記就把我們局長叫去狠狠批評了一頓。下午上班後，局長在辦公室大發脾氣……」

「死丫頭，禍害精！等放學回來後，看我不撕爛她的嘴！」玉娟哆哆嗦嗦，氣急敗壞說。

「算了算了，也不能完全怪蘭花。『批林批孔』運動開展這麼久，哪個單位不已經出了幾十期專欄了？你們文化館只出了三期！林彪反正也死了，怎麼批也不為過。柳玉又能寫，局長陪劉書記檢查你們館的大批判欄，她寫的那篇才一百多字。劉書記說她抄報紙都不願抄得長點兒……領導早就想把她趕到鄉下去了。」

圍牆門的門扇「吱呀呀」輕響，聽腳步聲還不止一個人！貴生和玉娟連忙神色慌張地迎出臥室：原來是柳玉和錢玄之來了。

「喲呵，老夫老妻大白天掩著房門幹啥？老師來了也不出來迎接。」柳玉呵呵笑打趣說。錢玄之也跟著咧咧嘴巴，笑得很勉強。

「嘿嘿……今天還要教？」話出口，貴生也覺問得太唐突，太愚蠢，尷尬地楞住了。

柳玉目光裏掠過一絲陰影，又笑著說：「雷打不動嘛……不過也教不了幾天啦！剛才局長通知，說打算調我去長枋公社文化站工作。」

「都怪蘭花不懂事，這丫頭硬是個禍害精！」玉娟忍不住說，已經是眼淚汪汪。

「鬼話！我倒是一直想找個清靜去處修身養性——頭兒們不過幫我下了最後的決心。」柳玉嚴肅地說。又說，「我打算乾脆去朱家寨子小學教書，已經向局長口頭申請了。他說可以考慮，又說那所小學的校長職務空著，問題不大……這個滑頭！」

四個人都坐下來。錢玄之說：「到鄉下去就什麼都完了，下去容易上來難啊！那些想調進城的鄉幹部們，每每到了年底，都私下爭著悄悄地托關係找路子，好話說盡，絕大多數還不能如願……你不要打斷我。莫固執了柳玉！你不考慮自己，也該為兒子素園想想。宣教文化系統的人骨頭最賤，都他媽的槽裏無食豬拱豬！這麼些年你還沒有看透？還是跳槽的好，老待文化館裏有啥意思？你又不是沒能力。若想去人民銀行周建華肯定歡迎。或者去縣計劃委員會，沈宏坤敢不給面子？就是到汽運公司，也要比下鄉好……哦，對了，黃菊英說劉書記很快要調走了，說消息絕對可靠！暫時軟拖著不下去也行，一朝天子一朝臣嘛！待新頭兒上任了，由我們再來慢慢疏通關係。」

「別說了，也不嫌口乾舌燥！你們的好意，我都領情了……」柳玉說，心裏也像亂得很。

錢玄之自私又精明，卻能如此周到熱情地為柳玉出謀劃策，實在大大出乎牛貴生的預料。他也知道在老錢眼中，自己不過是個無足輕重的人；也實實在在佩服老錢的能量和處事的果斷。這會兒，貴生甚至有點兒妒嫉柳玉了。

「鄉下的確不是你我這類人待的地方，大家都替你和素園的未來擔心。」牛貴生慢吞吞勸阻說，「別先忙作決定。難得老錢如此熱心，還是先認真考慮一下他說的話……」

屋子裏好一陣冷場，四位成年人各想各的，都耷拉著腦殼。玉娟還在抹淚。她認定是自己家人害了柳玉，內疚得厲害，不知該說什麼才好。

「謝謝大家。我主意已定。我也許就是這麼個不合時宜的女人。」柳玉眼神淒迷，語氣卻十分堅硬。「去年，我跟玉娟一起，在朱家寨子待了兩天，大隊書記朱正奎斥責我的那一席話，剛才又在我耳邊響起了；還有建在破敗祠堂裏的那所學校，和那一群稚嫩天真又可憐巴巴的學生娃，還有蘭芝……待縣城裏也真沒有什麼正經事兒可做，還得擔心這個，提防那個的，倒不如待在山裏相對單純；認認真真地去教育那群稚氣學生，幹點力所能及、對別人也多少有點實際幫助的事情。至於素園，有時，還真得只怪我們作父母的考慮太多。韶山衝走出來的毛澤東，不也成了中華人民共和國的領袖、舵手了嗎？兒女們未來的生活，只能靠他們自己去拼搏努力。我相信園兒會有一個美好的明天！」

竟然輕輕鬆鬆拿偉大導師、偉大領袖、偉大統帥、偉大舵手作比喻，唬得大家一時間噤若寒蟬。見都不說什麼了，柳玉淺淺笑又說：「談得太嚴肅，太一本正經了吧。這個話題就此打住。喲，已經快五點鍾了。謝謝你，老錢，該忙什麼仍舊去忙你的吧。玉娟把作業本拿來我看看。貴生，從今往後，她的學習全靠你了，絕不要輕言放棄。」

錢玄之和黃菊英都是極聰明能幹之人，可謂如本地俗話所說，「嘴有一張，手有一雙！」幹起具體活兒來，又利索，又爽快；加上能幹的朱玉娟只顧悶頭悶腦不住手腳不惜汗水，僅僅才小半天兒工夫，大包小包的行李包裹已經收拾、捆紮停當了。貴生插不上手，背著手在一旁踱步，略微有點點不自在。

柳玉去餐館端回來幾碟子菜肴，腋下還夾了一瓶山西汾酒。她說：「都洗手了來喝一口吧。諸位以後若還有此雅興，請自備好酒，咱們朱家寨子再聚！」

「明天早晨，我們送你上車。」貴生無話找話說，神經質絞扭著手指頭。玉娟抹一把額頭上的細汗，瞅著柳玉若無其事的模樣，難受死了，真想摟著她暢快地大哭一場。

「要去的。你不請，我們也一定要去！」黃菊英說，「我打聽了，通朱家寨子的機耕路正在修。等路通了，我就去弄輛小南京嘎斯，把吳志國、周建華都邀上，浩浩蕩蕩地開上去，讓那一帶都知道，你柳玉可有一幫不好惹的姊妹兄弟！」

「咯咯，別小題大作虛張聲勢了，又不是十二月黨人去西伯利亞！」柳玉說，「喝酒吧！十分感謝朋友們一片真情，友誼萬歲！」

錢玄之仰脖子一飲而盡，將大酒杯重重擱桌子上，說：「柳玉，我真正服你了。也許，塞翁失馬，是禍是福天知道！我們只希望你們母子健康快活！明天，還是讓我陪你們一起上山安頓好後再回。有個大男人跟著，遇上什麼事，總要方便得多。」

「算了吧，送君千里終須一別。朱正奎已在電話中說好，明天來夫子鎮接。」柳玉說，站起身重又替錢玄之斟滿酒杯。

「小素園呢？小素園怎麼沒有來吃飯？」錢玄之問。

「他和蘭花在院子裏玩。」柳玉說，「我已經交代了，讓他們倆待會兒再吃。大人們聊天也可稍稍放肆些；娃兒們好奇心強，有他們在跟前，說話還真不敢隨心所欲。」

「唉，什麼年月！活得真他媽沒勁！」黃菊英感歎說，「若不是有老沈拖累，我真敢把家當變賣了，也跟你一起去朱家寨子教小學生！當然，還得再買一桿好銃，拜你們講過的那位打獵高手朱書記為師，課餘就鑽深山老林裏當小常寶【註二】！」

「嘿嘿，是老常寶了吧。真碰上老虎、黑熊，沒準能嚇得你尿褲子吶！」錢玄之咧嘴笑說，又深深歎一口氣，「實在他媽活得沒勁啊……」

黃菊英悻悻地瞪錢玄之一眼，倒沒有吱聲。伶牙俐齒的黃菊英，也只有錢玄之敢偶爾地衝撞她，也許正是衝著他那桀驁不馴、自命不凡的作派，才讓她對他一直另眼相待。

不一會兒，那瓶汾酒就底兒朝天了，菜肴倒沒有動多少。柳玉沒敢多買酒，擔心情緒失控，到頭來弄得不可收拾。明天就要進山落戶了，她內心也十分忐忑。她讓玉娟去喊來倆娃兒吃飯。五個大人表情凝重地望著素園和蘭花埋著頭大口地扒拉著飯菜，看得出了神，一時都忘了再去找話來說。

候娃兒們吃罷飯，玉娟和黃菊英又言不由衷地同素園扯了幾句閒話。貴生和錢玄之，內心也都覺煩燥不安莫可名狀；似乎都沒有勇氣再坐下去。於是大家都起身告辭了。柳玉牽著兒子，一直把客人送出文化館大門。

素園有禮貌地揮右手作別：「黃媽媽再見！玉娟阿姨再見！錢伯伯再見！貴生叔再見！妹妹再見！」

壁鐘「嚓嚓嚓」如幽靈踱步。屋子裏空蕩蕩，靜悄悄，氣氛沈悶、壓抑，冷冷清清。柳玉默默望著擱置在角落裏的大包小包，扭頭又望望兒子，猛地覺一陣好心酸。

素園也隨著母親的目光環顧四周，又去小桌上倒了杯熱茶，雙手捧著遞給母親，耷拉著頭想了會兒，擡頭問：「媽媽，朱家寨子很遠嗎？」

「……不算太遠。坐半天汽車，再走約四十華里山路，就到了。」

「那裏是什麼樣兒？密林中有虎豹豺狼嗎？」素園小心翼翼又問。

柳玉緩緩坐木椅子裏，挺直胸膛振作精神，然後拉兒子到跟前，甜甜地呢喃：「山裏人信奉『蛇不亂咬，虎不亂傷』；豺、狼、虎、豹，全都有靈性著哩！寨子的四周就是原始森林，草坡上四季盛開著各種顏色的野花，樹枝上棲息著多得叫不出名字的各種鳥兒。早晨，霧靄如大海一樣壯觀，白得像牛奶一般的濃霧，把什麼都遮住了，你幾乎什麼都看不清，只能用耳朵仔細地去聽，聽牛鈴叮咚，聽快活的山裏人吆喝山歌，聽黃鶯兒、灰喜鵲嘰嘰喳喳，聽銀線樣的細細飛瀑嘩啦啦流淌……」

二

大木桶裡的最後一刷子石灰漿，滴滴答答，終於都塗抹到土牆上去了。

站在窄木梯頂端的趙老師，戰戰兢兢轉身，矯健地猛一揮手，禿刷子箭也似飛出，砸得銅鐘發一聲輕響，餘音不絕如縷。其他四位民辦教師，在屋檐下或站或蹲，頭上，臉上，身上也都濺滿了細密的石灰漿斑點，彼此相視淺笑，都露著疲憊樣兒。

太陽還懸在西天，已經有些乾了的牆壁白光耀眼，給人於簇新的感覺；相形之下，生有暗綠色苔蘚的黑瓦楞顯得更黑，聳立在屋脊上的豐茸的巴茅草也更蒼翠了。

「謝謝大家。都累壞了吧？回去洗個熱水澡，好好睡一覺，千萬可別把疲憊帶到明天的課堂上。」柳玉笑呵呵說，汗水順下巴吧噠吧噠滴，花格子的襯衫早貼在濕漉漉的脊背上了。朱正奎笑眼眯縫，正使勁兒抖著葵扇幫柳玉扇風，他也早已是大汗淋漓，滿頭滿臉糊得比柳玉還凶，幾乎成了個粉人兒！

「柳同志，快去把臉上和手上的石灰水揩了，石灰蠻咬皮子咧！」鄒秀珍遞一條大毛巾過來說，扭頭望朱正奎又說，「正奎兄弟粗皮糙臉耐得事，倒是不在乎。」

「都站太陽底下曬啥呢？到蔭涼裏來坐著說話嘛！」坐在老柏樹下的牛二貴招呼說。樹蔭裏一溜兒擺了好幾張舊木椅。泥巴地上擱著一瓦盆涼茶和幾隻玻璃杯。他雙手捧白銅的長桿旱煙袋吧噠幾口，又說，「重新粉刷一下，蠻像個讀書的地方了。」

素園和蘭芝肩並肩站在牛二貴身後。他們剛才一直幫著用小桶從溪溝裏擡水兌石灰漿，臉蛋都累得紅撲撲的。素園說：「下個星期，叫媽媽買點紅漆來，再寫上『好好學習，天天向上』八個大字，那才像學校樣兒！」

這地方過去可是個威嚴顯赫的去處吶！牛二貴點著腦殼想，別說婆娘們，一般名微勢弱之人都不敢前往！每年的除夕、清明等重大節氣，鑼鼓炮仗整天價響，青煙嫋嫋，隔老遠都看得見！牛二貴是民國二十七年遷進寨子的，一個外姓人，根本不可能來這種地方，只能站遠遠的山坡上望熱鬧。

「今天硬是把我們柳校長累壞了！」朱正奎說，殷勤地拖一張竹躺椅過來請柳玉歇息。「嘿嘿，不是我當面恭維，柳校長手腳麻利，說話辦事虎虎有殺氣，完全不像個女流之輩，只怕連好多男人都沒法比！不過才幾天工夫，連最調皮的學生娃們，私下都誇新來的柳校長厲害——不信可以問大家！」

柳玉主動要求來這兒教書，大大出乎朱正奎意料，心底一直蠻後悔去年秋天在酒席上發的那頓牢騷，責怪自己實在是有眼不識金鑲玉，骨子裡對柳校長格外敬重；同時想到，也許正是自己的一番話激將，柳校長才來，所以臉上也感到光彩。

柳玉癱倒在竹躺椅上，咧嘴巴淡淡地笑，懶洋洋擺一下腦殼。實在太累了，這是她平生第一次當回事兒地幹體力活——這會兒簡直恨不得就這麼躺光天化日底下睡上一覺！

心也累，還有好多事兒急需馬上辦。最主要是經費緊張。畢竟地方太閉塞偏僻，太窮，大隊裏和山民們，都擠不出多餘的錢！在朱家寨子，吃算不得問題，包穀年年總會有收成。吃肉靠自家養雞，餵豬，放羊，閑了還可以扛桿土銃上山打野牲口嚐鮮。穿衣就已經很勉強，每人每年春節前夕能縫一套新衣裳已屬奢侈了。還有吃鹽，點亮，全靠用背簍背點土特產和中藥草，跑到四十里外的夫子鎮換回點兒閒錢。刷牆的生石灰就是朱正奎親自跑夫子鎮買了背回來的。買生石灰和排刷的錢，還是柳玉掏的腰包。

「朱書記，我考慮，學校的那幾畝坡田，不能再全靠孩子們來種，賠了時間，誤了功課，把田也整荒蕪了。」柳玉仰躺著兩眼望天說，「以後，每個星期只安排兩個下午為勞動課，餘下的活，由我們老師和懂農事的大隊幹部，抽課餘和星期天搞義務勞動。田裏全部種當年能得收成的藥草，賣了也好給家庭困難的孩子買本子買鉛筆。」

朱正奎想了想，猛地拍大腿說：「這主意好！老話說『肥豬趕不上瘦園子』！莫看只幾畝坡田，務勞得好，一年興許能掙好幾百塊錢！」

坐在旁邊的牛二貴也來了興致，幫腔說：「其實，出錢送娃兒們上學，就是為能認幾個字，山裏的娃兒，種田割草還須學嗎？那幾畝坡田，就包在我和老婆子身上，務勞藥草她巒內行的。說句心裏話，這麼閑著，月月拿國家寄來的錢和糧票，愧得慌哩！」

柳玉微微笑坐起身說：「我也給您和鄒大媽安排事兒了，幫忙放學校裏的那二十來隻瘦山羊，您們看行不行？」

鄒秀珍呵呵笑說：「山羊和坡田都包給我們來搞，下點力氣流點汗人才舒服。你看我，胖得都快爬不動山路了！正奎兄弟當初吩咐各小隊都送幾隻山羊給學校『學農』，我就想不通。學生娃們在學校裏放啥山羊呢？也多虧有他在學校當『貧宣隊』代表，時不時過來看，三十多隻羊才剩下二十一隻，要不早餓死光了！」

朱正奎紅著臉訕笑，解釋：「前年公社叫我兼管學校，說是最高指示，要『開門辦學，學工，學農，學軍，兼學別樣』。搞了快兩年，田裏的草長得比莊稼還大，山羊越餵越瘦，還死了十多隻，把娃兒們讀書的工夫也耽誤了！」

「今天都累了，少聊會兒，都早點歇息。」鄒秀珍說，因為出汗太多，碎花單衫上邊的幾顆扣絆兒早解開了，大半截黧黑豐腴的身子油光水滑。還沒有等大家將板凳、木梯、石灰桶等等都收拾到位，她拍拍手上的灰垢又說：「我先回家去炒幾個下酒菜。正奎別走了，待會兒陪柳同志多喝幾杯，也解解乏。」

太陽落山了。暮靄像淡藍色的輕紗，無聲無息地漫捲過來，遠山已逐漸朦朧。山風徐徐悠悠，溪水汩汩淙淙。氣節雖然已進伏天，太陽落坡後，山間總會有爽人的清涼氣息遊走。陡然間，西邊板壁岩上的那片天空豁然鮮亮了，幾片亂絮似的小雲朵眨眼變得血紅；又像摻了金粉，閃閃爍爍燃燒起來，預示著明天又將驕陽似火。

從通往包穀地的羊腸山道上傳過來牛鈴的「叮咚叮咚」聲響，還有嬸子大娘的嘮叨聲，和姑娘小伙的調笑聲，漸漸近了，又漸漸散去了。老柏樹上，歸來的鳥兒開始唧唧啾啾聒噪。校舍後面的山羊似乎餓了，也咩咩地叫起來……

素園被眼前的景象和聲音迷住了，牽著蘭芝，在草坡上歡蹦亂跳。柳玉那蒼白的面孔也給霞光抹上一層青春的紅暈，她眯縫著丹鳳眼，注視著兒子和蘭芝漸行漸遠，神態靜謐舒坦，略帶點兒憔悴。

沒一會兒工夫，寨子那邊，各家各戶的屋頂相繼升起了炊煙，飄不多高，就溶進鉛灰色的暮靄裏，不甚分明了……

流經朱家寨子的小溪名叫白溪，因為山勢陡峭，水急落差大，年長月久的沖刷，在沿著青石壁夾的溪谷上，形成了一個連一個的深潭。素園把它們比喻為「串在綠絲線上的一顆顆珍珠」！白龍潭是其中最大的一個潭，約有兩床曬席大小，潭邊怪石嶙峋，古樹參天，潭水青幽幽，看得見魚兒自在地游走。

「瞧，天上又燒霞了！鄒婆婆曾說過一句諺語，是『早晨燒霞，等水燒茶』吧？下午大概要下雨了。」素園仰面攤在一塊平展展的大青石板上，自言自語呢喃，蘭芝盤腿坐在素園哥身旁，望了望天，挺認真地說：「不過也不一定。廣播裏的天氣預報有時候也不準！」

來朱家寨子快半年了，無論朝霞或晚霞，變幻無常的霞光總能令素園興奮不已。仰望著那麼高渺的藍天，他偶爾也會想念省城裏的外公和外婆。在外婆家如教堂一般空間很高的住宅裏生活得太久，他同母親一樣，也不喜歡水泥樓房，不喜歡人來人往車水馬龍，更不喜歡灰濛濛的城市天空，和讓人連汗水也淌不出來的悶熱氣候。

「燒霞有什麼看頭？我們去掏鳥蛋吧？」龍娃子說，見素園沒有吭聲，便也學著他的樣子，仰面睡在大青石板上一動不動。

「素園哥，你們家昨晚來的那個女客，是城裏的？」蘭芝湊過嘴巴小聲問道，「那個媽媽好像不太喜歡小娃兒，怎麼我剛進門，她就讓你牽我出來玩？」

「是黃媽媽。大概想要和媽媽說大人們的事情，不想讓娃兒們聽。」素園坐起身說，然後望著藍英英的白龍潭發呆。霞光燃燒成了灰燼，不多的幾縷雲彩已變成青灰色，亂糟糟面目猙獰，像童話中的魔鬼一樣舞爪張牙。

「我爺爺說你媽好厲害！」龍娃子蹭著清鼻涕說，也坐起來了。又說，「爺爺還叫我快點長大，好進學堂跟你媽學寫字。園哥哥，你媽兇不兇？」

「我媽媽心腸最好，對小學生最溫和了。」素園撫摸著龍娃子的小光頭說。「我媽媽是世界上膽子最大的人，在這麼大的山裏來來去去，一點兒都不怕。」

蘭芝抿嘴笑說：「我蠻怕柳校長。哎呀，我該去寫作業了。那邊的羊這會兒也吃飽了。寫完作業，就叫爺爺講故事。」

羊群在學校後面的山坡上吃草。幾隻灰喜鵲在遠處的松枝上嘰嘰喳喳。

龍娃子已經沒精打采地回家去了。素園和蘭芝頭戴小草帽，弓腰縮腿，趴在各自的膝蓋上做家庭作業，小書包就胡亂丟在綠茵茵的草地上。

蘭芝先做完作業，跑爺爺身旁撒嬌地嚷嚷：「爺爺，講個最好聽的故事我們聽！」

牛二貴正背靠一株老松樹打盹兒，說：「爺爺的故事早都講完噠。等小素園寫完作業，叫他講那個安徒生寫的故事，爺爺也喜歡聽。」

素園還在埋頭寫著，突然問：「……今天早晨，那麼重一捆藥草，我看鄒婆婆背得怪吃力的。朱書記力氣大，怎麼不去幫忙？」

「他是大隊書記嘛，可不敢帶頭違反政策。我們反正老了，又不算寨子裏的人，也就不怕公社幹部割什麼資本主義尾巴了。」

素園皺眉頭想了想，又問：「賣藥草是給家境困難的同學買鉛筆、本子，是扶弱濟困，國家政策也不允許嗎？」

「唉，這中間的道理，我也說不清。嘿嘿，看你人小，操的心倒蠻多咧！你鄒婆婆走山路快，太陽落坡時候就能回來了……」

秋高氣爽。層層疊疊的山巒如犬牙交錯，綠得發黑；綿延的老林從這裏伸展開去，順陡峭的斜坡或絕壁往下延伸，又被深谷裏泛起的無邊濃霧切割成一塊塊陽光下的「綠島」，浮浮沈沈，直抵天的盡頭。

在校舍山牆那邊的一小片松林裏，柳玉、朱正奎和黃菊英，都盤腿坐在鬆軟的褐色枯松針上，臉上都沒有一絲兒笑意，都憂心忡忡似的。

黃菊英是昨天傍晚到的——壓根兒就沒有走過這麼長、又這麼陡峭崎嶇的山路，腳掌上磨了好幾個大水泡。突然相見，柳玉緊緊摟抱著她不肯鬆手，簡直喜出望外！腳掌上的大水泡火辣辣疼得揪心，黃菊英笑得十分勉強；兩個人鬆開手臂後，她還搗了柳玉一拳頭，歎息說，「你這個人啊，擱在哪兒都不能安份……」

「……也隨隨大流吧，莫再無事生非、自討苦吃——硬是不能這麼繼續幹了！怎麼說你都不聽，何苦來？」黃菊英狠狠地吸著香烟，滿臉疲倦，還在嘮叨。

昨天晚上，她們倆就嘮叨了半夜，都沒有睡好覺。「你們小學擅自減少勞動課，還用販賣山羊和藥草的錢，給困難家庭學生以實實在在幫助……你們的個人行為，顧及到縣『革命委員會』的顏面沒有？當然，擱『文革』前，也許並不算事兒。從內心講，我甚至認為是給山民們作善事。可眼下的政治氣候就是這個樣兒，而且還會越來越嚴厲。你心血耗盡，到頭來，極有可能當作我們縣資本主義商品經濟、教育回潮的反面典型！——是局長叫我來給你打招呼的。他擔心事兒鬧大，城門失火殃及池魚呢！」

「我們只不過想腳踏實地作成點事兒，至於那麼嚴重嗎？」柳玉苦笑說，「鄉親們把娃兒送進學校，不就是想多認識幾個字？大山深處天高皇帝遠，老百姓窮吶，讓娃們在學校胡混是坑人啊！連貴生的爹娘，都在為學校盡義務，使勁兒……你們能不能把這件刺兒活大事化小？或者乾脆勸局長睜一隻眼閉一隻眼，又影響不到他的文教工作全局！」

「為迎合好大喜功的上級，有人硬是想把你們這兒當作右傾翻案和資本主義復辟的活生生反面教材哩！」黃菊英說。來朱家寨子才小半天工夫，她發現柳玉蠻有威信。凡柳玉主張的事，幾乎所有人都會熱心參加；如果柳玉打退堂鼓，事情肯定就幹不下去了。「作為老朋友，我倒是希望你們能知難而退。這年頭，平平安安就是福，跟著大家一樣混唄！當初你真不該下來，隨便跳個單位，待哪兒不比當這麼個娃兒頭悠閒自在？謹慎點兒吧，同志，求你啦！瞧人家朱書記，也是五十多歲的人了，能混到眼下這模樣，也不容易，難道非要讓他也陪著跌跟頭，你才肯罷休？」

「我不在乎。」朱正奎黑喪著臉說。他一直沒有吭聲，這會兒，特別煩黃菊英竟然責怪柳玉不該來朱家寨子，「為了娃兒們，柳校長硬是把心肝都掏出來了！我們山裏人雖然沒見識，少文化，好或歹還是曉得的。我反正不過是個不脫產幹部，戴不戴這頂芝麻官帽兒，反正都還得種田！」

「進山之前，我就估計到說服不了你，只不過是來盡一個朋友的責任。嘿嘿，腳上的這幾個水泡算白打了。錢玄之也擔心得不行，讓我給生生地攔住，怕他進山後會給你更添亂。」黃菊英望柳玉小小聲擠眉弄眼訕笑說，撿顆石子兒無目的扔出去，又說，「山裏人實在質樸，連貴生的爹啊、娘啊，竟也那麼投入，那麼熱心！還真正讓人感動呢！」

天光尚朦朦朧朧時，鄒秀珍就摸索著背上乾藥草上了路。她是頭天傍晚自告奮勇，硬要去的。小學校裏也實在等著用錢。朱正奎不便太拋頭露面，一個多星期前，因為幫忙販運了幾隻山羊，公社書記已在電話裏警告他了。菊嬸子知道後，嘮嘮叨叨埋怨好心沒好報，還挨了他兩耳光。明擺著是作好事，反而成了復辟資本主義道路，弄得朱正奎心底也晃晃悠悠糊糊塗塗。若不是柳校長據理力爭硬要堅持，恐怕連他也早就撒手不管了。

柳校長一個女流之輩，卻有膽量，有主心骨，的確不簡單！朱正奎想，這樣的人若能當書記或者縣長，老百姓就有個盼頭了。

柳玉站起身兩眼望天，舒展一下腰桿，扭頭笑眯眯打量黃菊英，說：「感謝的話我也懶得說。就在朱家寨子多待幾天吧。咯咯，你不是想當小常寶嗎？等腳上的水泡養好了，叫朱書記扛上土銃，也帶你去黑老林裏過過打獵的癮！」

朱正奎聽得猛一楞，忙嘿嘿笑著掩飾說：「多住幾天，大山裏風景好！」

帶著女人進山趕仗可不行！朱正奎想，只怪柳校長還不曉得山裏的老規矩。我的土銃絕對不會讓女人亂摸的；這幾年來，我已經夠楣氣了！

太陽快要落山了，霧靄又開始重新聚集。牛二貴瘸著腿，一拐一拐地帶著素園和蘭芝朝山下驅趕羊群。大山安靜得沒有一點兒響動，只有羊群咩咩聲，間或夾雜一、兩聲老人或小孩的吆喝。黃菊英和朱正奎仍盤腿坐在鬆軟的褐色枯松針上，眼神茫茫然，都呆呆地看著斜坡上的這幅畫兒……

「鄒伯娘也該回來了？往返八十里山路，今天可真難為她老人家了！」柳玉筆直地站在草坡的岩坎上說，兩手叉腰窩裏望著遠方。

三

一九七四年

「嗶嗶砰砰……」「砰砰砰砰」……

恭送竈王爺的炮仗，最先在朱正奎家的大門口點燃，緊接著，全寨子的炮仗都次第炸響了，麻石板村道兩旁火光沖天，一派鬧鬧嚷嚷景象。

山裏人日出而作，日落而息，習慣用農曆計算光陰。到了臘月二十三，家家戶戶照例要關上院子門，點燃一封炮仗，然後在堂屋裏旺旺地生上一堆櫟木柴火，架起鐵鍋熬上一鍋高粱糖，恭恭敬敬地送司命菩薩上天。

據說，司命菩薩是玉皇大帝派到各家各戶，專司人間善惡的神仙。臘月二十三敬竈王爺（司命菩薩），不論窮富，都要熬一鍋高粱糖，用來甜竈王爺的嘴巴，讓他上天後在玉皇面前多說好話，討玉皇一句好封敕。過去到了這天，「晨昏三叩首，早晚一柱香」。家主人還得掛一串念珠兒，跪在神位前誦經。念珠有漆著生漆的木珠，有玉石珠、象牙珠、瑪瑙珠，越有錢的人家，念珠越貴重。每念一遍經，就捋動一顆珠兒，心誠的人往往念幾十遍，把一串珠兒全捋光。窮人敬竈王爺是希望來年五穀豐登，六畜興旺。富人則盼著添丁進口，財源滾滾……文化大革命「破四舊立四新」，竈王爺神位和唸珠等等，一律都被打滅了。

老北風嗚嗚地如鬼一樣嗚叫，震得糊牆紙策策作響。牛二貴呆坐在竈門前，悶悶地吧噠著旱煙，佈滿皺紋的黑臉皮被火光映得通紅。他渾身裹棉衣棉褲，似乎還嫌冷，又塞了一塊劈柴進竈膛裏。濕劈柴碰上旺火吱吱作響。他兩眼眯縫注視著搖曳的火苗，腦子裏像有老北風嗚嗚嗚叫，胸口也覺堵得慌。

「還塞劈柴進去作啥？想把鍋底燒穿吶！」鄒秀珍大聲喝斥說。牛二貴慌忙又從竈膛裏抽出劈柴，漠然望老伴一眼，沒有吱聲。

因為一直惦記著被喊到公社接受批判的朱正奎，鄒秀珍心裏也煩得很。待高粱糖熬罷，她雙腳並攏，兩手合十站竈台前，禁不住像唱山歌一樣，吆吆喝喝地誦起經來，想借此避邪消災，也算為朱正奎和柳校長祈福吧。

年年臘月二十三，家家戶戶敬竈王。
半夜子時上天堂，對著玉皇訴一場。
玉皇開金口，便問張竈王：
哪方人行善，賜他好風光，
春來早下雨，秋來晚落霜。
哪方人行惡，該他遭奔波，
伏天飄雪花，正月打赤膊……

牛貴生百無聊賴地在廚房裏踱著方步，手臂交叉抱在胸前，饒有興致地聽母親嘮叨，內心裏對無知山裏人的愚昧和虔誠直感到可笑。

元旦那天，文教局又有人宣誓入黨了。人比人，氣死人！貴生想到自己起早貪黑迎合，上面有啥動靜，就編啥樣的大批判文章；申請書也沒少寫，到頭來仍是個「李鼎銘先生」【註二】！他鬧情緒咧，破天荒獨自提前進山來了。大前天剛踏進家門，父親就對他講了學校的事，想叫兒子找青天大老爺劉書記求個人情，講得唾沫亂飛，「……為了娃子們，她硬是把心都操碎了。這四鄉八嶺，沒哪個不誇柳校長好！」

貴生簡直懶得聽！待城裏、特別是待在行政機關裡混日月，簡直就有點像鬼子進了地道，得耳聽六路，眼觀八方；如今倒更甚，回到山裏神經也難得輕鬆！他心煩地說：「劉書記早調走啦！真不知柳玉想幹什麼？無事生非，異想天開，連累得朱正奎也跟著倒楣了。」

牛二貴狠狠瞪兒子一眼，花白鬍鬚氣得發抖，瘸著腿回自己房屋裏去了……

廚房裏瀰漫著溫乎乎的煙靄、水霧，光線更顯得暗淡。鄒秀珍的腦殼耷拉在前胸，還在誦經，聲音如蚊蟲嗡嗡，仔細才能聽清。

蘭花進廚房來用筷子擰剛熬好的高粱糖吃，一身城裏人打扮，活潑潑嬌滴滴。她默默地也聽了一會兒，笑嘻嘻說：「婆婆搞迷信活動哇！當心城裏的棒子隊捉你去遊街！」

第三遍經還沒誦完就被打斷了，鄒秀珍滿肚子不高興，瞅外孫女長長歎一口氣。

「城裏的棒子隊厲害哩！每人拿一根塗著紅白油漆的木棍，雄糾糾氣昂昂，把壞人都打得頭破血流！」蘭花手舞足蹈說，像想起了什麼，又神秘兮兮說，「我媽媽最怕棒子隊。有一回在大街上遇到了，還隔老遠，她的臉就嚇白了，忙拉著我，鑽進一條小巷子。」

「她又沒作啥壞事，也不知到底怕的啥？」貴生說，「你媽硬是給嚇破膽了，一朝被蛇咬，十年怕井繩！」

想著玉娟那畏畏縮縮的模樣，貴生的心情變得更沮喪了。自從柳玉走後，幾乎一直沒有見她舒舒暢暢笑過，每天按時上下班，終日耷拉著腦殼走在街牙子上，像日本女人一般邁著疾疾的碎步；待家裏也是一副祥林嫂神情，滿臉的愁苦惶悚，還沒有三十歲，就連躺床上時，都冷冰冰沒半點熱乎氣兒！

這也難怪，誰讓她攤上個反革命老子呢？貴生想，還連累了蘭芝、蘭花！我也才成了只可利用，不能重用的另類人，縱然心比天高，恐怕也成不了氣候啦……

水柳林裏的那個家，完全像座冰窟了！他又想，偶爾回一趟朱家寨子，我也只是個流浪漢、局外人，找不到可以推心置腹說話的地方！

最近半年多，貴生無事老喜歡往文工團跑。有幾個小學沒畢業就被招進來的女孩，天真單純，對這位不時在地區日報上發表大批判文章的人崇拜得要命！有年輕漂亮的女孩圍著喊「老師」，對於一顆長期鬱鬱不得志的心，怎麼說也是莫大慰藉。

屋子外又飄起鵝毛大雪，江山一籠統，井口黑窟窿，黃狗身上白，白狗身上腫……天和地的界線已經不甚分明了。

聽說朱正奎終於要從公社給放回來了，這天做晚飯，鄒秀珍特意又添了幾碟兒菜肴。天快撒黑時，她揉揉被柴煙熏得直淌淚的眼眶，再一次走到屋外張望。鵝毛大雪仍在紛紛揚揚下著。她袖著手跺一會兒腳，愁著臉又回屋去了。

「我們先吃吧。朱書記今晚怕是回不來了。」牛二貴說，拿起一瓶曲香酒獨斟獨飲，並沒理睬貴生。蘭花和蘭芝也一人捧只雞腿啃起來，臉蛋紅撲撲，小嘴巴油膩膩。

因為滿桌菜肴並非專門為自己準備的，貴生有點兒不舒服，默默斟滿酒杯悶悶地喝著。他自小就對朱正奎抵觸，像斯文秀才反感蠻橫的兵吧。他曉得在朱正奎眼中自己不算角色，捫心自問，他同樣也瞧不起朱正奎那一根直腸子通屁眼的蠢德行。

「吱呀——」虛掩的大門突然開打，朱正奎夾一股老北風進屋來了，渾身上下落滿雪片，兩頰凍得像紫茄子。

「狗日的好大的雪！明年的年成肯定又不錯！」朱正奎望著滿屋子的人呵呵笑說，站在踏腳石上面使勁兒跺著裹在鞋幫上的凌塊。「貴生今年回來得好早！怎麼沒見玉娟？單位不同，年假沒放到一個時候？」

鄒秀珍忙起身張羅搬凳子、拿碗筷。牛二貴斟滿一杯酒遞過去，說：「快壓壓寒氣。等了你好一會兒哩！」

朱正奎搓搓手板，接過酒杯仰頭一口喝乾，挨牛二貴坐下，用指頭拈一大砣麂肉撕扯著，搖頭晃腦，興致勃勃說：「從夫子鎮起身時，太陽就快落坡了。爬上扁擔埡，看到了一隻香獐。狗日的蹄腳也讓凌冰割破了，血滴在雪裏像桃花！我喜歡得連氣都喘不過來，忙彎腰撿石頭砸去。獐子扭頭往山上跑，石頭只砸中了牠的屁股。牠還是跑，蹄腳帶傷又跑不快。可惜沒有帶銃，狗子也沒跟身邊。雪實在太厚，就這麼一前一後追了幾里路。獐子累得直噴白氣，眼看就快要抓住狗日的尾巴了。鞋底上掛的淩太厚，一不留神滑倒了，從陡坡上一直滑到溝底！媽的，硬是沒口福受用。」

朱正奎瘦多了，下巴上黑毛鬖鬖，頭髮也沒有剃，像亂蓬蓬的臭獾子窩。他本來就生得黑，臉上的深深皺紋這會兒更像是用墨畫的；目光還變精神，露著倔強。

牛二貴笑眯眯地又給他斟滿酒，問：「這一回，在學習班裏怕住了小半個月吧？領導究竟說了你些啥問題？」

「老調調，說我不批林批孔，蛻化變質忘了本；說柳校長販賣封、資、修的黑貨毒害革命下一代，搞小生產破壞社會主義計劃經濟……不說這些。只要不撤我的職，學校的事，還得照柳校長的意思搞，悄悄地去搞！」朱正奎講得氣喘吁吁，又呷一大口酒，「幸虧我事先聞到了風聲，學校放假，就催她們母子回省城去了。孤兒寡母不簡單吶，一心要教我們的娃子學好，到頭來，心血成莧菜水啦！硬是寒心啊！我反正不在乎，叫檢討就檢討，叫認罪就認罪，家裏有柴有米，兩個兒子也都成家了。就算不讓當書記，老子還有一身力氣！」

「如今的好些事兒，硬是弄不明白！」鄒秀珍歎息說，「說孔夫子和林彪一樣壞，那個門口掛糞桶（臭名在外），不守婦道，專寵『驢頭太歲』的武則天，現如今倒成個能人了——這不是陰陽顛倒嗎？恐怕不是個好兆頭！依我看，還是勸柳校長睜一隻眼閉一隻眼算了。自古胳膊擰不過大腿，官大一級壓死人！我實在不願意看到你們兩個好人倒楣。再說了，娃兒們認得字再多，又不能都去當官，一輩子靠在土裏刨食，也派不上啥用場。柳校長一番好意，我們朱家寨子的老老少少都記在心裏。我們心領了！前年秋天，城裏來的那個姓黃的女幹部不是說有好差事等著柳校長嗎？乾脆叫柳校長帶了素園，依然回城去過自己的好日子。麻雀都曉得往亮處飛，她們母子又何苦要遭這個罪？我總覺得老這麼提心吊膽也不是辦法，你也順了上邊的意思吧。」

朱正奎和牛二貴看到鄒秀珍的老淚都漫出眼眶了，張口結舌，一時都不知該說什麼。兩個人垂下腦殼大口大口喝悶酒，出氣似地往嘴巴裏大砣大砣塡塞麂肉，一邊狠狠地嚼著。北風還在屋子外面嗚嗚呼嘯，也不知道雪停了沒有？蘭花和蘭芝歪地爐子旁的老太師椅裏，不知啥時候已經睡著了。

「這件事情，我們怎麼說都算不得數。我料想柳校長還會依照自己的想法，還會繼續幹到底！她真不簡單吶，的確是個厲害角色【註三】！」朱正奎茫茫然望著酒杯，慢吞吞嘟噥說，「你們說怪不怪？明明合情合理的事兒，可上面偏偏不讓幹……還是都喝酒吧。到時候，我們反正聽柳校長一句話！」

貴生自始至終沒有插一句言，也懶得去白費口舌，腦子裏亂糟糟，早已經放下酒杯，正心不在焉地用舌頭清理著齒縫裏的肉屑。

現如今，像柳玉這般較真的幹部還真少有！他懶洋洋想，她硬是碰倒南牆不回頭，到底圖個啥？名利沒份兒且不說，還得時刻提防挨整……

貴生經常在心底設身處地揣度柳玉的人品性格，可憐她命途多舛，卻至今仍沒能學得聰明些。但柳玉好歹也是在蜜糖罐裏長大的，享受過榮華富貴。他倒是著實替大半輩子在泥土裏刨食的父母憂心，好不容易才衣食無憂，長此下去，沒準兒會糊裏糊塗跟著受連累……這個家再經不起折騰了，一個出身不好的玉娟，已經令他夠嗆了！

「嗯——，嗯——」……

牛二貴喝醉了酒，蓋著厚棉被平躺在床上，呻吟聲忽高忽低，令人毛骨悚然。他臉色鐵青，像蒙著薄薄一層綠黴的老古董，身子軟綿綿柔若無骨；眼睛雖然半睜，卻茫然沒有光澤，呆滯滯盯不住東西。

「老婆子，拿杯水來……」他嚷嚷著猛地坐起，手臂亂揮，撲了個空，不自主又重重倒在床上，傻乎乎嘿嘿笑。

朱正奎這會兒也覺得天旋地轉，踉蹌過來強撐著扶起牛二貴。鄒秀珍還從來沒見老伴醉成這模樣，緊皺雙眉，進廚房端來一大碗酸菜水，小小心心湊到老伴嘴巴邊。

「咕嘟咕嘟……」牛二貴兩眼微閉，一口氣全喝進肚裏去了。

「沒本事就少喝點兒嘛！又要逞強，又受用不了……」鄒秀珍捧著空碗嘮叨說。煤油燈的小火舌在床邊照亮了簸箕大一塊空間。小廂房裏黑影幢幢，空氣有些渾濁。

「都守、守著我幹啥？」牛二貴喘著粗氣說，緊緊抓住朱正奎的右手。「正奎兄弟，你也以為我喝醉了？是不是的？你、你呀，寫檢討寫昏頭啦！搬到朱家寨子這些年，我喝醉過一次沒有？就是嘛！搞土改那陣子，你們家虎娃子過滿月，接我喝了半斤多老白乾，連夜還給奶娃兒編花搖籃……嘿嘿，你點頭了，記起來了吧？哎喲，比不得從前囉！一晃一晃，都當上爺爺囉，都老囉！老囉……你說說，上邊那些人，怎麼連個對啊，錯啊，都看不明白？好心腸人偏偏不得好報？前些年，紅衛兵們大白天鬥爭劉書記……沒有王法啦！搞顛倒啦！如今更厲害，連下夫子鎮賣點蔬菜、雞蛋、山果子也不行！挖點藥草賣也不行！讓學生娃們正正經經念點書也不行……莫阻攔我！有好多話，我都憋在心裏，裝不下了，把心都脹疼了……簡直是胡搞嘛！胡鬧啊……」

朱正奎僵僵地扶著牛二貴，心底酸疼酸疼。他咬咬牙，勉強地點點頭，說不出話。

「睡吧。深更半夜了，吼個啥呢？」鄒秀珍勸慰說，拉過老伴使勁兒按倒在枕頭上，一邊扯被蓋狠狠掖緊他的手臂。

平靜了約十來分鐘，牛二貴又弓腰坐起，目光如炬，露執拗的神情。鄒秀珍擔心他再招涼，連忙用棉被護住老伴的前後胸。

「老婆子，我們收柳校長作乾姑娘吧？」牛二貴一臉嚴肅說，「你若拿不下臉，等她過年回來，我給她提。並不是想高攀，她若發財了，升官了，我斷不會起這個念頭。我是看她這些年揹運，年紀輕輕死了丈夫，又給貶山裏來了。日後，保不定還會挨整……人家省城裏的人，待我們鄉下人可沒二心！她在這兒吃沒得好吃，穿沒得好穿，圖啥？折了我的陽壽，也要收她作乾姑娘！從今往後，公社要寫檢討，我替她去寫，叫蘭芝幫我寫！就算要坐牢，我也替她！我不是說醉話，實實在在心疼哩……素園也是個規矩娃，他喊我聲『二貴爺爺』，嘿嘿，我高興，真像喝多了酒……是前世造孽了哇，命裏沒孫子，斷香火啦……」

「瞧他沒完沒了嘮叨些啥？天不早了，也該讓人家朱書記回家歇息去了。」貴生打斷他爹的話，實在覺得聽不下去。玉娟自從那次遭毒打之後，一直再沒有懷上過娃兒，後來請醫生檢查，也說大概不會再生育了。

「……你，以為我借酒撒瘋？」牛二貴不屑地瞅兒子一眼說，「莫看鄉親們見了你點頭笑嘻嘻，那是把你當外來客人恭敬！柳校長雖說是外鄉人，古話說『人心換人心』，鄉親們待她才像待自家人！我曉得你嫌我土頭土腦，不稀罕聽我說。你那挺胸腆肚樣兒，我也看不順眼哩！腳踝上的泥巴，怕都還沒洗乾淨吧，裝什麼城裏幹部模樣？」

「死老頭子，胡說八道些啥？」鄒秀珍急忙攔住話頭，輕輕又把他按倒在枕頭上。牛二貴似乎也說累了，腦殼偏向內牆，緊閉著充血的眼睛，不再吱聲了。

今天老頭子真的醉了，鄒秀珍想，一輩子的話，他一個晚上全說光了。

牛貴生哭笑不得，悻悻地走出廂房。蘭花可能因為吃得太油膩，給口渴醒了吧，披著花棉襖，站柏木大方桌旁雙手捧茶壺喝涼茶。

「外面天亮了？爺爺在吵誰呀？」她大聲問，放下茶壺，又湊到煤油燈下，怪仔細地整理起辮子梢頭的蝴蝶結。

「你爺爺喝醉酒了，心裏難受。」朱正奎也來到堂屋，在地爐子旁坐下說。耷拉著腦殼又說，「酒醉心明。省城裏的柳校長，肯定也惦記著學校的事，怕也過得不踏實……」

「讓我來大聲唱首歌，爺爺聽了，就舒服了！」蘭花說。她是城關小學毛澤東思想紅小兵宣傳隊的小演員，伶俐大方，唱歌跳舞從不怯場。整理好蝴蝶結，又揉揉眼睛，然後走到爺爺睡覺的小廂房門口，背著小手唱起來。

北風那個吹，雪花那個飄，
雪花那個飄飄，年來到……

四

越冬的枯草亂七八糟鋪滿山坡，幾經秋雨冬雪太陽曬，大多已呈灰白色；爛草莞沐浴著暖和濕潤的春天氣息，嫩生生水靈靈的芽兒，已經綻出約五、六寸長了。學校裏養的那群羊，正埋頭尋覓著顫巍巍搖晃的嫩草，嘴巴發出沙沙的輕響。不遠的樹柯子裏，一隻斑鳩在「布穀、布穀」地啼叫著尋找配偶。

天上沒有一絲兒雲朵，藍湛湛像波平浪靜的大海。素園從來沒有到過海邊，只在電影裏或者書本上見識過。初到山裏的頭半年，素園整日樂不可支，為這浩渺的山水所陶醉。隨著年齡漸長，再想有那種純真之情恐怕不可能了。

兩隻黑色精靈的小燕子掠過晴空，春天裏飛來，秋天到了又飛走，真叫人羨慕！山裏人有句俗話叫「天無邊，海無底」……素園仰面攤草坡上胡思亂想，人如果能變成一隻小燕子，那麼輕盈而又自由自在地飛來飛去，該多好啊！

他看夠了天，長長歎口氣，懶洋洋打個滾兒，順手揪一片嫩芽兒丟進口中咀嚼著。草芽兒涼幽幽澀口，溢一縷淡淡的清香。兩群不同顏色的螞蟻，為爭奪一條胖毛毛蟲，距離素園的臉巴不過三、五寸，在他的眼皮底下忙忙碌碌撕咬起來：紅螞蟻個頭要稍大些，螯嘴也更有力量。黑螞蟻雖然眾多，雖然勇敢，似乎抵擋不住了；已經有十多隻黑螞蟻那大頭針釘帽般大的腦袋給紅螞蟻咬掉了，身子雖然還在動彈，卻已經死了……素園將支撐著下巴的肘彎往後挪動，看得發呆，一種莫可名狀的愁緒又襲上心頭。

鄭素園已經十五歲，是夫子鎮中學初中二年級的學生了，出脫得瘦長白淨，文質彬彬，像溪畔剛剛抽條的搖曳的水柳。

來朱家寨子已經兩年多了。日子過去得真快；而有時候，每一天或者每一個小時，又似乎格外漫長！進夫子鎮中學的那天，素園就出人意料地跟人打架了：課堂上的秩序有些亂，他站起來勸大家安靜。「充什麼能人？老子反動兒混蛋！你爸爸是打砸搶分子，是搞武鬥死的……」幾個家在夫子鎮的同學圍著他起哄，甚至朝他臉上吐唾沫，從背後狠狠按他的腦殼。他渾身發抖，瘋了似的，扭身撲向那個想擰他膀子的高個兒同學，畢竟寡不敵眾，被十多隻手按倒在地上，給打得鼻青臉腫……

通往朱家寨子的機耕路，去年的「十一」國慶節之前，終於修通了。每逢星期六下午，素園便會眼巴巴盼望開手扶拖拉機的虎娃哥能快點兒來，好搭他的車回到媽媽身邊。

媽媽白天總是很忙，晚上寫完備課筆記，還要輔導好學的蘭芝做家庭作業。經常是很晚很晚了，媽媽房間裏仍亮著煤油燈。有一天夜半，素園似乎聽到了細若游絲的嗚咽聲，趿拉著鞋，悄悄地湊糊窗紙上往裏面張望：媽媽淚痕滿面，捧一張爸爸的照片看得出神。媽媽說爸爸平日連看別人殺雞也不忍心，可為什麼要去搞武鬥呢？記得還是幾年前，素園曾問過媽媽。媽媽搖搖頭，沒有回答。

一個多月前，媽媽說大概又要去縣城裏開幾天會，結果卻是十多天之後才回。素園斷定媽媽一定又有什麼事情瞞著他了。後來，果然在夫子鎮聽到了一些關於媽媽的傳聞。回來問媽媽。她說：「有些事情，很難解釋清楚。人活世上總得做點什麼，有時候，也就難免要受點委曲。你年紀還小，好好讀書，少打聽大人的事……」

待大山裏，四肢放鬆攤開在草坡上看天，總給人一種心曠神怡的感覺，一種乾淨清爽的感覺。林濤使人慰藉，鳥叫令人溫暖。太陽高懸在天空，山林無聲無息。只有泉水叮咚，如秒針「嚓嚓嚓」單調從容。這單調也是美好的，溫馨的，淡泊飄逸，不似大人們的世界那般喧囂鬧騰陰氣逼人！素園真恨不能忘掉所有的不愉快，然而，成長著的心卻沒法兒安分，愁緒如遊絲飄飄渺渺，特別是媽媽，更讓他牽腸掛肚。

媽媽真勇敢！他想，媽媽也真可憐。媽媽應該信任自己的兒子——我已經是個男子漢，可以替媽媽分擔一些責任了！

老地主朱繼久拄著拐棍，搖搖晃晃往這邊來了。又是找重孫女閒聊天的吧？看到他老態龍鍾，趔趔趄趄行走得十分艱難，素園忙迎過去攙扶。

「蘭芝沒有跟你在一塊兒？」朱繼久問，攤坐在草地上呼哧呼哧喘息。嘿嘿笑又說，「你這個城裏娃兒，膽子還不小！早些年，滿山遍野的老虎、黑熊、豺狗子，咬豬咬牛。五八年大辦鋼鐵，把十幾人合抱的大樹差不多都砍光了。這兩年裏又修公路放炮，稍大些的、厲害些的野牲口，都給嚇跑得沒影兒了！」

也許是因為太老了吧？朱繼久看上去沒一點兒電影或者書中所描繪的地主那兇神惡煞樣兒。他臉膛黑瘦，手指骨節粗大，待人爽直和善，至少在表面上，同山裏的其他老人並無多大區別。初到朱家寨子時，對於鄒秀珍婆婆經常笑呵呵給他端菜送飯，素園還因這兩位敵對階級的老人之間，竟然沒有仇恨而納悶。他一直還沒有同朱繼久單獨待一處過。

素園問：「你怎麼要當地主呢？是不是因為可以指手劃腳不幹活兒？」

朱繼久說：「不下力氣不吃苦，能當得了地主？那會兒，我滿腦子想的都是興家立業，耀祖光宗，累極了睡一覺，醒了又接著幹，哪敢消停？是舊社會嘛，哪個不想掙大錢，發大財？人吶，又沒有長前後眼！早知道自己辛辛苦苦掙下的，到頭來又要平分給周圍的人，當初倒真該吃光喝光算了！真該整天搬著屁股睡大覺，多舒服哇！」

素園沈默一會兒後，又問：「你恨那些分了你財產的人不？鄒婆婆住的屋子，原來就是你家的。你想過反攻倒算嗎？」

朱繼久嘿嘿笑了，說：「恨啥呢？都是命中注定的，反正錢財呀，房屋呀，生不帶來，死不帶去。人活世上，三窮三富才得到老！再說了，蘭芝也是我的重孫姑娘嘛，該她住！你這城裏娃兒，人不大，怎麼盡操大人們的心事？」

大人和小孩，區別究竟在什麼地方呢？素園想，大人們有話大多埋在肚子裏，小孩們有話就掛在嘴巴上吧？小孩們疼了便哭，樂了就笑，而大人卻必須忍耐……那麼，究竟是像大人才好呢？還是作小孩好？

「可憐的娃兒，只怕硬是悶出心病了哩！朱家寨子山大人稀，不是你這城裏娃兒待的地方啊！」朱繼久說，顫顫巍巍又下山去了。

太陽早已經西偏，快要到蘭芝來給放羊的素園哥哥送飯的時候了。媽媽又給叫進城裏去了。朱書記也沒有看見，不知是否也去城裏了。二貴爺爺昨天喝悶酒又醉倒了，羊群也沒人管了。寨子裏，嬸子大娘們的訕笑也溢著憂慮，拉著素園，大把大把地朝他荷包裏塞山果子，好像他是個無娘的兒。所有的大人們，似乎都揣著滿肚子心事，都在隱瞞什麼事情。世外桃源一般的朱家寨子，竟日漸瀰漫起悒鬱的苦澀味兒。

我已經算得個大人了，素園想，我已經是一個能夠擔當的男子漢了！

鄒秀珍和蘭芝相互攙扶著，爬上山送飯來了。

鄒秀珍還裹著棉衣棉褲，渾身臃腫，像一匹大象，額頭上沁著細汗珠兒。蘭芝穿了件紅燈芯絨小夾襖，沐著初春的陽光，像一團跳動的火。她也十歲了，臉蛋胖乎乎，健康的淺棕色皮膚透著微紅。

太陽已快叼著西山的冷杉樹的梢頭了。素園側身斜躺在隔年的厚厚枯草上睡得正香甜，一本揉皺了的厚書掉在手邊頭。幾隻母羊圍成一個圈兒，靜靜地立在他四周，嘴巴邊的白毛，被嫩草的漿汁濡成綠色了。小羊們曲著前蹄趴母羊胯下，正用小嘴殼一下一下，頂撞那脹鼓鼓的乳房，大口地吮吸奶液。

「素園醒醒！餓壞了吧？」鄒秀珍說，禁不住一陣心酸。

中午時分，朱正奎從公社裏回來了，說柳校長大概明天能回，「……她背了個黨內記大過處分。我是黨內嚴重警告處分。柳校長說，只要不被撤職，回來後，照舊幹我們的！其實，也真找不著人替換，誰願意來這偏遠地方、當吃力不討好的小學校長？」

柳校長吃了那麼多苦，還要受處分！鄒秀珍想，天理良心何在啊！

看著睡眼惺忪的素園坐起身，埋頭悶悶地扒飯。鄒秀珍又想：硬是對不起人家孤兒寡母哩！人家圖的個啥？真不值得啊！

鄒秀珍席地而坐，又想起那個從前同貴生蠻好的錢同志。去年，錢同志大老遠進山來了好幾趟，好像蠻喜歡柳校長，前後怕待了一個多星期。錢同志長得一表人材，能說會道，照理兒也配得上柳校長。一個女人帶著個娃兒，老這麼窩深山老林裏不是個長辦法。況且素園一天天長大，鄭同志也死幾年了，做娘的又還年輕，孤孤單單也不好過！鄒秀珍急啊，曾老著臉皮悄悄問過柳玉。柳玉只淺淺笑擺擺腦殼，啥話兒也沒有說，著實讓鄒秀珍納悶了好長一段日子——莫非柳校長也信「好女不嫁二男」這老話？

蘭芝站一旁眼巴巴望著素園吃完飯，從荷包裏掏出小作文本說：「昨天上作文課，題目是《我長大了作什麼？》。素園哥哥，我把寫的唸給你聽：長大了，我要當公社書記。到那時候，我一定不叫正奎大伯寫檢討，不准別人批判柳校長。我也准許婆婆幫學校撈藥草，准許她背到夫子鎮去賣。准許爺爺幫學校放羊。准許婆婆爺爺掙蠻多錢，好去買蠻多的本子、書和鉛筆，讓家裏拿不出錢的同學，也能寫字，讀書……」

「寫得蠻不錯。」素園說，將空碗和筷子輕輕擱草地上。

「可老師說這麼寫會犯錯誤，會給大人惹麻煩，還叫我把這一頁撕掉，燒了……素園哥，你長大了，想去作什麼？」

「我要去北京，進北京大學去讀書，或者進上海的復旦大學！我要一直讀到老！」

「好，還是我們素園有志氣！」虎娃子突然從母羊背後冒出腦殼，笑笑嘻嘻說。「書讀多了，就自己寫書，還可以把在朱家寨子過的日子也寫成書！嘿嘿，把每星期由我虎娃子用手扶拖拉機接送的事兒也寫到裏面！」

「天還早嘛。我們這就要走？」素園站起身說，不好意思地淺笑。

「還可以再聊一會兒。公社裏要我們大隊送些木炭給他們烤火，我爹他們幾個正在裝車哩！真不願意替那些狗日的拖。我爹也太死心眼兒了，那所破小學還有什麼管頭？依我的，乾脆一把火燒了它！都他媽當文盲，上邊的才會舒服！」

「虎娃子你又亂放屁了！管好你自己的娃子和堂客，公家的事兒，有你爹管咧！」鄒秀珍斥責說。又說：「素園將來若真讀上北京的大學，當上了大官，第一件要緊事，就是好好孝敬你的媽媽！這幾年，她過的日子，真正比黃連還要苦哩！我和你二貴爺爺，恐怕是等不到那一天了，到時候，只怕骨頭都打得鼓了！」

蘭芝說：「我也要去北京，和素園哥一起讀北京大學！我當大官了，第一要緊事，就是不准他們再說柳校長和正奎大伯的壞話！」

「……很抱歉，學校裏還有好些事兒，等著要去處理呢！」柳玉淺笑說，牽著個三年級的女娃兒，往學校方向去了。

春天的太陽懶洋洋掛在天上，白光刺眼。有山風從屋旁的李子樹那邊吹過來。深紫色的麥李子熟透了，有的落到地上摔得稀爛。空氣中瀰漫著豌豆湯變餿後的酸腐味。

牛二貴在院壩裏幫人編織曬席。鄒秀珍上山放羊去了，招待客人的那杯剛泡的新茶擱在小方凳上，還在冒熱氣。男人、女人們，都分別去往大田裏耕冬泡田、鋤包穀草。整個朱家寨子靜得像一座剛發掘出來的古堡，連鳥鳴聲也幾乎聽不到。

「懶人的春天啊／連女人的屁股都懶得去摸了……」

錢玄之背著手，嘴唇上掛一支香煙，孤零零圍著小場壩邊沿踱步，陡然記起了三十年代一位無行文人的這句詩——好像是在《魯迅全集》裏的某條注釋中看到的。他咧嘴巴無可奈何訕笑，覺得跟那位雲端裏的文人相比，自己實在太可憐了。

他已經記不清是第幾次來朱家寨子。這次進山，他倒是下了很大決心，要開門見山地跟柳玉談個明白。去年秋天，錢玄之就同老婆離婚了，照道理說，已經有權利向任何女人求婚。他幹事情可從來都是認準目標後不擇手段的。但每每面對柳玉，卻怎麼也不行，腦子裏斟酌了一千遍的話，到頭來硬是出不了口！

眼下柳玉正倒楣，這會兒提出，可能給人於乘人之危的嫌疑吧？她若想答應，心底會不會有賤賣了的感覺，從而心生怨懟？單從外表來看，柳玉似乎並沒有改變多少，還是那麼喜怒無常，我行我素。但是，錢玄之隱隱感到，透過那並沒將處分當回事的大大咧咧神態，柳玉的骨子裏存在著一種鋼鐵一樣的東西，堅硬，冰涼；有一股如大教堂內氛圍的那般肅穆、莊嚴、凜冽氣兒，威懾得讓人不敢作非份之想！

前幾次來，就應該勇敢地向她表白，錢玄之想，錯過了最佳的時機，跟她的緣份，可能也就差不多完了吧。捫心自問，他承認對待生活的態度稱不上高尚、純粹，有時候也瞧不起自己——適者生存，沒有辦法罷了。但他對柳玉的愛（也許用崇敬更準確）沒有摻假，像愛（或者崇敬）高聳在雲端的聖母！

也許，眼下根本就是個不可以談情說愛的年代吧。說起來也怪滑稽的：他這個多年來一直不遺餘力鼓吹無產階級鬥爭哲學、繼續革命等等馬列精髓的人，骨子裏，卻是那麼嚮往理論上早已劃給資產階級了的溫馨、純粹、浪漫、高貴、纏綿的所謂「愛情」……

不知不覺間，錢玄之走出了青石板鋪的村道，晃悠到寨子東頭的石頭臺子上來了。榨房的厚木板門緊閉，幾隻蘆花母雞在壩子上的草堆裏咕咕刨食。傍山牆的破窩棚前，老地主朱繼久上身赤裸，坐太陽底下，正在翻找破棉襖縐褶裏的蝨子。泥巴地上還擱著個裝有燒酒的舊軍用水壺，和一小碟兒切碎了的冷肉。有一隻蘆花母雞，「咕咕咕」繞著小碟兒踅來踅去，雖然朱繼久不時地揮手臂驅趕，仍捨不得離開。

赤膊的朱繼久顯得更老邁羸弱了，肋骨高聳，胸肌、臂肌軟不拉嘰墜著，乾癟的黃肚皮疊了好幾道深深褶子，像沒有了光澤的陳年草紙；粗壯的肩胛骨、肘拐和脊椎，會令人聯想起博物館裏的恐龍骨架，尚還能給人於遒勁恣肆的想像。

「你找誰呀？」朱繼久擡起頭，眯縫老眼問，一邊用盤曲著青筋的手背，蹭掛在花白髫鬚上的酒沫兒。「嘿嘿，原來是那個幾年前，和貴生一起耍筆桿子的嘛，難怪面熟。喂，你喝酒不？怎麼又跑到我們山裏來了？」

一九六五年底，朱繼久因為怎麼也交不出子虛烏有的「變天賬」，給批鬥得怕了，賴在縣公安局裏不肯回去。錢玄之出於好奇，曾去拘留室裏採訪過他。沒想到事過九年他還記得！錢玄之咧嘴巴訕笑，搬一隻小凳子坐到朱繼久對面。

「我爹也是讀書之人哩！二十八歲考中秀才，官兒也當不了，學也講不好。皇帝沒了之後，『南軍』、『北軍』開戰時，還蹲了幾次大牢！他一輩子，反正啥事兒也沒做下，酸不拉嘰，只會念子曰詩云！」朱繼久慢慢吞吞只顧自說，不捉蝨子了，將破棉襖重新披身上，又說，「我爺爺，那才真正稱得是個厲害角色，都說他在天王洪秀全手下幹過差咧！他武功十分了得，活到九十歲才死。那兩錠銀元寶，我揣摩，就是殺貪官擄掠來的！你和貴生都是瞎咧咧！山裏自古就窮，上哪兒剝削銀元寶？」

「你也莫怨我們，是當時的鬥爭形勢需要。咯咯，反正當地主了，解放後沒好日子過，不過廢物利用；也作算是配合政府，激勵、教育下一代繼續革命嘛！喂，你爺爺真地當過太平軍？老人家留下筆墨沒有？」錢玄之嬉皮笑臉問。

「我爺爺呀，最瞧不起讀書人了！」朱繼久揚著腦殼滿臉不屑說，「臨斷氣時，爺爺還後悔不迭，說千不該，萬不該，當初就不該送爹去讀書，銀元寶花了不記其數倒不說，到頭來文不得，武不得，百事無成！」

「你爺爺哪年歸的天？你爹又是哪一年死的？」

「爺爺民國十二年撒的手。爹是民國二十三年病死的。」朱繼久說，喝口酒，抓一片冷肉嚼著。不信任地瞟錢玄之，又說，「你問這個作啥？莫非又想編故事坑我？」

「咯咯咯，哪兒能呢？再說了，你也是離天遠，離土近的人了，就算這會兒刀架脖子上，又有什麼值得怕呢？」錢玄之笑著說。他信奉「萬物皆備於我」，從來就不是個多愁善感的軟心腸男人；因為心裏頭憋悶得慌，拿老地主逗樂、開心罷了。笑呵呵掏一支香煙遞過去，套近乎又說，「我也早就不拿筆頭，懶得再幹那轎夫和吹鼓手的破行當了。如今在縣汽運公司謀了份差事，混日子唄！」

「其實啊，男人耍筆頭當師爺，最最沒有出息了，狐假虎威，狗卵子充麝香，算得啥真本事呢？」朱繼久擺弄著香煙附和說，「比如貴生吧，瘦猴兒硬充大狗子模樣，又做成了個什麼？整個兒倒像一條從酸水裏撈起來的蔫黃瓜！」

老傢伙還是那麼恨牛貴生呢！錢玄之想，禁不住哈哈大笑，又問，「你年輕時肯定兇悍，打架鬥毆橫行鄉里吧？為興家立業，肯定也吃了不少的苦？」

「男人吃點苦算啥？」朱繼久撇嘴巴哼哼說，「男人生到世上，就是來吃苦的。強悍也得吃苦，懦弱也得吃苦。朱正奎、鄒秀珍、牛二貴，哪一個不苦？我看那個柳校長也苦，東奔西顛，操心勞力，忙得團團轉！女人家，當啥子校長喲！柳校長倒真正是個能幹角色，比好些男人都強，硬是錯披了女人皮！」

「老親家，又在胡說八道些啥？嘿嘿，錢同志也在這兒？」鄒秀珍隔老遠就大聲斥責並打招呼了，手中提一隻血淋淋的麂腿，騰騰騰走過來了。「正奎剛在山上打到的。又夠你下幾天酒了吧？還有幾個酒麴，是柳校長托人從城裏捎帶來的。」

朱繼久呵呵笑，站起身接過麂腿和酒麴，進窩棚裏去了。他掙不到錢，喝的酒多是自家釀的，上山採摘些野柿子、小糖梨兒，弄回窩棚，都能釀出好酒來。

「山裏的風景就是比城裏好！嘿嘿，錢同志這回來，就多住幾天吧。」鄒秀珍說，露滿臉巴溫乎乎的笑。

「準備明天就回去，手頭還有好些工作等著做呢！」錢玄之敷衍說，剛才，朱繼久老頭的由衷誇獎，又讓他在心底揣度起柳玉這個人，崇敬之情油然而生。

怎麼說我和柳玉也是兩股道上跑的車！他自慚形穢地想，能有這樣一個志趣高遠、敢作敢當的女人作朋友，也蠻不錯。

五

一九七六年

「……那天，是吃晚飯的時候，幾隻斑鳩和一大群小鵪鶉，撲楞楞突然撞進門來，把煤油燈都撲熄了！」大隊會計朱正剛說，神秘兮兮左顧右盼。

「還有更古怪的。好像也是那天，朱繼久養的一隻蘆花母雞，太陽快落山時，竟站在矮牆上打鳴咧！我從山坡下來，親眼看到的，唬得在心底悄悄念了好多遍阿彌陀佛……」菊嬸子眼睛瞪老大說，聲音有點打哆嗦。

唐山發生了大地震的消息，由學生娃們的嘴巴漸漸傳進山裏，使惶惑的朱家寨子更憑添了緊張。黃昏時分，牛二貴家的小院壩裏，已聚集了不少鄉親。彷彿預感到大難將至，神情都顯得十分恐慌。

柳玉滿臉倦意，淺笑著安慰大家，又像拉家常，講了好些關於地震的一般性小常識。老年人眨巴眼睛將信將疑。青年和娃兒們聽得十認真，仍似懂非懂。山民們彼此之間小小聲議論了好一會兒，才都蔫蔫地各自回家。

「柳校長，你以後還是少說些大家不知道的事兒，念報紙最保險了。」朱正奎說，「山裏人少見多怪。這不，上面又在發紅頭文件追謠，風聲緊得狠咧！這年頭……反正我也說不清楚了，也不敢亂說了，隨大流慢慢朝前混唄！」

柳玉仍一臉兒懶洋洋淺笑，沒有再吭聲。她實在太疲倦了，腦子裏像開了鍋，白茫茫一片咕嘟咕嘟湧動，脹得太陽穴一閃一閃跳疼。她理解朱正奎的心情，能跟著堅持到現在，已經很不容易了。柳玉從心底感激他。

「反擊右傾翻案風」開始之後，朱家寨子小學順理成章，又當了全縣教育戰線翻案復辟的反面典型（去年，學生娃的考試成績在全縣鄉村小學中名列前茅）。運動覆去翻來，太頻繁，看不到盡頭。人們經歷得太多，漸漸都有些麻木了。這一次，除了縣委林書記在三級幹部「批鄧」誓師大會上，點了一下朱家寨子小學的名，公社也僅僅虛張聲勢說了說，並沒有像過去那樣，從組織上動真格的。整個的社會氣氛都很低調、壓抑，往後的路究竟該如何去走，大家的心裏好像更覺得茫然了。

「那群山羊，單靠牛二貴老兩口照料，恐怕會越來越困難。是不是把它們都發還給各生產隊去？」朱正奎皺著眉頭說，「眼下氣溫還有些高，就算把幾隻大羊殺了賣肉，未必會有人肯買，還得偷偷摸摸……唉。」

「都處理掉也好。」柳玉沒精打采說。羊群已經發展到五十多隻了，每年冬天賣十多隻用於補助家境貧困的學生，還解決了不少學校的經費問題。四年多來，鄒秀珍和牛二貴兩位老人一心撲在羊身上，磨破了多少鞋底，又摔了多少跤啊！貴生雖然春節才回來住幾天，看不到，但已埋怨過柳玉好幾回了。

「你也累了，回家去休息吧。」柳玉又說，掏一支香煙遞給朱正奎，自己也點燃一支，狠狠地吸一大口。朱正奎沒再說什麼，悶悶地回家去了。

寨子上空黑燈瞎火，寂靜無聲。柳玉手撐著腿桿站起，端半盆涼水擦了擦臉，坐回到書桌前，開始批改學生練習。

牛二貴拄著根棗木棍棒，腳步輕輕進屋子來了。他乾咳一聲，嚇了柳玉一跳。

「……嘿嘿，悶得慌，想找人說說話兒。」牛二貴齉聲齉氣嘟噥。「柳同志，你是國家幹部，又讀了蠻多書。你說這年頭到底怎麼回事？從搞文化革命開始，我總覺得，事情有點不對頭……聽說如今，竟有人在北京天安門鬧事，跟警察幹仗，還衝擊人民大會堂？報紙上是不是這麼寫的？天爺！這不是反革命嗎！」

柳玉皺眉頭苦笑，說：「有些事兒，您還是少打聽，也莫去跟別人議論。您只要相信一句話：共產黨的江山千秋萬代，垮不了！」

「這話我信。有些話兒，只同你說說不要緊。」牛二貴說，「你是好人受憋屈咧！前些時，聽幾個娃兒在院子裏說什麼白貓黑貓，我越聽越覺糊塗。貓不捉老鼠，算什麼貓呢？難道餵貓兒是殺肉吃？養貓兒就是捉老鼠的呀！也錯啦？」

「……」柳玉一時語塞，咧嘴巴苦笑，輕輕地擺擺腦殼。

「今年這年頭，硬是有問題。」牛二貴繼續說，「朱繼久屋後的那塊竹園開花了，我就在心裏頭打鼓……聽說，這回地震，震死了幾千幾萬人，外國人想來看稀奇，我們國家不准許，派解放軍把唐山圍了裏三層外三層？我反正也老囉，沒有多少日子活了。是看著你們遭孽，受憋屈，心裏不好受……」

真是個好老頭，柳玉默默感歎，這幾年，硬是把兩位老人也拖累了。

柳玉差點兒控制不住自己，慌忙車轉身面對書桌，裝出要批改作業的樣子，眼淚吧噠吧噠直往下掉。她用牙齒緊咬下嘴唇，強忍著才沒有哭出聲來。

「學校還沒放假吧？怎麼把蘭花也帶回來了？」牛二貴板著臉問。

「如今人心惶惶，學校裏也亂哄哄的。我和玉娟待單位裏也沒啥正經事，請了幾天假，一併就都回來了。」貴生眼皮耷拉，心不在焉說，

除了春節待上幾天，尋常日子貴生極少回山裏。這次他又格外萎靡，一副病懨懨樣子，望到誰都遠遠地扭頭避開，懶得搭理似的。寨子裏的人私下都議論紛紛。

蘭花十二歲了，穿一條藍格子連衣裙，活活潑潑，嫋嫋婷婷，快要有玉娟高了。蘭芝因為自一九六七年起，一直待在鄉下，也有姐姐高，穿印花布短袖衫、學生藍褲子，靦腆秀氣，老成持重，嬸子大娘們都說她孿像玉娟小時候的模樣。

晚飯後，鄒秀珍拉著蘭花的胖手喜滋滋說：「乖孫女兒，這回陪爺爺婆婆在山裏多住些日子，好不好？」

蘭花不耐煩甩開婆婆的手，說：「誰稀罕住這麼個爛土牆房子？地震轟轟隆隆來了，山垮下來，還不把我

也給埋裏面了？」

鄒秀珍不高興地皺眉說：「小娃兒家胡說些啥？我們在山裏活了大半輩子，也沒聽說哪朝哪代發過地震……」

「你和爺爺當然不怕囉，你們都老了，反正也快要死了。可我還小哇，我可還沒有活夠吶！」蘭花扭著腰笑笑嘻嘻嚷嚷。

「混賬東西，胡說八道些啥？」玉娟罵道，打了女兒一嘴巴。蘭花哪裡受過這種對待，扭腰跺腳號啕大哭，還掀倒了桌上的大茶壺，跌地上摔得粉碎。

「你就知道打，慢慢給她講道理嘛！」貴生指責說，蹲蘭花跟前，好言好語勸慰。玉娟看得心煩，牽上蘭芝，徑直出門去了。

玉娟幾乎就沒有一天過得順心，上班時謹小慎微不敢亂吱聲，回家後跟貴生也沒有多少話說，脾氣竟變得愈來愈暴躁、古怪。貴生除了一日三餐，除了睡覺，漸漸好像也不願受水柳林裏的那份悽惶，很晚很晚了，才磨磨蹭蹭回家。蘭花放學後，或者跑爸爸辦公室、黃媽媽辦公室裏竄竄，或者去文工團找她認識的姐姐、阿姨聊天兒。玉娟下班回家，除了買菜，洗衣裳，做飯之外，多數時候，只能孤零零悶悶地想那些怎麼也理不出個頭緒的心事，心煩意亂，想發作也找不到對象！有好幾次，她也曾打算去買本小字典，撿拾起書本，重新開始，卻又怎麼都靜不下心來。

只怪我這個人太不爭氣，玉娟想，辜負了柳大姐和鄭老師的一片苦心吶！

「媽媽怎麼不說話？還在生姐姐的氣？」蘭芝小小聲問。母女倆已經走在包穀田中的土路上。一人多高的包穀林子黑沈沈鬱蔥蔥，修長的老葉片邊緣已露焦黃顏色。

「媽媽是生自己的氣。乖女兒，媽媽心裏難受。媽媽做夢都在想你啊！」玉娟彎腰緊緊把蘭芝摟抱在胸前，哆嗦著動情地說。

「都怪唐山地震，弄得人心惶惶。」蘭芝依偎著媽媽說，「柳校長一直在給大夥兒講地震的小常識。但是家長們都不相信科學，弄得柳校長也蠻難辦咧！」

回朱家寨子兩、三天了。玉娟第一次去看柳玉時，發現她並沒有露往常的興奮模樣，像挺忙的，不過淡淡地寒暄了幾句。母女倆緩緩地繼續往前走著。玉娟說：「媽媽過去也是柳校長的學生，是個不爭氣的學生，太讓柳校長失望了吧。你一定要聽柳校長的話，好好讀書，也替媽媽為柳校長爭一口氣！」

「我的各科成績都是全班第一。我和素園哥商量好了，將來，都要爭取進北京大學去讀書！」蘭芝昂揚著頭興致勃勃地說。

可憐的小素園，將來只怕又要受死於武鬥的造反派父親的牽累了！玉娟想，小蘭芝那個二十多年前就被槍斃了的外公，又是個貨真價實的有血債的反革命分子——這兩個娃兒想進大學，成績再好，「政審」這一關就過不去！

看著喜滋滋憧憬著未來的稚氣的女兒，玉娟的心口猶如刀扎。她慌忙將頭扭向一旁，咬牙關克制情緒，淚往肚子裏落。

「媽媽怎麼啦？一會兒笑，一會兒像要哭？媽媽不舒服？」蘭芝問。

「……媽媽頭暈……不要緊，已經慢慢好了。」玉娟說，仰起腦殼看天。

「榨油房就在前面哩。上去歇會兒，也去太爺窩棚裏給媽媽討口熱茶喝。」蘭芝攙扶著媽媽說。石臺子近在咫尺，聽得見朱繼久正「嗯嗯」地哼著山歌。

「我們不去那兒！」玉娟大聲嚷道，禁不住打一個寒噤。「他是老地主！你以後也莫去那兒了，也不准再喊他太爺！」

「為什麼嘛？」蘭芝不解地問，又嘟噥說，「解放幾十年了，他早就沒有再剝削人壓迫人了。婆婆還經常笑呵呵給他送吃的呢。太爺都快八十歲了，孤孤單單好可憐……」

「他就是一百歲了，也是階級敵人！他連累了我一輩子，已經夠了！走，我們回家去！」玉娟尖聲嚷著，淚水在眼眶裏打旋兒，終於溢出來一滴，跌在女兒的小手背上。蘭芝望著媽媽莫名其妙，也嚇呆了，沒有再吭聲。

母女倆手牽著手，蔫蔫地朝回走。天色已漸漸昏朦。沒有一絲兒風，包穀林子裏靜悄悄的十分悶熱。從松林那邊，隱隱飄過來幾聲烏鴉的「呱呱」啼鳴，陰森森有氣無力似的，餘音如遊絲一般綿長纖弱……

清晨，牛貴生獨自蹣跚著走出寨子，斜穿過包穀地，爬上緊傍松林子的一塊草坡。細草莖上還掛著晶瑩的露珠兒，也顧不得了。他仰面躺下，緊閉雙眼。初升的太陽刺得眼瞼上一片血紅，令人沒來由覺得恐怖。他又彈地坐起，更心煩意亂，反感著這靜寂寂的曠野和廣袤的天穹，討厭著眼前的一切！

自從唐山地震伴著流言吹進耳朵裏，貴生常常陷入一種令人窒息的幻覺，不能自拔……也許剛剛被提拔為副局長，已經入黨；或者擁抱著漂亮風騷的黃菊英，陶醉在溫柔鄉裡悠然自得海闊天空……轟隆轟隆，地裂山崩，不過幾秒鐘工夫，玉石俱焚，一切的一切，眨眼都化為烏有了……他是個很務實的人。他認為這就是聰明。人的一生，多麼難以預料啊！貴生想，任你春風得意，前程似錦，爭強鬥狠，費盡心機，到頭來，說不準還是一場空……不值得，不值得啊！

我已經看破紅塵了嗎？他又想，不，不，只有享受夠了，或者倒楣透了、完全絕望的人，才會哼哼唧唧說看破了紅塵。我還有好多沒有實現的夢想、好些令我垂涎、暫時又還沒有資格享用過的別樣生活……我還得重新振作，生命不息，奮鬥不止！

近幾年來，對於無休止的運動，大家已厭倦透了，暗地發牢騷的人漸多。「天安門事件」之後，連一些復職不過兩、三年的科、局級幹部，也心灰意懶、無所適從似的，私下裏開始嘀咕一些泄氣或厭世的牢騷。牛貴生根據歷史的經驗，多留了個心眼，從去年開始，用一個厚筆記本，偷偷地記錄著。重點圍繞他的上司：文教局長、兩個副局長和五個科長，也就是未來可能擋他道的人。他在等待時機，然後有選擇性地將牢騷話抖出（或者留作把柄）。到那時候，只須伸一個手指頭，即可讓那幫傢伙在自己面前服貼如龜孫子！

但是牛貴生仍然有點瞻前顧後，舉棋不定。十多年來，運動像六月天的山溪水，座上賓和階下囚不過一念之差，奮鬥者猶如在刀尖上跳舞哩！前不久，縣直機關裏又有兩個膽大心狠的，被破格提拔了。貴生後悔沒有無毒不丈夫的氣概：倘若早點兒搜集柳玉和朱正奎在朱家寨子小學搞的那一套，上綱上線整理成詳實材料寄到《紅旗》雜誌去，沒準兒一炮走紅，就像交白卷的張鐵生！他其實連聳人聽聞的標題都擬好了——畢竟柳玉他們並沒有擋他的道，最終還是放棄了……

萬里無雲，白光眩目。被露水濡濕的褲腳管漸漸乾爽了。雖然是早晨，坐太陽下面時間長了，仍有些燥熱。從草坡下的小路上傳過來單調的腳步聲。貴生漫不經心張望，待看清楚來人，臉頰陡地發燒，心兒「砰砰」好一陣亂跳。

「柳校長！」牛貴生喊，內心也蠻吃驚，不明白自己這會兒為什麼要喊她。

「喲，你怎麼一個人坐這兒？」柳玉認出貴生，微微笑說，橫穿過包穀林爬上草坡。

柳玉穿半舊的香雲紗短袖衫，黑色的細紡綢長褲，雖然已是落魄之人，仍給人一種灑脫雍容的氣概；臉龐黑了許多，也更瘦，眉宇間露掩飾不住的憔悴，那雙大眼睛最最引人注目，閃爍著銳利的無畏的鋒芒！

「……你的氣色蠻不好咧。嘿嘿，身體是不是不太舒服？」牛貴生無話找話問道，用手指搓揉著一朵小野花兒。

柳玉長歎一口氣，重重坐草地上，手臂朝後斜撐著身子說：「腦子裏亂成一團，硬是理不出個頭緒來。有時候真絕望，真想痛痛快快大哭一場！」

「怎麼回事兒？」牛貴生臉色凝重明知故問，暗自興災樂禍。

呵呵！這個一向執著、爽朗的強悍女人，無數次地碰得頭破血流之後，莫非也打算學聰明了？他想，可憐無補，只怕是太晚囉！

「從『四清運動』到文化大革命，轉眼就是十多年。折騰來折騰去，光陰虛拋，頭髮都熬白啦！古人云，位卑未敢忘憂國……我是真擔心我們國家的未來，擔心這些孩子們……」柳玉仰望著白光刺眼的天空，茫茫然說。

牛貴生簡直不敢相信自己的耳朵，楞楞地望柳玉，像不認識她。「你？你怎麼就不替自己的未來想想？怎麼就不替素園的未來考慮一下呢？」他脫口而出說，巴不得柳玉能罵他，好憑仇恨果斷作出反應，也了卻一樁夙願。

「皮之不存，毛將焉附？你不可能瞭解我的心情。你老是在變……有時候，我也覺得太委曲素園了。雖然我也盡了力量，仍算不得是一個稱職的母親……」柳玉雙眼眯縫，夢一般呢喃說，彷彿貴生壓根兒不存在。

月色朦朧，天空呈鋼藍色。白溪的水咕咕流淌，間或響幾聲蛙鳴。青石板路上，只有朱正奎家的那條獵狗在徜徉。各家門前的小壩子上，星星點點坐幾個納涼的。勞累一天的嬸子大娘們還在納鞋底，不時伸手在胸前或後背搔癢癢，窸窣之聲十分細微。娃兒們白天裏頑皮累了，這會兒大多已睡了。黑影幢幢，只有銅煙鍋上的點點腥紅忽閃忽閃。

學校裏還剩十多隻羊，在等稍偏遠的生產隊派人來牽去。晚飯後，鄒秀珍又割捆青草送羊欄去了，這會兒剛坐進躺椅，感到腰背有些酸疼。她是個做慣了手腳的女人，義務放了幾年羊，冷丁一下子又要沒了，心底總感到空懸懸。

「柳校長，你說這地震，就沒法兒治了？」她小小聲問，用手背蹭了一下讓汗水濡濕了的冷冰冰的大鼻頭。

「你也讓柳校長歇會兒！莫瞎問了，操那份心又有啥用？」牛二貴嘟噥說。

柳玉窩竹躺椅裏沒有吱聲，兩條腿鬆馳地伸出老遠，心事重重，望著北斗七星出神。

「聽說，北京也倒了不少房子？天爺，不曉得毛主席他老人家住的地方安全不……」鄒秀珍又咕嚕說，不過把嗓門壓得更低了些。

都沒有人再搭腔。鄒秀珍長長歎一口氣，也不說話了。

月光冷冷清清，整個朱家寨子都壓在無聲的黑夜中了。冷丁地，從老梨樹那邊傳過來一串兒貓頭鷹不祥的哼哼，格外令人毛骨悚然。

沒過幾天，偉大導師、偉大統帥、偉大領袖、偉大舵手毛澤東主席，在北京去世了。

大隊部的小廣播，從早到晚播放著哀樂。人們彷彿天塌了，心頭籠罩著日暮無歸處一般的恐慌。朱正奎指揮著大家栽立柱，插柏枝，拉黑布橫幅，佈置吊唁場子。基幹民兵也行動起來了，在「五類分子」的房前屋後站崗放哨，防止階級敵人亂說亂動。

弔唁開始了，是一個沒有陽光的陰沈的早晨。全大隊一千多人，鴉雀無聲地洶湧著。一位嬸子率先發作，猛地滾倒在地，哭爹哭媽一般號啕起來。

「紅太陽毛主席啊！偉大領袖毛主席啊！我們的大救星毛主席啊！您不能去（死）啊！您這一去，損失怎麼補啊！天吶！天吶……」

不少年齡稍大些的女人群起效仿，次第跟著倒地吆吆喝喝打滾哭喊；不多的幾個男人也趺坐在地上，悲痛地呼天搶地號啕著……一時間，土壩子上嗚咽聲、哭喊聲響成一片，弔唁場上人頭洶湧，塵土飛揚。公社派來主持弔唁活動的武裝幹事梗著細脖子，站在黑布橫幅下面，目光威嚴地掃視著人群，還不時地往一個小本本上記著什麼。

沒一會兒，他喊來朱正奎說：「有些人在哭。有些人連樣子也不做一個，說明對毛主席沒有感情。你也幫著觀察，都得記下來，日後扣他們的口糧！」

朱正奎開始打量人群，其實是在焦急地尋找柳玉，蠻擔心這個大城市來的女人不會打滾號啕，又讓人逮著把柄。他看到柳玉了：臉色悲苦，身子搖搖晃晃招呼著學生娃們的隊伍，已經快走進壩子了。朱正奎正要過去悄悄招呼一聲，兩頰慘白的柳玉，竟突然暈倒了。小學生的隊伍立刻亂了，娃娃爪爪們裡三層外三層，圍著癱軟在地上的柳玉，一連聲地尖聲哭喊著：「柳校長！」「柳校長……」

朱正奎暗暗鬆了口氣，大步流星過去，對正蹲在柳玉身旁淌淚的鄒秀珍小聲說：「快回去沖碗濃蜂糖水端來。柳校長操心太多，身子骨太虛了。」

【註一】常寶：革命樣板戲《智取威虎山》裡的年輕女獵人。
【註二】李鼎銘先生：延安時期的黨外人士，《毛選》中曾提及。
【註三】角色：鄂西方言，指名人、了不起的人。

第六章

一

一九七八年

蘭芝是城關中學初一（一）班的學習委員。

窄街兩旁高樓林立，太陽剛剛從東山後面露出臉兒，街道上便熙攘起來：人來人往，多得你稍不留神，便可能踩著前面人的鞋後跟。成年人大概因為上要照顧老的，下要養活小的，表情冷漠匆匆來去；無所事事的小夥子如初生牛犢，粗聲大嗓地彼此打著招呼。姑娘們快活得像小鳥聚散無定，還時不時爆一聲嬌滴滴尖叫……最讓蘭芝興奮的是閱覽室，書籍、雜誌擺滿了幾面牆，只怕一輩子也讀不過來！

由山裏住進水柳林還沒兩個月，她們家又搬回文化館職工宿舍了，位置在三樓，姊妹倆共一張大床。蘭花欺生，嫌妹妹太土氣，嘟嘟囔囔說妹妹身上有一股柴煙味兒。

其實，我還是喜歡水柳林裏的那棟紅磚房子，蘭芝想，又安靜，又寬敞，還聽得到鳥叫，聞得到青草的氣息……只可惜我還年幼，作不了主。

六點半鍾，蘭芝醒了，小心翼翼褪出花被窩，坐床沿上無聲無息地朝身上套著衣褲。透過明晃晃的三開大玻璃窗，看得到幾隻麻雀在路燈的電線上追逐啁啾，發現屋子裏有人影兒晃動吧，又轟地飛走了。剛進城的那陣子，蘭芝總嫌屋子裏太亮，洗澡的時候，把窗簾拉得嚴嚴實實，還戰戰兢兢。她在朱家寨子住的屋子只有個一尺見方的小窗，窗櫺上糊有陳年舊報紙，大白天裏光線也很昏暗。

漱洗畢，她輕腳輕手去廚房裏，點燃竈膛裏的劈柴。玉娟也剛起床，邊扣扣子邊溫乎乎訕笑，問：「學校不是放假了嗎？多睡一會兒嘛！」

薄霧還未散盡，空氣凜冽清新。天上浮幾小團棉朵也似的白雲，陽臺的欄杆上覆有毛茸茸一層細霜花，如水晶一般透亮。

「今天拿成績單。反正習慣了，躺床上也睡不著。」蘭芝笑嘻嘻說。進城之後，她幾乎天天陪媽媽作早飯。玉娟越來越覺得蘭芝太老實，擔心將來到社會上要吃虧。

也不一定呢！玉娟懶懶地又想，丈夫那麼精明，忙忙碌碌混到如今，又怎麼樣呢？俗話說，「癩蛤蟆坐著，沒見餓著；猴子爬岩，沒見發財。」天生人，必養人。一棵草有一滴露水，都是命中注定，操心也沒用，著急也沒用。

貴生其實也早就醒了，眼睜睜躺在床上，在心底品味進城後的這十多年的生活。錢玄之稱得是他的啟蒙老師，讓他領會到：領袖、黨、「兩報一刊」社論、抓牢階級鬥爭所迸發出的機會，四位一體，可以組合成向上攀爬的通天階梯。批「三家村」，批「學術權威黑幫」，批「二月逆流」，批「叛徒內奸工賊劉少奇」，「批陳整風」，批「右傾回潮」，「批林批孔批周公」，批「水滸投降派」，「批鄧」，「反擊右傾翻案風」……如今又批「四人幫」——反正「毛主席揮手我前進」，「一切聽從黨召喚」！領導作動員，由他來寫文章。就這麼覆去翻來地寫啊，寫啊，頭髮熬白了，人熬老了；「著作」等身，回過頭再看，不過如拉磨的毛驢，蒙著眼睛，徒勞地地原地轉圈兒……可憐無補費精神啊！

明知討不到半點好處，卻懷揣著可能會得到好處的夢想，日復一日，繼續努力地寫。當官的動嘴，當兵的跑腿，怎麼說，總應該有「多年媳婦熬成婆」的那一天吧？「十一大」的政治報告上說，粉碎「四人幫」，是無產階級文化大革命又一偉大勝利！頭兒們吩咐要以這句話為理論依據，認真辦好大批判專欄。

無產階級文化大革命，到底還將有多少個偉大勝利呢？他想，大概只有天知道。

家裏瀰漫著越來越重的麻木、冷漠氣息，牆壁、飯桌、被窩、梳粧檯……還有進進出出的人，都像給蒙了薄薄一層黴斑也似的塵埃，令人看著打不起精神。

蘭芝捧著成績單進屋來了。貴生接過來掠一眼，漠然誇獎一句：「有進步。」沒一會兒，蘭花也回來了，和三個穿瘦腿褲的小夥伴聊得笑笑嘻嘻。無論上學去，或者放學回家，兩姊妹幾乎很少一路走。

「……怎麼一門都沒有及格？你呀，就知道貪玩！」貴生心煩地說。

「誰希罕好成績？媽媽沒進過學堂門，照樣幹輕鬆工作！文工團的叔叔阿姨，都誇我身材好、嗓子好哩！」蘭花挺著小胸脯，氣昂昂說。

蘭花聰明伶俐，有點兒懶，有點兒嬌氣。蘭芝又太老實，脾氣倔強，認死理兒，簡直像柳玉！未來究竟會是啥樣兒？怎麼樣才能夠適者生存？貴生也說不清楚。

鄭素園和錢玄之過來串門時，牛貴生正獨自待陽臺上，雙手緊握欄杆，好像唯恐立腳不穩。他其實遠遠就看到他們了，只不過懶得動彈。

素園已經是高中二年級的學生了。他遞一小捆書給蘭芝，淺笑著說：「媽媽托人給你捎帶來的。我明天要回朱家寨子看望媽媽。」

錢玄之半年前還是縣汽運公司的副經理，走南闖北多年，人也結實了不少。新來的頭兒認為：錢玄之是受「四人幫」和造反派迫害才出走，如今尊重知識，專業對口，撤銷他的黨內處分，還破格提拔當了文教局長。他今天穿了件飛行員的舊黑皮夾克，倜儻不羈又落落大方；挺心閑的樣兒，進門便被蘭花跟小夥伴間的議論吸引住了。

女中學生們正在談論神農架青岩林場失火那事兒。山火燒毀了數千畝原始森林，省裏還派了直升飛機轉運危重傷員，動員了周邊三縣的人力物力，上星期剛剛撲滅……

「……最初，還是人家美國的衛星從天上發現的咧！」蘭花正神秘兮兮說著。

蘭芝不相信，扭頭反駁說：「姐姐崇洋媚外！我們中國也有衛星……」

「我們的衛星只會唱《東方紅》。人家美國，家家都有小汽車、電視機……你是鄉巴佬，你曉得啥？」蘭花不屑地說，望都懶得朝妹妹望。

錢玄之聽得心底猛一楞：光陰倒回去三、五年，說這種話可是要坐牢、要連累父母家庭的。他臉頰上浮淺淺笑意：世道看起來是在悄悄變化了。

陽臺上的貴生大概也聽到了，進屋子斥責蘭花說：「信口開河！美國是中國人民的敵人，你竟敢說他們這好那好，膽子也太大了！」然後酸溜溜朝錢玄之訕笑，遞過去一支香煙。

蘭花的幾個小夥伴悻悻告辭了。小蘭花無事人兒似的，笑眯眯看素園，臉上像綻開了花兒！素園哥長得寬肩膀，細腰肢，穿已洗褪色的舊衣裳也清爽，蓄小平頭也好看，總之有種說不出的大都市人的高貴味兒！看著蘭芝手捧柳玉捎帶來的書，她心底隱隱有點兒不痛快，走過來說：「素園哥哥，柳媽媽的學校也快放假了吧。她一個人待山裏，反正也沒事。你喊她進城好了，就在城裏等她。或者乾脆都到我們家來住！」

素園擺擺頭說：「那可不行，媽媽會想死我的……也該回去看看二貴爺爺和鄒婆婆。」

蘭花不滿意地撅小嘴巴嘟噥說：「山裏頭電燈也沒有，晚上黑燈瞎火，電影也看不到，廣播也聽不到，靜悄悄悶死人咧！」

蘭芝又頂撞說：「朱家寨子山清水秀，鳥語花香！這個季節，柿子樹上的厚葉片早已經掉落乾淨了，熟透了的肥大寶國柿像紅燈籠綴滿枝頭，吸引來數不清的土畫眉和漂亮的灰喜鵲……我也想跟素園哥一起回寨子去看柳校長，婆婆爺爺肯定也想死我了！」

貴生說：「你們倆就會頂嘴，妹妹不像妹妹，姐姐也不像個姐姐！」

錢玄之望著這小姊妹倆，呵呵笑說：「飛行中的老鷹、麻雀、大雁，還有那些坐在飛機中的人，眼睛都喜歡一律朝下俯瞰地面。而地面上所有那些行走著的、蠕動著的、奔跑著的生物，常常又都會仰起腦殼，被天空所深深吸引。我的意思是：長期待山裏面，的確悶得死人，但是，山裏也的確鳥語花香。」

其實，錢玄之內心是感歎成長環境的影響，所以蘭芝才像柳玉，蘭花也才蠢得像牛貴生。山裏有句俗話，叫「三歲看大，七歲看老」，只怕再改都難了。

貴生心煩錢玄之口無遮攔賣弄，眼皮耷拉懶得再吭聲。十年前，錢玄之被逐出宣傳部時，貴生就料定這位引路者的風光日子結束了。隨著時光推移，事實恰恰相反！如同陳年臘骨頭湯上面的葷油，這個八面玲瓏的傢伙，竟又再次亮閃閃登場了。

牛貴生當然知道，從最初認識，錢玄之居高臨下，一直就沒太把自己當回事，表面上還認作傾訴對象，卻完全是嬉笑怒罵無所顧忌「……第一是聽話，頂頭上司指哪裡就打向哪裡；第二是順從，領導說好趕快拍手，領導說壞高舉拳頭。」十多年前，他像教訓龜孫子一般，曾油腔滑調如是說。貴生當時雖然覺道理有點下作，內心卻認為挺適用。錢玄之自調離宣傳部，便改弦更張了，開始咒罵「伴君如伴虎」，「政治鬥爭翻手為雲覆手為雨」……他稱得極精明，眼觀六路，伶牙俐齒，通過做成一筆又一筆的好生意，結交一個又一個用得著的權貴朋友，越活越滋潤……正所謂「同行生嫉妒」，他們倆幾乎一直貌合神離，在貴生溫文爾雅的鱗甲下，隱藏著的一直是妒火。

待到素園和錢玄之要告辭，牛貴生突然記起，這位錢玄之新局長好像說過，打算調柳玉回文化館主持工作。素園看樣子好像還並不知道。這是錢玄之到任後第一次來家，貴生破天荒送他們一直到樓下，臉上雖然一直掛著軟綿綿笑意，內心卻屈辱、不平到了極點。

看起來，柳玉運交華蓋的日子恐怕是到頭了。濁物一般的錢玄之，竟能十數年如一日地對冰肌玉骨的柳玉如此上心，關懷備至，牛貴生前思後想，到底仍解釋不了。

職工宿舍緊傍縣汽運公司的大修廠，金屬的咿啞嘎吱鋃鐺叮咚之聲不絕於耳，嘈雜地合奏著勞動交響曲。高中生素園經常應邀來這兒補充營養。他牽著媽媽的手走在最前面，並介紹說：「錢伯伯住四樓，兩室一廳，室內陳設鑾堂皇咧！」

「老錢若不能幹，人家二十多歲的黃花閨女肯跟他？」黃菊英打趣說，「畢竟環境太鬧，還是早點搬到文化局宿舍樓去吧。去年他結婚時，連我都沒有通知，悄悄帶著新媳婦，去上海溜達了一圈兒。老錢，今日可得好好補上！」

「今天是為我們柳大姐即將凱旋回城提前接風，略備水酒，不成敬意。其它的話題一概免了吧。」錢玄之搓著手呵呵笑說。

一口氣爬上四樓，柳玉強撐著，掩飾不住仍氣喘吁吁，腿桿兒酸溜溜軟綿綿。

老羅，她想，歲月不饒人啊！她剛剛下汽車，就被簇擁著來到這兒，也的確有些疲憊。難得老朋友們如此地重情誼。她十分感激，內心鑾高興。

客廳窗明几淨，果然很寬敞。全套的捷克式家俱，一律刷深棕色國漆，擦拭得錚亮，照得見人影兒。女主人怕已有四、五個月的身孕了吧，微腆著肚子，正在小廚房內忙活，見客人來了，文靜地淺笑，忙顛顛端水遞茶。

「她就是柳校長，不，你以後要叫柳館長了：名副其實，是一位高尚、純粹、脫離了低級趣味的人，我們大家最最敬佩的女中豪傑！」錢玄之樂呵呵介紹說，「她叫梅芳，大修廠車工，沒有摻半點假的領導階級！」

「咯咯，柳館長您好！黃大姐你們也都請坐。老錢經常談起柳館長的一些事兒，讚不絕口咧！」梅芳咯咯笑說。

「好了好了，言歸正傳。柳玉母子就暫時交給男主人去陪伴。我們幾個女人，都幫梅芳下廚去！」黃菊英憐愛地撫摸著梅芳的肚子，笑嘻嘻邊說邊擁著女主人，往小廚房裏去了。玉娟也是第一次來，因為插不上話，正手足無措，連忙應聲跟了過去。

蘭花纏著素園說，老有老伴小有小伴，到屋頂平臺上遠眺還自在些。三個中學生手牽著手，嘰嘰喳喳說笑，重又出了客廳。

「真是十年一覺荒唐夢啊！」錢玄之望柳玉感歎說，「恕我直言，你簡直有點像堂吉訶德，徒勞地企圖在庸俗、恐怖的權力鬥爭旋渦中恢復單純和理想，那麼興沖沖義無反顧，默默忍受失敗和挫折，令我們作男人的汗顏……」

「可不是！最讓人莫明其妙的是：似乎每一次的失敗，反而更加深了她的信念，執著地盡作傻事兒哩！」貴生一臉兒訕笑附和，咬文嚼字補充說。三個歷盡滄桑的人，舒展地坐在長沙發上，都懶懶散散地翹著二郎腿。

嘿嘿，這個自視甚高、不甘寂寞的鄉巴佬啊！錢玄之瞅著牛貴生暗想，十多年來，你倒是同我一樣，一直在碌碌地掙扎、迎合，只不過你最終卻什麼也沒有得到，什麼也沒有做成；說到底還是不成熟，徒然地讓人覺可憐！

「其實，每個人都只承認自己的真理。待朱家寨子小學五年多，我，還有朱書記、貴生的爹娘，和那些質樸的山民——我們當然無力回天，不過在盡自己的本份。日子實在過得窩囊到家了，也狼狽到家了……」柳玉淡淡地說，「我只希望我的學生們，未來能生活得幸福。至少，不再像我們這輩人那麼瞎折騰，要比我們這輩人強！」

「我們這輩人，大多只會窩裏鬥，個個是『運動健將』，良心真正是讓狗給吃了！」錢玄之咧嘴巴感歎，動了真情。「也活該後來倒楣，運動來時，都他媽如狼似狗哩！還記得六五年『四清』期間，朱繼久老頭兒送銀元寶的事兒不？破包袱裏根本就沒有什麼變天賬，完全是當時為了迎合頭兒們的戰略部署，別有用心，別有所圖，由我和貴生連夜瞎編胡謅出來的。後來還連累了一大串人……柳玉，說你『高尚、純粹、脫離了低級趣味』，絕不是當面奉承。同你待一塊兒，我們真正自慚形穢吶！」

「老錢今日怎麼啦？還沒有喝酒呢，怎麼盡說些沒意思的酒話？」柳玉臉頰潮紅說，「當然，那種事兒，我肯定不會去做。都已經過去了，又何必再提起？」

可憐的牛貴生，完全沒心理準備，猶如大庭廣眾之下褲帶突然斷了，尷尬地默默訕笑著望一眼柳玉，張口結舌，簡直無地自容。

這個錢玄之真正可惡透頂！他心煩地想，為了討好柳玉，連我也一起賣了，罵了。

客廳裏的華麗擺設，還有腆著肚子忙活著的年輕美貌的女主人，都令牛貴生眼紅。錢玄之什麼好處都撈夠了，才從容地擺一幅自輕自賤的姿態，來消溶內疚並博取好感吧？這個滑頭王八蛋，裝得倒蠻像心地坦蕩！

錢玄之遞香煙給柳玉，點燃；給自己的也點燃，意猶未盡又說：「過去的事兒，不說也罷。你肯賞光，讓我太興奮了。能跟你這樣的朋友推心置腹，堪稱人生一大快事！梅芳也知道，你是我最敬重的人，今天特意請了假，一大清早就開始忙活……」

「開飯囉！老錢快把酒擺上！」黃菊英雙手捧一盆摻有蓮米、紅棗、天麻的清燉全雞，走出小廚房來，笑逐顏開吆喝，臉膛也籠罩在蒸騰的水氣裏了。

錢玄之彈起，幫忙將清燉全雞擺在大方桌中央，又埋怨黃菊英說：「你也真是！怎麼不帶老沈一起來樂樂？讓老頭子孤零零待著是啥意思？」

「他叫我代問柳玉好，說同年輕人待一處用餐，雙方都拘謹。他也差不多老態龍鍾了，就由著他去吧。」黃菊英解釋說，車身又進廚房端菜去了。

「還年輕個屁哩，眨眼工夫，已經都是四十歲上下的人囉！」柳玉不無遺憾地歎息說，也站起身，叫玉娟去屋頂平臺上喊蘭芝、蘭花和素園。

等過了今年春節，沈宏坤就要跨進第六十五個年頭了。離休在家似乎老得更快，飯也做得少了，除習慣地翻翻報紙和發下來的學習資料，就窩長沙發裏悶悶地哼京戲。

街燈亮了好一會兒，黃菊英才回來，紅光滿面跌坐進沙發，露些微醉態說道：「今天聊得真他媽痛快！真正暢所欲言，連老錢這爺們都眼淚花花的……」

「給你泡杯濃茶要不？在外面聊天，還是稍稍注意點的好。『十一大』通過的黨章還說：文化大革命這種性質的政治革命，今後還要進行多次；還說無產階級專政下繼續革命的理論，是當代馬克思主義最重要的成果。」沈宏坤慢慢站起身，慢吞吞說。他正在看剛通過的新黨章。他是三八年的黨員，兒時讀過半私塾；四六年參加林彪的東北聯軍，打過一些血仗。分配到地方工作之後，誰是敵人還真不好辨認。因受窮寇勿追、同情弱者等傳統觀念影響，「土改」、「鎮反」之初，他好幾次差點犯大錯誤（對敵人的仁慈就是對人民的殘忍）……後來，便養成了學習文件，然後照本宣科的習慣，不過為了明哲保身。

「就你膽兒小！折騰來折騰去這麼些年，人們大多早厭倦了，也學聰明了，麻木了：事不關己，高高掛起！你沒聽有的年輕人還編歌兒唱，『東風吹，戰鼓擂，現在世界誰都不怕誰』！」黃菊英咧嘴笑說。沈宏坤也陪著勉強地訕笑，憨厚，駑緩，迂拙，神情還真有點像貴生的瘸腿老爹。一九七二年，黃菊英曾去過一趟朱家寨子，印象最深的，便是牛二貴老頭那可憐巴巴的笑模樣兒！

貴生好像不太痛快呢，黃菊英想，今天酒席上他幾乎沒說什麼話！可憐的小鄉巴佬，雖然也伶俐、機敏，進城這些年來，仍舊沒有少吃苦頭……同黃菊英關係密切的幾個男人，大多豪放張揚，只有牛貴生例外，陰氣重，作事循規蹈矩、瞻前顧後，像沒見過啥世面的乖乖娃兒。他倒是文質彬彬，偶爾悄悄待一處嬉鬧，還真讓她有那麼點重溫少女時光的感覺，愛他如愛少不更事的小弟弟……

前一陣子，黃菊英曾聽人說，貴生和文工團的蘇珊珊關係曖昧，也不知是真是假。她倒也並不在意。追求浪漫瞬間，圖的就是個隨心所欲，快樂舒暢，犯不著將誰硬捆綁到誰的褲腰帶上！錢玄之就豁達得多，也強勢得多。他曾開誠佈公告訴她，找情侶和找老婆，是兩種不同的標準！俄國詩人萊蒙托夫曾感歎：「短暫的愛情不值得，永久的愛情不可能。」黃菊英可沒有那麼悲觀，不過是真地耐不住那份寂寞罷了。

幸虧剛才她並沒有聽到貴生曾參與胡謅過「變天賬」的烏有故事。她可以理解錢玄之「為達目的而不擇手段」，但絕不會原諒牛貴生挖坑陷害自己老婆的親爺爺！

沈宏坤捧一杯滾燙的濃茶，輕輕擱黃菊英面前的小几上，笑眯眯問：「聽說這個新文化局長小錢，新媳婦已經懷上娃了？他雙喜臨門咧！嘿嘿，今天是誰下廚房掌勺？」

「還不是他那年輕媳婦。我們去了之後，我和玉娟給她打了會兒下手。」黃菊英說。看著老錢媳婦的大肚子，讓黃菊英暗地既羨慕又感傷！自從沈宏坤離休，錢玄之來這兒的次數開始少了；工作也的確太忙吧？畢竟新官上任，幾乎一直馬不停蹄地上下奔波。這麼些年來，錢玄之一直是這兒的座上客，黃菊英的好料子衣裳，幾乎都是他幫忙從外地捎回的。私下持泛愛觀點的黃菊英，到老竟然一直沒有生養！夫妻倆差不多也已經認命了，工資幾乎全花在吃和穿上，還一個月等不到一個月。

「老錢家裏又添置了幾件新家當哩！也不知這傢伙哪兒來的那麼多閒錢。」黃菊英說，最近一段日子，她經常一陣陣莫可名狀覺得疲憊。她喝一大口濃茶提神，又說，「老錢倒真正是個鬼機靈！不過，也算得是條真情漢子！你沒看他今天那興奮樣兒，口無遮攔，直舒胸臆，硬是把柳玉當聖人膜拜哩！」

沈宏坤手臂耷拉，聽得慈祥而又木訥地呵呵笑起來。

二

一九八〇年

「……我爸爸下鄉去好幾天了。媽媽？她根本管不住我！」

蘭花突發奇想，要在家裏開舞會。昨晚上她就跟幾個要好朋友說定了。好容易等到玉娟上班，蘭花從小抽屜裏翻出十多塊錢，急匆匆去買招待客人的糖果點心。

她沒能考取高中，也沒有進文工團，閑在家裏享清福。快十七歲的大姑娘了，出脫得臉蛋白嫩，胸脯豐滿；米黃色喇叭褲繃得大腿更渾圓，淡咖啡色高跟皮鞋亮鋥鋥，大紅的喬其紗髮結，簡直像搖曳的火舌！

小夥伴們嘰嘰喳喳上樓來了，三個男娃蓄「妹妹頭」，兩個姑娘剪「嬌楊頭」。蘭花喜滋滋開門，然後學著日本婦女的樣兒，雙手托盤，邁細碎步子，恭敬地給每位小客人面前送上一杯剛沏的茉莉花茶。

落座沒一會兒，姑娘、小夥們開始爭論起如今啥行當最吃香。有的說汽車司機走南闖北，瀟瀟灑灑掙大錢，最棒不過！有的說眼下「臭老九」出盡風頭，知識分子最吃香……

蘭花將細臂膊抱胸前插嘴說：「都放屁咧！汽車倘若半路拋錨，司機得像狗子樣爬上爬下，太辛苦了！知識分子臭老九更沒勁兒，再來文化大革命，照樣打進十八層地獄！想作人上人，首先得入黨，然後去當行政幹部，上面說東就指揮群眾朝東，說西就朝西，不操心不勞力不犯錯誤，還高高在上吃香的喝辣的，最舒服不過了哩！」

一個男娃爭辯說：「當官也有倒楣的時候，比如劉少奇、賀龍、林彪、『四人幫』……死的死了，關的關到牢裏去了，還不是沒有好下場！」

「怪他們有野心嘛！誰讓他們要反對毛主席呢？」蘭花說，「他們這些人都是大笨蛋，放著舒心的日子不過，自討苦吃！」

又胡吹海聊了一會兒，一邊喝茶，嚼糖果。蘭花拿一盤磁帶塞進「中三洋」，揿下鈕鍵；因為擔心樓下有人嫌吵，可能去找爸爸去告狀，沒敢把音量開得太大。

「蓬、蓬蓬、蓬嚓嚓、蓬——嚓卡蓬……」電子樂器像急催戰鼓似的，像發脾氣的大象胡亂跺腳，像瘋子們高聲大嗓吆喝，刺激得男娃、女娃們腦子迷糊，渾身抽筋，不跟著搖頭晃腦手舞足蹈簡直就受不了！

「大家跳啊——」隨著蘭花一聲吆喝，十二隻腳掌踢踏著水泥地樓板，十二條手臂無所適從似地搖晃抽搐，身體也像遭到棒擊的蛇，前後左右地亂扭起來。

在最近半年多來逐漸冒出的一些新鮮洋玩意兒中，「迪斯科」最對蘭花的口味！其次才是高跟鞋、捲髮器、長筒絲襪和口紅。襯衫下面日漸膨大的小乳房也使她驚訝，禁不住想入非非……從別人家的電視裏也認識了不少日本和美國的姑娘，更覺得小城的生活實在太單調乏味。畢竟還是快樂的時候居多：不少男青年喜歡跟她套近乎，目光殷勤，出手大方，還一個勁兒誇她像《巴黎聖母院》中的愛斯美拉爾達！走在大街上，她總會高傲地挺起胸脯。她知道自己稱得十二分漂亮哩！

扭了約半個多小時，都有些累了，一個個氣喘吁吁，笑呵呵癱倒在竹靠背椅中，橫七豎八，直直地伸著長腿兒，額頭上大汗淋漓。

「中三洋」的指示燈還在忽閃忽閃，一溜兒鍵鈕簇新鋥亮，是浙江建築班子的頭兒上個月送來的。去年年底，文教局決定蓋辦公大樓，抽牛貴生出來專管基建。他沒有料到錢玄之會甩給他這個肥差，幹得格外地賣力氣！

「我爸爸又到長坊公社調圓木去了，少不了又會捎帶些野味兒回家來。獐子、麂子、熊掌、野雞，還有娃娃魚，我們家經常吃哩！」蘭花炫耀說。

口渴得厲害，她捧起涼水罐咕嘟嘟牛飲了一氣，抹抹嘴巴又說：「我爸跟錢局長的關係最好了，我爸管基建，錢局長最放心。難怪林彪都說『有權的幸福，無權的痛苦』。你們沒見過春節前後那陣子，山裏要賣木料的農民，窯廠賣磚瓦的，和浙江建築隊的頭頭，川流不息地來找我爸，把我們家的門把手都磨光滑了咧！我媽媽不行，整天悶頭悶腦守著那一屋子的破書，一年到頭，一丁點便宜也沾不到！」

柳玉推門進屋時，朱玉娟正用掃帚打掃著撒得滿地的糖果紙、煙蒂和瓜子殼。柳玉開玩笑說：「貴生又帶客人回來了？如今你們家真可謂門庭若市啊！」

「是蘭花帶的一幫遊手好閒娃兒糟蹋的。唉，女兒越大越難管，蘭花最不懂事了，整日東遊西逛蕩，倒一點兒也不愁！」玉娟抱怨說。

「也叫她自己來掃嘛。別還像個老媽子，就知道蓬頭垢面地忙家務活。」柳玉說，「園兒又來信了，叫我代問你們全家好！」

貴生剛回家沒一會兒，在廂房裏整理票證、單據。他踱步出客廳搭訕說：「她是朽木不可雕也！還沒過四十歲，倒像邋遢老太婆！你送的列寧服還好好放在衣箱裏，無論上班、下班，老穿這幾件老式的偏搭襟。人家日本婦女，在家或出門，各有各的打扮！十年浩劫，積重難返，還得請你幫忙多開導開導吶！」

「想學日本女人那套畢恭畢敬禮數，我可教不了……隨心所欲自由自在最好。還有啥值得擔驚受怕的呢？」柳玉呵呵笑說。現如今她擔任著文化館一把手，事無巨細都帶頭跑在前面，儘管頭髮已花白，額頭上也早早地爬上了皺紋，精神還矍爍。素園讀大學去了，一個人待著嫌冷清，她喜歡走東家，串西家。

「熊娃子要的兩本養蜂、養兔的書，園兒也一併寄來了，山裏有人進城辦事兒，就幫忙捎帶給他。」柳玉又說，遞書給玉娟。「快兩年沒有回朱家寨子了，硬是夢縈魂牽啊！園兒已和我約定，等放暑假了，我們娘兒倆一起進山去轉轉！」

玉娟接過書往臥室去了，很快，又神色慌張地走出來問貴生：「朱書記放這兒買化肥的十多塊錢，怎麼沒見了？」

柳玉說，「館裏打算辦一期交誼舞培訓班，我替你報名了！我最看不順眼你那祥林嫂模樣兒！貴生倒越活越年輕了。你比他小七歲，怎麼反而倒像個老太婆？」

「要教她跳交誼舞？嘿嘿，只怕會比當年你教她學文化難度更大哩！」貴生說。「你就是用繩子拴著，也莫想把她拉得去！」

望著玉娟兩頰飛紅的瑟縮樣兒，柳玉咯咯笑彎了腰。又閒聊了幾句，便告辭走了。

玉娟嘟嘟噥噥，還惦記著那不翼而飛的十多塊錢。貴生掏兩張嶄新的十元鈔票遞給妻子，說：「肯定是蘭花拿去買糖果招待她的朋友了。這丫頭，要用錢也講一聲嘛！」

貴生又回臥室整理他的票證和單據去了。屋子裏已經收拾乾淨。玉娟孤伶伶一個人，坐在空蕩蕩的客廳裏胡思亂想。去年，政府開始平反冤假錯案，柳玉和朱正奎的處分都取消了。最近又傳說要給劉少奇平反——畢竟隔得太遠，於她似乎無太大干係。她最明顯的感覺是自由市場漸趨熱鬧，各類蔬菜應有盡有……「上綱上線」的氛圍日漸弱化，一直處於自卑、恐怖和提防之中的她，緊繃的神經突然鬆馳，思想逐漸活泛起來。看書的人也日漸增多，作為縣文化館的正式職工，她感受到了另一種壓力！

我真好比醜母雞跌進鳳凰窩！她傷心地想，都快四十歲了，想從頭再學也晚囉！

貴生只顧埋頭興衝衝忙自己的，多數時候是被人圍著，像生意人一樣討價還價。玉娟對基建的事兒一竅不通。登門的人漸多，她心裏又犯起嘀咕：山裏人還講究個禮尚往來，俗話說，人情像把鋸，你有來，我有去。貴生又能幫他們什麼忙呢？她曾小心翼翼提醒丈夫。貴生卻十分不耐煩地說：「不懂的事兒少問！」

壁鐘慢慢吞吞地敲了五下。朱玉娟如夢方醒，記起該去做晚飯了。閱覽室裏除星期六和星期天外，平日裏只開放半天。下午沒事兒作，硬是度日如年。她沒精打采將葫蘆、南瓜、茄子等新鮮蔬菜細細地洗淨，切好，慢吞吞剛點燃竈膛裏的劈柴，就聽見樓道裏傳來了高中生蘭芝的歌聲，自信，爽朗，朝氣蓬勃。

「……我們的生活充滿陽光，充滿陽光！」

六十八萬元辦公樓基建款，使貴生陡地成了角色！浙江工程隊的老衛曾悄悄奉上一個裝有兩千元人民幣的信封。數目太大，貴生沒敢要，還嚴肅地訓斥了他幾句。

畢竟第一次掌握如此巨大的款項，牛貴生生怕受騙上當，辦砸了差事，坐失天賜良機。他幾乎全力以赴，小心翼翼事必躬親，將不相干的事兒幾乎都置之腦後了。

大清早，貴生就來到工地，處理、協調完幾件具體事情之後，照例隨老衛一起，樂樂呵呵進了安裝有空調機的野味餐館裏。以經濟建設為中心，城內腳手架如雨後春筍，吃請已漸成常態。對先富起來的人的奢侈瞭解漸多，貴生內心的不平之氣也更盛。他是在仇富的教育氛圍中長大的，內心雖然也渴望享受錦衣玉食的上等人日子，又本能地反感、嫉恨死了這些比自己富裕的主兒！只要來到酒席上落座，點最貴的菜肴、最高檔的煙酒，幾乎已成了習慣——倘若不讓包工頭多放點血，他簡直就難受死了！

酒足飯飽，走出餐館時，太陽才剛剛西偏。大街上熱氣蒸騰，陰涼處零星撒幾個遊手好閒的人。牛貴生挺胸收腹，步履匆匆走著，也不曉得究竟要趕往哪裡？辦公樓已經開始按部就班砌磚了。除了催進度、付款之外，漸漸沒多少好操心的了。大街上人流攢動熙熙攘攘。他不願意這麼早就回家，玉娟的那張「祥林嫂臉巴」，多瞅一眼都讓人心冷！

又想起黃菊英，昨天黃昏時分，他去辦公室找一份文件。黃菊英風也似溜進門，隨手反扭上門閂，摟著他的脖子蹭來蹭去咯咯笑……跟這樣的女人待一處倒是不會厭倦。她翻臉也快，貴生無意中感歎從社會底層奮鬥掙扎上來的包工頭，同工農出身的幹部一樣，素質差沒情趣……話音未落，立刻被黃菊英狠狠推出老遠。她壓低嗓音嚷道：「別他媽的含沙射影！以後，絕不要再當著我面，攻擊我的淳樸善良的丈夫！」黃菊英接近五十了吧，最近一年多衰老好快，臉上雖抹有脂粉，仍蓋不住那近似病態的焦黃……

錢玄之對牛貴生倒是「用人不疑」，從基礎開挖到現在，他都沒有來工地看望過！這傢伙會當官啊，天馬行空，瀟瀟灑灑，不知一天到晚在忙些啥？

不知不覺間，牛貴生走到了文工團的大門口。青年演員蘇珊珊一路小跑著，嬌喘吁吁從大門裏出來了。

「貴生老師，怎麼好久都沒來團裏了？嘿嘿，您去年寫的那個小歌劇，參加了地區今年的八一調演，得獎了咧！」蘇珊珊說，丹鳳眼含情脈脈。

「小菜一碟兒，不值一提。嘿嘿，我差不多早忘了那個破本子……」貴生訕笑說，乘著酒興嘮叨，搖晃著去了蘇珊珊的單身宿舍。

「都說老師您管基建去了？真的嗎？往後不是更沒有時間給我們寫戲了？」蘇珊珊表情生動地說著，忙顛顛去沖一杯麥乳精，雙手捧著奉上。

「你們團養的有創作員嘛。其實，啥樣的工作都幹上一陣子也蠻好，生活厚實了，才能寫出更深刻的文章來。」貴生笑呵呵說。小半年沒來文工團了，沒料到蘇珊珊還那麼一往情深，對他崇拜得不得了。

「您文質彬彬，溫良恭儉讓，去管基建，整日與下里巴人為伍，只怕把人給混俗氣了……」蘇珊珊淺笑著認真說，肘彎撐膝蓋上，兩隻纖纖嫩手空懸懸招搖著。

「說心裏話，誰又願意那怕是暫時放棄自己所鍾愛的東西呢？」貴生歎息，似不經意地握住近在咫尺的肉感的手指輕輕摩挲。「人在官場身不由已啊！希望春節前新樓能竣工吧，以後再也不去接手這一類事務性工作了。」

蘇珊珊一動不動，僵僵地望著貴生，手指微微發顫，神情有點兒癡迷。每每到這節骨眼上，理智總會迫使貴生原地踏步。他實在想親吻那紅唇，實在想擁抱她，壓碎她！然而不與未婚女子過於親近，又是他為自保而內心定下的鐵律。他可不想陷進旋渦徒惹麻煩，不想失去好不容易才得到的那點兒雞零狗碎！他不能輸，也輸不起。

能夠不時地撫摸年輕漂亮妞兒也是一種幸福哩！貴生想，只有等到手握權柄真正站穩腳跟，到那時，無所顧忌隨心所欲才會有更大的保障。

「這瓶香水，是省裏一位寫小說的朋友送給我的，就轉贈給你吧。」貴生曖昧地呢喃說，「你很有潛力，業務上要抓緊，相信你會有大紅大紫的那一天！」

香水是走私的舶來品，小瓶兒上有燙金商標，包裝蠻講究；是老衛偷偷塞給貴生的。揣在荷包裏好多天了，他一直沒有捨得給玉娟。

三

長途汽車早晨八點半鐘從縣城始發，抵達夫子鎮已是中午。

車剛停穩，就見朱正奎和虎娃子從遠處跑過來。帶拖斗的「二五」型拖拉機靠在鎮供銷社門口，排氣管還在「突突突」哼哼，還沒有息火。

「『四人幫』倒臺了，好人終究得到好報了！你們母子倆能專程進山看我們，太叫人高興了。全寨子的老老少少，都眼巴巴等著吶！」朱正奎樂呵呵說，激動得直搓手。

「柳校長您好！嘿嘿，小素園已經有我高了哩！」虎娃子迎上前鞠個躬，輕輕拍了拍大學生的肩膀，扭頭又說，「爹去找個館子，讓他們先墊一下肚子。我去催供銷社趕快找人卸車！」畢竟是三十出頭的人，比過去老成多了。

「不用找餐館，我們在車上吃麵包了。素園有好幾年沒進山了，四處走走看看蠻好！」柳玉左望望右望望說道，估計他們父子也沒有吃午飯，從旅行背袋裏掏兩只夾心麵包，不由吩說塞朱正奎手中；又翻出兩只，叫素園快給虎娃子送過去。

夫子鎮沒啥變化，麻石板鋪的窄街仍坑坑窪窪的，倒比過去更髒了些。肥豬、胖鵝、公雞、母雞、流浪狗、鴨子……哼哼唧唧，咕咕喔喔，旁若無人地滿街筒子徜徉。隨處可見畜牲們拉的屎尿，空氣中瀰漫著腥臭味。鎮子西頭，緊傍鎮中學操場的亂石河灘，是木材交易市場吧，東一摞，西一摞，堆著好多帶樹殼的松圓木和長杉條。每一摞木材堆旁邊都立著個身披破爛單衫的壯實漢子，鬍子拉碴，臉上都是蚊蟲叮咬的斑痕，有的由於感冒而不斷地咳嗽著。幾個穿皺巴巴西服、叼過濾嘴香煙的採購員穿梭其間，表情麻木，逐個地同賣木頭的山民們討價還價。

山裏人仍舊比較窮啊！柳玉想，但比之當年，連牛二貴、鄒秀珍義務幫小學養山羊、種藥草都不被允許，不能說不是個很大進步。

「包產到戶之後，山裏日子比從前好過多囉！有些地方亂砍濫伐太厲害，還編成順口溜唱，『要想富得快，先砍杉樹賣』……」朱正奎說，抹抹沾在短胡茬上的麵包屑，掏出包過濾嘴香煙，遞一支給柳玉。「去年我就沒幹書記了。六十出頭的人，該擱挑子了。我爬山還行，農閒時候，就扛桿銃去老林裏轉轉，每年賣點野牲口皮毛，賣點藥草，吃穿不愁。」

下午兩點鐘，拖拉機開始朝朱家寨子爬。柳玉坐在機頭上。素園和朱正奎雙手緊抓車牆板，蹲在「咣當咣當」的空拖斗裏。機耕路蜿蜒迂迴，半貼峭壁，半臨深淵。太陽倒不似在城裏時那般灼熱，撲面的山風送過來松脂的淡香；不時就有灰喜鵲被驚起，「喳喳喳——」結伴兒朝著密林的更深處飛去了。

因為是空車，拖拉機顛簸得格外厲害。大學生素園已經好久沒有這麼體驗過了，簡直像又回到了中學時代！他頂著直往嘴巴裏灌的山風，衝著車頭上的駕駛員，用最大的嗓門兒激動地嚷嚷：「虎娃哥，還記得那幾年不？每每逢星期六的下午，你都要開手扶拖拉機來接我回寨子！那顛簸，比今日這個厲害多啦！」

「芝麻小事，難為你還記得！拖拉機到底差了，再拼命幹幾年，怎麼也要掙一台『解放』開開！」虎娃子也樂呵呵大聲嚷嚷，稍稍鬆了點油門，擔心柳校長身體會吃不消。

終於看得見寨子了。虎娃子使勁鳴著汽喇叭，「笛笛！笛——」朱正奎早已站直身體，手臂亂揮，吆喝著望寨子方向打招呼：「來了哩！母子倆都來啦！」

牛二貴家門前的壩子上早聚滿了人群。娃娃爪爪們聽到喇叭響，哇啦哇啦應和，蹦跳著手舞足蹈；梳獨辮子的丫頭們，和剃著光頭的青皮後生，也都亂糟糟跟著尖叫歡呼。懷中奶著娃兒的媳婦，手裏握著長煙袋桿的漢子，還有頭上纏著鍋蓋大的盤頭的老頭、大娘們，一律心急地翹首張望，有的人眼眶已經濡濕了……新上任的大隊書記朱正剛，不失時機地點燃了三眼銃和炮仗，「轟、轟、轟！」「嗶嗶砰砰……」場面立刻更沸騰了！

「鄒婆婆，二貴爺爺，您們好！」隔老遠素園便大聲招呼起來，太激動了，淚水在眼眶裏直打漩兒。

「好！好啊！你們也都好哇！喲呵呵，兩、三年沒有看到，長得比我還高出大半個腦殼了！」鄒秀珍說，上前拉住素園的手呵呵笑，突然，竟又哭出了聲，「還是園兒心腸最好，讀到大學，還不忘進山裏來看我們。蘭芝和蘭花怎麼就不一起來呢？都怪她們那個喪良心的爹沒有教好，看不起當鄉巴佬的爺爺婆婆了……」

「她們倆也想您咧……」素園安慰說。昨天晚上，蘭芝和蘭花倒是也想一起進山。貴生叔說：「不准去！爺爺婆婆倘若想你們，早就該搬回城來住。水柳林子裏的那棟房子，都空了這麼些年啦……」

朱家寨子這一帶，凡二十多歲以下的，幾乎都當過柳玉的學生。就有人搬來兩張舊太師椅，學生們如眾星捧月，簇擁著柳校長母子坐定，唧唧喳喳寒暄，說起一些過去的苦年頭，不時爆一陣開心的大笑。

柳玉感歎：「還是笑臉兒看著暖和。我就知道，這次進山，看到的準儘是笑臉兒！」

廚房緊傍山跟，三位掌勺的能幹媳婦、和五個打下手的健壯姑娘，人擠人，肉蹭肉，熱火朝天，正忙活得團團轉。時令的新鮮蔬菜、雞鴨蛋、和各種獸肉，都由各家各戶拿過來，該洗的早已在白溪裏沖漂靈新了，分門別類，盛大竹筐或者小筲箕裏。乾透了的硬櫟木劈柴，在竈膛內燃得呼呼生風！切菜聲「咚咚咚」，水濺聲「嘩啦啦」，還有滾油聲「滋滋滋」，鍋鏟和鍋碗瓢盆「叮咚咣當」……廚房內熱氣蒸騰，碎花布的單衫，都濕漉漉貼渾圓的脊背上了！姑娘、媳婦們手中忙活，嘴巴也沒有消停，嘰嘰喳喳打趣逗樂，汗珠兒順光溜的下巴牽線兒滴噠，把前胸也給濡濕了……

太陽快落山時，就聽朱正奎猛一聲吆喝，青皮後生們變戲法似的，立刻扛來六張柏木大方桌，一字兒在壩子上擺開。再吆喝：「上菜——」所有的年輕人和半大娃兒們都動了，往來穿梭，如螞蟻一般有序：捧菜盤的，端湯鍋的，擺酒杯的，發筷子的……連成一氣的長九米、寬一米五的桌面上，霎時間，成了式樣各異的碗兒、碟兒的博覽會，且都盛滿了熱氣騰騰的菜肴！「大條桌」的北面——也就是所謂「上席」的那一方，擺了供客人和老者落坐的寬條凳，其餘三方都沒有設座位。

朱正奎、牛二貴作為寨子裏德高望重之人，率先給客人敬酒。牛二貴說：「柳校長和素園是大家的貴客，今天，只不過借我家場壩和鍋竈操辦。第一杯酒大家一起敬！感謝柳校長，前些年為了教我們的娃兒，明裏暗裏，遭了多少罪啊！」

朱正奎樂呵呵嚷嚷：「柳校長如今工作也忙，難得進山一趟。這一回，就舒舒暢暢地多住些日子吧。都給我把酒杯端起，真心誠意，陪柳校長一口喝乾它！」

星期天。玉娟上班去了。牛貴生也晃晃悠悠去了建築工地。蘭花逢星期天格外忙碌，早邀約上朋友，跑得不見人影兒了。家裏就蘭芝一個人，洗乾淨一大盆衣裳，晾到屋頂平臺上，然後坐竹躺椅裏，信手翻開第十一期的《中國青年》。

上高中後，蘭芝似乎更長高了，頭髮學柳館長樣兒剪得很短，走路也像男孩一般矯健活潑；為人熱情，充滿好奇，大街上過吹嗩吶娶親的隊伍時，也要擠著觀察，見到老人們在巷子口下象棋也會駐足認真地瞧……各科成績都不錯，作文經常出現在校辦的牆報上。

「立冬」過後，太陽早沒了火辣辣味兒，變得溫柔多了。一群大雁在藍天上擺著「人」字。從樓下的街面上不時傳過來兒童的嬉戲聲，還有小攤販們招徠生意的吆喝。文化館小院內倒是安靜極了。

蘭芝看了好一會兒雜誌，疲憊似地合上書頁，仰面將後腦勺枕在躺椅背上，腦海裏像擁擠著好多吵架聲，互不相讓，震盪得人直發昏。

潘曉的那篇〈人生的路啊，怎麼越走越窄〉，在第五期《中國青年》登載之後，幾乎每一期的討論，蘭芝都找來看了。什麼「異化」、「人權」、「代溝」、「他人即地獄」……好多的新名詞、新觀念；特別第八期上的一篇「只有自我才是絕對的」，簡直把她震糊塗了！她爸爸有好一陣子，也留神到這次大討論，似乎也暈頭轉向，曾小小聲感歎：「……階級鬥爭，繼續革命，幾十年下來，習慣成自然！如今，敵人沒了，活著的國民黨縣團級以上幹部都釋放了，地主、右派也摘帽了……什麼話都敢信口雌黃，攪得人沒了方向！有人甚至悄悄編順口溜：『辛苦革命幾十年，一夜回到解放前』……」

蘭芝是通過書報、歌曲和電影瞭解「解放前」的：「萬惡的舊社會，窮人的血淚仇……」可是，「敵人沒了」，應該天下太平，皆大歡喜呀！怎麼就「回到解放前」了呢？——說「沒了方向」，蘭芝似有同感，比如，人活著，究竟是為自己？還是為大家？

蘭芝偶爾曾聽到錢伯伯跟黃媽媽議論，說爸爸熱衷於察顏觀色，「跟風太過，成也蕭何敗也蕭何！」口氣似乎很有些同情和不屑。有一次，爸爸還在家中長吁短歎，對媽媽推心置腹大談道理說，「……鄉巴佬想在官場站住腳，談何容易？得耷拉眼皮逆來順受，同時睜大眼睛尋找機會！」

暑假期間，因為沒能如願跟柳校長和素園哥一起進山，蘭芝到現在還生爸爸的氣。爸爸嫌她太倔強，遇事認死理兒。她認為父親對待生活的態度像生意人，只關注利益，沒有信仰。爸爸如今管基建倒好像如魚得水，父女倆一直話不投機。

素園哥又來信了，還寄來幾本剛出版的古典文學名著。蘭芝原打算洗罷衣裳就寫回信的，翻了一會兒雜誌，心裏被攪和得亂糟糟的了。

生命之樹常綠，而理論總是灰色的。蘭芝自我安慰想入非非，不管人家怎麼說，柳校長才是我的榜樣，素園哥才是我的知音！

昨日晚上，蘭花神秘兮兮湊蘭芝耳邊，小小聲吟哦了一段順口溜：「生命是黃昏的彩霞，愛情是瓶中的鮮花，女人是夜行的伴兒，墳墓是我們的家！」說是時下正流行的手抄本《少女的心》裏面的精彩段子，還問她想不想看？蘭芝感覺到姐姐好像在悄悄早戀。姐姐除了抱怨爸媽給的零花錢太少，倒是無憂無慮，活得滋潤極了！

房屋上個月剛做了裝修，牆壁刷天青色塗料，幾扇三開大玻璃窗上都掛了明麗的細棉綢落地窗簾；原有的幾件舊家具，和新添置的大衣櫃、食品櫃、博物櫃，一律刷棕紅色國漆，擺放錯落有致，被媽媽擦拭得鋥亮。通陽臺的門柱上掛著個精致的鳥籠，小八哥兒見蘭芝站起身，殷勤地含含糊糊啼叫「你好！你好——」

這些都是老衛基建班子的工人幫忙做的，是爸爸認真設計，然後炫耀於家人的資本。

「……權力這玩意兒，就有這般神奇！有時你就是裝腔作勢罵他混蛋，他也會樂呵呵搖尾巴，然後，不動聲色奉送上你所喜歡的。」爸爸聲音不大，跟媽媽嘮叨著。媽媽平靜地做著家務，似乎有點兒擔憂，「窮點兒不怕，你可千萬莫要隨便占人家的便宜啊。」「什麼話！叫他們做這點活，我可都是照規矩付了工錢的！」爸爸皺眉頭說，氣衝衝站起，「砰」地甩上房門，悶悶地下樓去了……

蘭芝從書包裏拿出紙、筆，坐回到三屜桌前，準備給素園哥寫回信了。

社會大環境，倒是少了過去的那種提心吊膽，戰戰兢兢。她想，人們腦子裏的禁錮解除了，思索和嚮往的東西更多，似乎更難得和諧輕鬆了哩！

我才不稀罕那高高在上的權力，更別說啥高檔次家具了，她又想，我眼下的目標就是要考上一所好大學，將來要做個像柳校長一樣的人！

「蘭芝，嘿嘿嘿，你一個人在家？」貴生問，口腔裏噴濃烈的酒氣，儘管還克制著，得意之情仍從那迷離恍惚的眼神中漫溢出來了。

「嘿嘿……幫爸爸去泡一杯濃茶。」他晃悠著又說，跌坐進蒙有雪白紗巾的單人沙發裏，手指尖輕叩著扶手閉目養神。窗外秋高氣爽，室內幽靜溫煦。牛貴生舒坦地伸著四肢，心曠神怡，硬是愜意極了。

上午，錢玄之找牛貴生談話了，告訴他，黨支部討論了他的入黨申請，對他一年多來的工作很滿意……末了拍拍他肩膀，遞一張「入黨志願書」叫他填寫……從文教局出來沒走多遠碰上包工頭老衛，聊了些工程上的事，照例又拉他去吃「工作餐」。貴生覺得還真該自我慶賀一番，於是找了個僻靜處，忍不住就多喝了幾杯。對老衛當然沒提填入黨自願書那檔子事兒。他踉蹌著朝家裏走，憋了一肚子的興奮！

真正是踏破鐵鞋無覓處，得來全不費工夫！貴生一路走，一路想，眼前猶如有粉紅色的桃花盛開，桃紅李白，煞是好看！

自從管了辦公樓的基建，大便宜他雖然沒敢去沾，小小甜頭倒也嘗了不少。通過跟老闆們日常接觸，他明顯發現，眼前這世界與以往大不相同：行政權力不再是唯一令人眼熱的東西；擁有家財萬貫，照樣能過上隨心所欲的好日子！

如今，貴生仍會每年寫份入黨申請書遞上，完全出於一種謹慎周密的考慮，腳踏政治、經濟兩隻船。畢竟當官才是他的最愛，新民謠也說：「當官不入黨，放屁都不響！」

蘭芝無聲無息捧一杯熱茶擱小几上，白色水蒸氣飄飄逸逸，像供奉在神位前的香火。蘭芝刻苦好學，將來準有大出息；也太倔強單純，倒像是柳玉的女兒……人生如白馬過隙。貴生可不願蘭芝像那位放著陽關大道不走，偏要去闖荊棘叢的柳玉！

這個家裏，也只有蘭芝尚可造就。貴生在心底感歎，蘭花只知道無憂無慮玩樂，腦子裏百事不裝；玉娟早懦弱到了骨髓，能有個地兒拿工資已屬僥倖……他坐正身子，呷一口熱茶，「吭吭」清理了一下嗓子，然後正色說道：「蘭芝，爸爸要告訴你一件喜事兒……嘿嘿，除了你錢伯伯，暫時還沒人知道哩！」

蘭芝悄無聲息在另一只沙發裏落座，側身望爸爸那被酒精燒得容光煥發的臉膛，也不知怎的了，憐憫之情竟油然而生。

也許是電視機的事兒，她想，前些日子爸爸就說過，包工頭老衛已答應幫忙買一台大尺寸的「日立」牌彩電；也給錢伯伯捎帶了一台吧？

「爸爸……你爸爸要入黨了！」貴生一臉兒嚴肅地說，本來就自視甚高，此時更加感覺良好。他耷拉下頭淺笑，兩耳通紅擡頭又說，「你也應該嚴格要求自己，德智體全面發展，特別是德育！就算將來大學畢業了，工作了，倘若不是黨員，幹什麼都會矮人一頭！」見女兒面無表情，欲言又止似的，貴生脖子上大汗淋漓，咽口唾沫繼續說道，「不要因為有些人說東道西亂開腔，就認為這牌兒如今不吃香了。什麼信仰危機？完全是目光短淺！黨的影響無處不有，無時不在，仍舊統率著所有人的行為、思想和感情！不是黨員，至少就當不了單位的一把手嘛！當然囉，提拔幹部，還是要講知識化、專業化的……入黨有好處，是大家都看得到的……嘿嘿，最起碼一點：犯錯誤受處分時，也能減減力度。就像大蔥長有好多層皮兒一樣，入黨，提幹，多個頭銜兒，也就多了一層保護皮……」

蘭芝愣住了，不敢相信自己的耳朵！也實在聽不下去了，猛地站起，氣呼呼大聲說：「都說些什麼呀！爸爸，你真不害臊！」

像平地一聲雷，把牛貴生的酒駭醒了。他十分緊張，慌忙起身小跑去拉開房門——天空湛藍，白光刺眼；

一隻快活的麻雀在電線上撲騰著翅膀唱歌，眨眼逃之夭夭。走廊裏沒有人，左右兩家的房門也都鎖著。貴生稍稍鬆了口氣，又尷尬，又沮喪，若不是女兒在跟前冷冷地望著，他真會恨恨打自己幾耳光。

剛才究竟說了哪些犯忌諱的話？他緊鎖眉頭回憶：嗓門兒一定不小，還不知樓下是否有人聽到了？得意忘形真可怕！真混賬！酒是惹禍的根苗，色是刮骨的鋼刀……狗日的老衛最喜歡他媽一個勁兒勸杯，硬是把我害苦了……

錢玄之為什麼不親自管基建，貴生一直也沒有琢磨透。聽黃菊英說，老錢讓他老婆留職停薪，悄然開了間賣汽車零配件的小店面，因全城僅此一家個體的，生意紅火，每月賺的比老錢一年的工資還多……這個上司總之鬼得很，貴生一直暗地提防著……

「嘿嘿，爸爸喝醉酒了，胡說八道……也怪最近一段時期的那些五花八門辯論文章，把人的思想都攪稀爛了……你可千萬莫記心上，千萬莫去跟別人提起……」牛貴生可憐巴巴望女兒，陪著笑臉央求說。

蘭芝還從未見爸爸這麼副模樣兒，沈甸甸點一下腦殼。空氣中似乎又瀰漫開來只有果園裏才聞得到的那種豌豆粥變餿了的酸腐味。蘭芝逃避似地移步到窗前，小汽車的喇叭聲像在嗚咽。她只覺得噁心，內心難受極了。

掠過來一陣微風，細棉綢窗簾輕輕拂動，牽著小銅墜兒無力地蹭了幾下窗框。屋子裏靜悄悄像沒人似的，太陽已快當頂，映水泥地板上的光斑早縮到屋外去了。

四

縣文教局的五層米黃色辦公大樓，費時差不多一年有餘，終於竣工落成了。第一、二層是各股、室的辦公地和局會議活動室，三、四、五層是宿舍，有單間、套間、兩套兩室一廳，和一套三室一廳的。

爭房屋簡直如刺刀見紅打白刃戰，比職務，比工齡，比資格貢獻，你死我活鬧騰好一陣子！牛貴生畢竟不屬局領導班子的成員，自知人微言輕吧，自始至終一聲未吭，臉上浮謙恭的微笑，仍舊住在文化館內。

好不容易，分房風波總算塵埃落定，錢玄之這個瀟灑局長，也被折騰得身心俱疲了。以建辦公樓的名義，從省廳好說歹說爭取來的經費，一多半花在改善職工住宿上面了——當初立項時，錢玄之心底就這麼定的：新官上任，得給屬下一個甜頭，讓他們記一輩子！省廳裏當然不高興了。縣長雖然也批評他「膽子不小」，言辭中對他能夠從上面爭取到資金，在縣城蓋起這麼棟大樓，還是挺欣賞的。讓錢玄之嘔氣的是：省上怎麼這麼快就知道？八成因局裏有人打小報告！縣長這次找他談話，重點其實是叫他讓老婆趕快關了汽車零配件門店，「在職局長的老婆幹個體，丟黨和政府的臉面吶！」

錢玄之自認也的確當不好四平八穩的官兒，待哪兒都要弄出個響動來！要丟掉賺錢的鋪面他還真捨不得！思前想後，禁不住有點心灰意懶。

牛貴生的高姿態，令錢玄之多少心生疑惑。當初讓貴生管基建，一是念舊情，二也希望多個心腹。牛貴生作事雖然瞻前顧後，患得患失，酸不拉嘰不像漢子，說到底，骨子裏還是不願甘居人下；這種人，有時還真得提防著背後打黑槍……

錢玄之喊來牛貴生，拍著他的肩膀打哈哈，泡了杯龍井茶，遞過來一根「牡丹」牌高級過濾嘴香煙：「建棟樓不容易，分配房子更麻煩，總算都過去了，老夥計勞苦功高！呵呵，先在家多休息幾天，反正春節也快到了，暫時去業務股幫幫忙。春節後，局裏人事要作調整，眼下百廢待舉，特別是業務股，硬是差一個開拓局面的人咧！」

錢玄之隻字未提打小報告的事，讓牛貴生暗自佩服得五體投地。給省廳的匿名短信是他用左手書寫，半個多月前到市裡出差時寄出的，天知地知，根本沒法兒查。對這一點貴生倒十分自信，不過聽著老錢大咧咧說東道西，腋窩仍開始冒汗，脊柱一陣熱辣辣覺得酥麻——他也知道這點兒破事傷不了老錢的元氣，實在因為太不平他權力、錢財雙份富足，克制不住想給他的內心添點堵！

老錢竟然暗示有可能提拔他當業務股長，看來是根本沒懷疑上他。分手之後，貴生的心情十分開豁，又開始拼湊如霓虹燈管被打碎一般的璀璨未來了。

今年春節牛貴生沒有打算回朱家寨子過，臘月二十二，他就打發玉娟和蘭芝進山去接老爹老娘了。過年貨也辦得差不多了。陽臺上平行地拴著三根粗鐵絲，上面整整齊齊掛有香腸、板鴨、墨魚、鮮麂腿、羊胯子、肥母雞、和開膛去毛了的野兔；還有用薄膜袋兒裝著的香菇、紫菜、花生、肉鬆、木耳、黃花菜、豆筋……五顏六色，煞是招人眼熱！

「爸，你看還差些啥？只要不是天上的月亮星星，我都有辦法弄到！」蘭花進屋子來了，右手提一塊沈甸甸的豬坐臀，臉蛋兒紅撲撲。

貴生也剛剛回家，也許自幼一直待在身邊，有點偏愛蘭花。這丫頭購物硬是上了癮，整日屁顛屁顛奔波，樂在其中！他親昵地撫摸女兒說：「快有爸爸高囉！明年一定給你找份體面工作，老這麼待家中可不成。」

蘭花只喜歡討好爸爸，對家中的其他成員全都瞧不起。外人中最佩服錢伯伯：九教三流都熟，三百六十行都有用得著的朋友！上個星期在大街上，錢伯伯捏著她的小耳朵對爸爸誇耀，「這丫頭鬼機靈咧，將來準比你強！」蘭花心裏得意極了。

「食品公司又到松花蛋了，我家還要不？」蘭花又問爸爸。她的初中同學小佘新近頂職去了縣食品公司，前些時買的三十個皮蛋就是他幫的忙。

「嘿嘿嘿，家裏的錢都快用光囉！」貴生說。父女倆如今雖然都有些熟人熟路，就算是緊俏貨有時也能買到批發價。而欲望就像無底洞，得隴望蜀，錢總是不夠花。

「爸，你最好請錢伯伯弄我去縣汽車隊當採購員，到那時，家裏想買什麼，都包我一人身上！」蘭花說，「文化單位清水衙門，想辦一丁點事都作難死了。」

「女孩子家幹什麼採購員！」貴生說，口氣並不十分堅決。眼下文化單位的確漸漸有些遭冷落的味兒，全靠上面撥的那麼點人頭費苟延殘喘。

「爸爸是封建腦殼！漂亮女孩當採購員最行了！」蘭花挺小胸脯不服氣說，嬉皮笑臉又唱，「姑娘好像花兒一樣，小夥子心裏多歡暢……」

臘月二十八，牛二貴和鄒秀珍自六七年被紅衛兵們趕回山裡之後，第一次進城過春節來了。老兩口兒都穿著自己縫製的嶄新的棉衣、棉褲、棉帽、棉鞋，周身肥大臃腫，面頰紅潤，眼神活潑，一看便知是從深山老林裏出來的。

「嘻嘻，瞧婆婆爺爺這身打扮，真像兩個聖誕老人，醜死了哩！」蘭花拍手雀躍樂呵呵說。一個多月前，她在電視上第一次看到身穿花俏衣裳的外國老頭，小余解釋說：「這叫聖誕老人，是外國人過年時專門弄來逗娃兒們樂的老傢伙……」

「人老了也就不講啥好看了，寒冬臘月，將身上穿暖和就行了！」鄒秀珍拍拍圓滾滾的新棉襖說，不服氣似地又說，「裏面鋪的全是新棉花哩！山裏面天寒地凍，只有富裕人家裏的有福之人，才能穿得上。」

還在進山之前，考慮到貴生工作忙，蘭花又太懶，玉娟已經抽空兒將紅磚小院內外的蛛網、塵埃、雜草和落葉都清掃乾淨了。晴空萬里，冬天的太陽曬在小徑上分外溫馨。柳條光禿禿如鏽鐵絲耷拉著，白菜、蘿蔔早已收罷，只有幾隻黑烏鴉聒噪著在田埂上覓食，周邊景象給人一種劫後餘生的感覺。老兩口兒沒顧得落座，一身簇新，袖著手裏裏外外轉了一圈，說不清心中到底是個啥滋味。

草草安頓停當，鄒秀珍從包袱裏找出幾個裝有核桃、板栗、和柿餅的禮品紅紙包兒，喊上牛二貴，依照「行客拜坐客」的古訓，去看望十多年前結識的幾位菜農去了。

玉娟和蘭芝到家後也沒顧得歇息，娘兒倆進廚房聯手忙活起來。還有兩天就過大年，要砍豬頭，剁雞鴨，發白麵蒸包子；得預備燒油炸麻花兒、雲片兒、翻酥兒和春卷兒，還要炒包穀泡、葵花子、板栗、花生……除了準備團年飯的種種菜肴，還須做好正月裏頭幾天的吃食。今年的年貨置辦得豐富，等著要幹的活兒也就格外多。蘭芝點燃了竈膛裏的劈柴，大鐵鍋裏已盛滿清水。木盆裏橫七豎八堆放著待洗的鯉魚、豬肉和一隻大熊掌，緊傍竈台的地上擱著一張大團簸，分門別類堆放著各色蔬菜……

蘭花也不知啥時候出去的，沒一會兒工夫，又提回家一筐套有塑料袋兒的雜色乾貨，臉蛋累得紅撲撲。貴生背著手在幾間房屋裏轉了一圈兒，略有所思說：「過罷年，請人將這邊住房重新粉刷一下，蘭花和蘭芝都搬過來住，陪爺爺婆婆。」

天快傍黑，牛二貴腋窩裏夾一小捆乾煙葉，鄒秀珍右手提幾顆嫩生生的大白菜，左手抱著一瓶麥香酒，笑眯眯都回來了。

「上哪兒討來的爛東西？家裏吃的、喝的，啥高檔貨沒有準備？食品櫃裏還有瓶縣領導送的茅臺哩！」蘭花皺眉頭說。

「人家硬要往懷裏揣，又有啥法兒？」鄒秀珍解釋說，又感歎，「韓老頭家雖然住的仍是木肋架老房子，家裏擺設蠻闊氣，這幾年也發財了……」

「種菜人奸狡，不可能無緣無故給人東西，肯定有啥事相求！」蘭花又補充說。

「我們能幫人啥忙？韓老頭早些年一直跟我們蠻厚道……」牛二貴眉頭緊皺嘟噥。

「你和婆婆，還有媽，當然都沒有幫人的能耐。」蘭花笑嘻嘻說，「他們肯定有啥作難的事兒，轉彎摸角想來求我爸哩！」

「這丫頭，一點兒也不懂人情世故。莫跟她打嘴仗了，準備吃飯，今晚還有好多事情要忙咧！」朱玉娟眼皮耷拉說，額頭上滿是細汗珠兒。

匆匆吃罷晚飯，一家人又忙活開了。鄒秀珍揉麵團。蘭芝洗菜，切菜。牛二貴守著竈門添柴禾。鐵鍋裏咕嚕嚕翻著泡沫。煮爛了的豬頭油膩膩撈在大瓦盆裏，玉娟和蘭花在剔豬頭肉。牛貴生無所事事，撳響了收錄機。歡快的喜慶曲兒高亢嘹亮，更添了忙年的熱鬧。

「還是城裏好，只要有錢，啥都能買到！」鄒秀珍說，望著兒媳婦又說，「邊鍋裏該生火燒油了。麻花兒、翻酥、雲片和春卷兒，炸起來最費時間，怕睡不成瞌睡了。」

玉娟滿臉疲憊訕笑，丟下手頭活汁，提油壺朝大鍋裏倒油。吃的、穿的、用的，倒是日漸豐富；可玉娟老覺得內心空落落，快活不起來。上班時閑得發慌，回到家又裏裏外外忙得昏頭！貴生除偶爾回來吃頓飯，夜半三更回家睡個覺，乾巴巴來去，眼睛裏像根本沒有她這個人！連柳館長也開始埋怨她未老先衰，十多年過去，業務上竟沒一點兒長進！

我成這個家的老媽子了！她心酸地想，我也只會做飯，收拾房子，洗刷衣裳……每個月去財會那兒領工資時，硬是愧得慌啊！

「爹，您就跟媽一起搬城裏來住吧，好歹也有個照應。」貴生微微笑說，斯文地在廚房裏踱著方步。見沒有回答，又說，「春節過後，我就進山去，乾脆把那老屋賣了，也省得您老人家一心掛兩頭不踏實。」

「再說吧……」牛二貴慢吞吞應道，猶豫不定。他已經六十六歲了，花白的短頭髮像絲茅草輝映著竈膛裏的腥紅光亮，更顯得老邁龍鍾。

等爬不動了，再搬到城裏來住，是不是又太晚了？他想，又想，懶得去操這個心了，反正已經隔天遠離土近，死了還得又往山裏擡……

「爸爸，莫要把山裏老屋賣了……」蘭芝說，露不勝眷戀的神情。

「嘻嘻，我曉得妹妹為啥捨不得朱家寨子——因為素園哥喜歡大山裏的風景咧。但凡是素園哥喜歡的，她都喜歡……」蘭花狡黠地眨巴眼睛說。

「媽，你聽姐姐說的——」蘭芝尖聲嚷道，臉蛋就羞得通紅。

「你們都給我閉嘴！」貴生心煩地斥責，回頭繼續勸爹說，「一個家分兩處，總不是長法。媽出來還能幫忙料理家務，玉娟也可以多把心放到工作上。如今尊重人才，知識更新也快，像她這麼糊裏糊塗混光陰，到時候會受下賤哩……」

玉娟正手臂高懸在油鍋上炸春卷，瘦軀幹裏肥大的舊夾襖，整個兒像插田埂上的稻草人。蘭芝捨不得朱家寨子，讓她突然懷念起爺爺朱繼久來：八十多歲了，孤苦伶仃，又還能夠活得多久？一想到爺爺，她就會記起「銀元寶」那事兒，就特別內疚和心酸……又聽到貴生說她「糊裏糊塗混光陰」，將來「會受下賤」，心裏頓時堵得更厲害。她眼睛沒敢離開沸油鍋，氣呼呼頂一句：「你想啥就說啥，莫要拿我當幌子！」

從來都唯唯諾諾的老實妻子，竟然也開始頂撞起人來了！牛貴生簡直不敢相信，惡狠狠扭過頭，露少有的煩燥模樣：「我說的不是實情？文化革命中誰沒受過磨難？能有個輕輕鬆鬆拿工資的地方，當思不易！你卻啥時候都哭喪個臉！本事沒有，脾氣倒見長了！」

「你……」玉娟腰板挺直盯著丈夫，像中了邪，「你橫說豎說都是理，一會兒裝人，一會兒作鬼！我知道我沒文化，配不上你。可當時沒想到你會有今天呀！嗚嗚，我苦啊……」

貴生最忌諱逢年過節時家裏有哭聲，愈加心煩，也嚷道：「就知道嚎！家裏哪樣不是我去操心？我橫說豎說裝人作鬼就不苦？你還委屈了咧……嫌眼下這日子不舒心，當初該像黃菊英那樣，託生到城市的幹部家庭裏呀！」

「我早就知道你嫌棄我！嗚嗚，雖說是我男人，還沒柳館長和鄭老師待我貼心！就算再回山裏憑力氣吃飯，也比這麼活受洋罪的強！嗚……」玉娟說，捂著臉大哭起來。

「媽媽莫哭，等過罷年，我陪你回朱家寨子……」蘭芝抱著渾身顫抖的媽媽央求說，淚水在眼眶裏打著漩兒。

「你們、想回山裏的都回去！沒人再攔你們了！」貴生發狂似地吼道，嗓音嘶啞。他的確氣極了，也真正傷心極了。

「莫吵啦，深更半夜吵什麼喲！」鄒秀珍左勸勸右勸勸，「都怪老頭子太倔，就搬這水柳林子裏來住，又有啥不好？」

「砰——」牛二貴臉色鐵青，顫巍巍站起，使勁將一個大土缽摔碎在地上。廚房裏頓時死一般寂靜，只聽得到濁重的喘息聲。緊接著，油鍋裏騰起青煙，春卷兒炸糊了。

窗外已經發白了。玉娟躺在床上輕輕抽泣，哭了好久。

貴生也後悔不該發那麼大火氣。回憶進城這十多年，起初，就像演員在台上學做戲，慢慢才入門。又怎樣呢？不想笑時得笑，不想嚴肅時得嚴肅，如履薄冰，如臨深淵……玉娟逆來順受也不容易。前些天，老錢還提到了她，「創作力量還要充實，是不是考慮把你老婆調到創作組來？文革前她發表的那篇小小說我還有印象，文筆挺鮮活哩！」若自己在教育妻子方面更上點心，憑她當初那股拼勁兒，沒準還真能幹出點小名堂……

想到錢玄之，妒火又在貴生的心底子灼燒：追名逐利，寡廉鮮恥，僅僅憑一桿尚差強人意的禿筆，一張巧言令色的嘴巴，幾乎事事如願順心……剛才實在不該拿大半生都如同泡在蜜糖罐罐裏、任性風騷如孔雀一般的黃菊英，來銼如螞蟻樣奔波忙碌的妻子的心，也太過份了……這麼想著，憐憫之情油然而生。

牛貴生將瘦胸脯緊緊貼在玉娟的光脊背上，摟抱住她的肩膀說：「對不起……我，我也過得不順心啊！太能幹會讓人妒嫉，安貧樂賤又令人瞧不起。四十多歲的人囉，難道我沒有看透？過去有些事兒讓你傷心受委曲了——當年時興那麼做法，麻雀也往亮處飛咧，是條漢子，哪個又不想出人頭地呢？在社會上拼搏，再噁心的事兒我也能忍耐著去做，回家了總該喘口氣吧？我們家老少三輩，除了沒心沒肺傻乎乎樂的蘭花，又有誰對我有過笑臉兒？有誰跟我真正一條心？不挑擔不知輕重。能混到眼下這樣兒，你以為容易？我也是人，我——我為的什麼！？我只是不願像爹媽那樣，一輩子過窩窩囊囊的日子……」

貴生越說越激動，彷彿洪水決堤，一發而不可收拾，到最後，禁不住鼻腔酸楚，幾大滴冷淚緩緩滑過臉頰，跌落到枕巾上。

太陽露臉兒了，走廊裏已經傳來鄰居的沙沙腳步聲。窗外白光眩目，空氣凜冽——又是一個晴朗的冬日。

第七章

一

一九八一年

陽春三月，滿山桃花盛開。牛貴生被組織正式任命為業務股股長了。

五月一日這天，在縣委會小禮堂，眾目睽睽之下，牛貴生跟另外七名同志面對鐮刀鐵錘黨旗，莊嚴地舉起了右手。他的心砰砰狂跳，鼻尖上沁汗珠兒，胸中油然生「天將降大任於斯人」的感覺——雖然仍稍嫌到來得晚了點……

待宣誓和其它等等議程結束，貴生想單獨消化一會兒興奮，便來到河畔。昨天剛下了場透墒雨，把滿河床五彩卵石沖洗得乾乾淨淨。初夏的風像女人溫濕的嫩手。對面山坡上，杜仲樹林呈墨綠色，桃花、李花早開謝了；梯田裏小麥也漸漸轉黃，一層復一層，如金色的天梯蜿蜒直上！極目遠眺，天宇像深不見底的大湖，藍湛湛沒一絲兒漣漪。

我如今也是黨員了，貴生想，是繼續革命和經濟建設的領頭人了！熱血在血管裏奔突，思維彷彿時鐘上足了發條。他背著手緩緩踱八字步，不著邊際浮想聯翩，不時還用腳踢小石子兒，遠看像臨考的學生正認真地默誦英語單詞。

「……喲，原來是貴生咧，啥好事想得入迷啦？」問話的是文工團廚房的臨時工宋媽，五十多歲，渾身肥肉顫顫，最喜歡與人聒噪淡話。大概要準備做午飯了，左肩上挑空木桶，右手提著一隻盛滿新鮮蔬菜的大竹籃。

「哦，不是五一節了嗎，想節後工作上的事兒。」貴生訕笑著敷衍說，才發現已經走到緊傍文教局辦公大樓的文工團後門外了。

「聽說，你當股長了？嘿嘿，操的心當然會多一些。」宋嫣討好地說笑，「有文化就不一樣！像我這種只曉得憨吃憨做的粗人，到老也變不到哪兒去！」

「勞動光榮嘛，當股長和當炊事員不過革命分工不同！這會兒沒旁的事了，讓我也幫你挑幾擔水。」貴生心血來潮抓過宋嫣肩頭的扁擔說，幾乎沒假思索，連他自己也吃驚。空木桶在桑木扁擔兩頭吱呀呀顫悠，變得怪輕快。

宋嫣提著竹籃楞住了：在廚房做飯多年，牛貴生有時也同她說笑，幫忙幹活兒卻從未有過！眨眼見貴生已走出多遠，她懶得細想，又開胖腿騰騰地追了過去。

貴生樂呵呵一口氣挑了五擔水，頭髮尖上也掛滿茸茸汗珠兒，硬是灌滿那口大水缸之後才歇工，累得吭哧吭哧直喘粗氣。宋嫣千恩萬謝，說了好多感激話。

牛貴生挺胸收腹往文化館走去，腿桿稍嫌綿軟，心情暢快極了。爬到樓上，推開虛掩的房門，看到玉娟正一個人無精打采歪在長沙發裏。

由於蘭芝率真又近乎命令的再三請求、開導，玉娟勉強決定從新拾起書和筆。她剛剛翻出來泛黃的六冊舊初中語文課本摞到茶几上，眼皮耷拉，滿臉困乏，一副隨時都可能打呵欠的模樣兒。貴生擠著妻子的肩膀坐下，手指輕輕捋那夾雜有縷縷銀絲的長髮問：「嘿嘿，今日怎麼把蘭花的舊課本都翻出來了？」

玉娟無可奈何苦笑，回答：「都是蘭芝的主意，還跟柳館長約好了，說是晚飯後要來跟我一起讀書……」

「好事呀！眼下百廢待興，人才難求，你是該重新振作了……」貴生說，突然感覺這麼些年來，太忽視妻子的存在，太對不起妻子了……

遙想當初，玉娟倘若是嫁給一個體格強悍、頭腦簡單如朱正奎或者虎娃子一類的山民，究竟是幸甚，還是不幸呢？都說「近朱則赤，近墨則黑」，認識柳玉這些年，玉娟也漸漸變得執拗、憂憤，不再是那個天真、單純的山裏姑娘了……

「今年的『五一』還真值得紀念。從今天起，讓我和柳玉一起擠時間教你吧。」貴生說，輕輕將妻子的頭枕到自己大腿上，禁不住有點感傷。

「……我都三十六、七歲了，怕太晚囉。」玉娟猶猶豫豫嘟噥，聲音輕飄飄沒啥份量。丈夫難得的愛撫使得她整個身心都暖烘烘的，像躺在搖晃著的小船上……

「不晚不晚！前幾天的《參考消息》報導，日本有位七十多歲的老太太，青少年時因為家貧，因為戰爭，沒有讀多少書，她靠自學，去年終於拿到大學文憑了！」

「真是日本人？真有這種事兒？」玉娟驚訝地問，坐正身子望丈夫。在她的印象中，日本鬼子男人都是肩扛明晃晃刺刀的殺人犯，女人都是靠色相騙取情報的狗特務！怎麼還會有讀不起書的窮苦人？還會有那麼愛學習的老太婆呢？

「我明天就把報紙找來你看。嘿嘿，《參考消息》只有局長級別的才有資格傳閱，所以，莫去跟一般群眾議論，會把思想搞亂哩！」貴生說，捧著妻子粗糙的手柔柔地摩挲。玉娟如此孤陋寡聞，撩撥得人心生憐愛！他起身過去扭上門閂，拉玉娟到懷裏，將嘴唇使勁兒壓過去。鼻孔呼出的熱氣烤灼著彼此的臉頰，大白天裏，夫妻間好多年都沒有這般溫情脈脈過了。貴生心猿意馬，初戀時的諸般柔情蜜意在腦海裏洶湧，如過幻燈片兒……

「……咯咯咯，都老囉，比不得年輕時候了……」玉娟喘息著說，上氣不接下氣，還是擔心女兒可能突然敲門，硬將身子從丈夫的臂彎裏掙脫開。她胡亂捋著被弄得蓬鬆了的頭髮，歉意地羞答答瞟丈夫，忍不住「噗哧」又笑出了聲；雙唇微啟，細腰輕顫，略顯疲憊的橢圓形蒼白面容，竟像塗了一層薄薄的胭脂！

妻子的笑模樣兒真美啊！牛貴生暗自感歎，巧笑倩兮，美目盼兮。女人也只有在微笑的時候，才最引誘人忘乎所以，想入非非……

「繼續笑嘛，外面就算天蹋地陷了也莫要管它，只顧笑給你丈夫看！」貴生說，發泄似地撲過去，索性撓起妻子的腋窩來了。

「咯咯咯……」玉娟倒沙發裏蛇一樣劇烈扭擺著，胳膊腿兒都抑制不住放肆地胡亂張揚，玲瓏活潑百媚千嬌，大笑著直喘粗氣，笑出了淚花兒，笑成了軟麵團兒。她早已經窮於招架了，撒嬌似的用小拳頭捶打著身上的丈夫。貴生體會到了一種近乎原始人無憂無慮、無拘無束的快感，不勝驚訝：就這麼一塊兒屬於自己的寂寞小天地中，原來竟也能夠蘊藏著如此甜蜜、猛浪的人生樂趣哩……

老夫老妻如鳥兒飛呀飛呀，體力不支似的，雙雙癱軟到沙發上。貴生率先振作起精神，湊妻子的耳朵邊一本正經說：「我入黨了，上午在縣委會禮堂裏剛剛宣誓……」

玉娟木訥地望丈夫眨巴著眼睛，人彷彿還在雲霧裏，幾乎不敢相信所聽到的……入黨可是件天大事情！她想，貴生從今天起，真的也像柳館長、朱正奎他們，是偉大、光榮、正確的黨員了？

「往後會更忙，業務股今年要辦三件實事！」貴生目光望前方，躊躇滿志說，「出一份鉛印的小期刊。你們館那個文化補習夜校要擴大，可以找單位拉點贊助，向個人收點費；也算為『有償服務，以文補文』的政策探路嘛！第三件是在中心區的高樓上，紅紅火火繪上幾幅為『四化』鼓勁的巨型壁畫！嘿嘿，新官上任三把火嘛，要造成一個聲勢；也要讓人知道，我牛貴生並不是只會緊跟潮頭寫批判文章的牆頭草！」

他扭頭瞅玉娟得意地淺笑，意猶未盡又說：「前些年迫於形勢，我雖然也做了不少違心的事兒，只要有獨當一面、腳踏實地實幹的機會，我決不比老錢差！唉，一眨眼工夫，都快年過半百囉！今年怎麼也得給蘭花找份工作。蘭芝不用操心，憑成績八成能考上個好大學。挨著膀子再幹十來年，我就該退休了。到那時乾脆搬回柳林子去住，讀讀書，釣釣魚，悠哉遊哉自得其樂！我可以天天陪你，天天看你笑……」

朱玉娟默不作聲聽得入迷，也想了很多。陡地記起柳館長晚飯後要來陪她讀書，不由漸漸地走了神兒……

柳大姐今年也是奔五十的人吶，玉娟想，十多年來孤苦伶仃，還興致勃勃為大家的事兒奔波忙碌，到底不愧是黨員……從今天起，貴生也是黨員了……仔細比較之後，玉娟覺得丈夫實在差得太遠，不由得替他著急起來，蔫蔫地耷拉下腦殼。

入夏以來，縣域內幾家效益好的企業都組織起業餘劇團，嗷嗷叫要跟文工團一爭高下，爭相邀請柳館長輔導。文化補習夜校、交誼舞培訓中心，每邊每星期柳玉都要去講三次課，有時候把黃菊英也硬拉去義務幫忙；還得走訪廠礦，文化下鄉，迎來送往……芝麻米胡豆的事兒一大串！柳玉精神矍爍，事必躬親，人忙得更厲害了。

畢竟已是四十五、六歲的女人，坎坷歲月吞噬了她旺盛的體力，關節和日漸鬆馳的肌肉不時隱隱作痛，只要跌坐進沙發就不想動彈！寂寞也時不時地襲來，兒子的來信是她唯一的慰藉，而壁鐘的單調嚓嚓聲簡直令她憎恨！

柳玉這天又去了縣化工廠。被一大群天真無邪、涉世不深的年輕工人所簇擁，自己也好像年輕了許多！大廳裏熱鬧而喧囂，那些愛唱愛跳的青工們談吐機智新穎、無所顧忌，男孩女孩的嫩臉蛋汗津津，體態活潑婀娜，憤世嫉俗，出語驚人！什麼自由、民主、太空、生命、代溝、尊嚴、愛情、憐憫、人權……幾乎把柳館長當作了厚厚的大不列顛《百科全書》，急不可耐地渴望著能在她這裏討到答案。一直忙到黃昏時分，她才渾身疲憊回到家中。打開了所有的門窗，屋子裏仍嫌悶熱。壁鐘一如旁觀者，冷漠地嚓嚓嚓走著。

夕陽還在不停地釋放著餘熱，映入眼瞼的鬧哄哄且日新月異著的小縣城，更攪得人沒法兒平靜下來，使她欲求不得，欲罷不能，彷徨無所依傍似的，莫可名狀地只感到煩躁。

不就因為人老了嗎？她反抗地想，是個大活人就難免一老，大可不必對後生們嘖嘖稱羨。回首往事，我反正問心無愧；至少現在還能夠懷著希冀和憧憬跟年輕人打成一片，腳踏實地去幹點暫時也還力所能及的事兒。

黃菊英進屋來了，佈滿油汗的橢圓形胖臉上泛出桃紅——曾經漂亮過的臉頰也明顯地露著衰老的印記，護膚脂也沒能抹平毛細血管死亡後形成的條條皺紋。

「熱死人了！下河去泡泡怎麼樣？我已經將游泳衣套在裏面了。」黃菊英說，掀起大花的確涼短袖衫的下擺，露出一截兒渾圓的腰肢來。

「咯咯，我們倆一個肥婆、一個瘦婆，沒準人家還以為來了對兒相聲演員哩！」柳玉大笑著說，也去換了游泳衣，然後和黃菊英一起走出宿舍樓。

山頭已遮擋住太陽的小半張臉了，香溪南岸緊傍山跟，籠罩在鐵灰色的暮靄裏。北岸是條狹長、鋪滿拳頭大鵝卵石的河灘，河風輕拂，納涼的、游泳的、洗衣裳的，如螞蟻一樣迤邐蠕動，五彩斑斕的各式花裙子抖索索充滿生機。淺灘上更熱鬧，赤條條一絲不掛的兒童，穿三角褲的健壯男孩，和裸露著白嫩四肢的窈窕少女，像魚兒般潑剌跳躍，放肆地尖叫嬉戲，攪得白晶晶的細碎浪花如急雨四濺，綠瑩瑩的河面像開了鍋！

兩個人游了一趟，又游了一趟，燠熱都隨著涼絲絲的河水飄走了。柳玉輕輕喘息，兩腿伸筆直坐河灘上，雙臂平行支撐著微微後傾的軀幹。疲憊又更猛烈地襲過來，她真恨不得就這麼仰面倒下美美地睡上一覺。

「老囉，比不得年輕人了。」黃菊英有點兒上氣不接下氣地說，沒有坐下，不甘心似的左顧右盼，還是耐不住寂寞。她早就開始發胖了，沒有哺過乳的肥大乳房微微顫動，大屁股沈甸甸墜著，兩條粗腿像發酵太過的白饅頭——活脫脫就是個法國印象派畫家筆下的裸女！不遠處，一對著泳裝的年輕人正甜滋滋地呢喃什麼，兩張青春臉蛋挨得緊緊，男孩的手輕輕撫摸著女孩赤裸的脊背……

「老錢！錢玄之——」黃菊英突然喊叫起來，朝遠處揮動兩下肥胳膊，低頭笑眯眯望著柳玉又說，「流氓大亨也游泳來了。這傢伙，哪兒有局長的光輝模樣？倒是蠻本色……咯咯，狗東西越活越年輕了哩！」

錢玄之穿著考究的橙黃色尼龍游泳褲衩，鼻梁上架一副時髦的寬柄太陽鏡，搖晃著啤酒肚子，嘩啦啦踩著淺水走過來了。他膀大腰圓，古銅色的結實皮膚油光水滑，胸窩和手臂、腿桿上黑毛毿毿，目空一切，步履從容不迫——還真有那麼點電影裏三十年代上海灘洋碼頭上的買辦大亨的氣勢。

「那個穿藍條紋泳裝的小女孩還瞅著你吶！把人家孤伶伶撇水裏不管啦？傢伙，一個多月沒見人影兒，倒比『五一』那會兒更胖了咧！」黃菊英手臂抱胸前嬉皮笑臉說，像還想說什麼，又猶豫不決忍住了。

「柳玉也在。呵呵呵，如今的年輕姑娘，比較喜歡跟先富裕起來的主兒套近乎，偏偏我這體型又越來越接近人們心目中的大亨模樣，可憐我這把年紀，勉為其難哩！」錢玄之朝柳玉點一下頭，緊挨黃菊英站定，輕佻地拍著肥肚皮又說，「我這身胚，別說還真能唬住人。去年在市裡，陪省廳計財處的副處長去一所學校，校長一眼認定我是處長，迎上前首先跟我握手套近乎，倒將真處長涼一邊了……商人和老百姓，慢慢已經都只認發財是硬道理了；而在場面上，仍舊是官大一級壓死人哩！」

「喂，你老婆開的那鋪面關了沒有？都說一月能賺你當局長一年的工資？是真的？嘖嘖，就這麼關了還真有點可惜。」黃菊英擠眉弄眼關心地問道，似乎讓口水嗆了嗓子，吭吭地劇烈咳嗽了好一陣子。

「哼，標語不是寫著『誰發家誰光榮，誰受窮誰狗熊』嗎？我老錢像狗熊？我是寧可不當官，也絕對不關鋪面。」錢玄之認真說，咧嘴笑又說，「變通了一下，掛靠回汽運公司了。名義上老婆仍舊在單位領工資，實際還倒貼著交點管理費。」

「嘿嘿，老天爺讓你姓錢，還真名實相副。瞧你這副鬼模樣兒，真是個官場上的另類呢！」柳玉懶洋洋說，又像嘲諷，聲音有氣無力。

「多謝誇獎。最近大半年，單位、家裏的一些破事兒，忙得人團團轉。一直想找個機會跟二位聚聚餐輕鬆輕鬆，總也擠不出時間。」錢玄之說。面對柳玉，他隱隱總有一種自慚形穢的感覺。黃菊英越來越虛胖，身體素質已大不如從前。錢玄之上任沒過半年，便依了黃菊英的私下央求，不再安排實職，上、下班亦由著她的性子——兩位依舊一直拿這位頂頭上司當朋友，令他的心多少擺不脫那慰藉。

又問候了一聲沈老爺子的近況，同黃菊英閒扯了三、兩句玩笑話，天色漸晚，錢玄之搖搖晃晃走了。柳玉腰彎得像弓，下巴頦兒擱膝蓋上，沒有再吭聲。

晚霞映紅了天際，幾隻黑色小燕子在空中往來穿梭。遠山鬱鬱蒼蒼，輪廓已有些黯淡。

中秋節這天，柳玉應邀來到黃菊英家。進門才發現，錢玄之早早已經等那兒了。

「呵呵，我還當老黃看我孤苦伶仃，動了惻隱之心。錢大局長怎麼也來了？中秋節團圓夜，不老實待家裏守著妻兒——莫非是聽我們兩個半老徐娘部下的刻薄臭話上癮了？」柳玉說，跌坐進沙發，晃悠著二郎腿淺笑。

「還真讓你給說對了！嘿嘿，若不因為擔心夜半三更可能讓梅芳一腳踹下床，我恨不得做夢都能來找你們倆瞎胡聊，百無禁忌，內心不用設防，別提他媽多舒暢了！老婆是什麼？給我生兒子的工具，替我打點錢財的工具……」錢玄之手中把玩著茶杯，慢吞吞說著。

「還是你泄欲的工具吧……」黃菊英輕輕拍他，緊挨柳玉坐下解釋說，「今日是老錢提議，老錢作東，借我這個冷清地方聚聚，有點事商量。嘿嘿，老沈說你和老錢平日都忙，難得來家坐坐，他一個老頭豎旁邊，擔心你們談話不能盡興。所以，早早地吃罷中飯，就上老幹部活動室翻報紙、下象棋去了。」

「大富豪酒樓」的服務小姐，適時送過來了菜肴，有海參、武昌魚、豬蹄、火腿肉、大蝦、白斬雞、腰花、松花蛋……還有兩瓶「杏花村汾酒」，擺滿了老式柏木方桌。

三個人各守一方落座。柳玉皺眉頭說：「吃得完嗎？老錢你只怕真有萬貫家財了？」

「嘿嘿嘿，慢慢吃慢慢聊，還得給沈老爺子預留點兒宵夜不是？」錢玄之端起酒杯敬二位女士，「這算得什麼呀，怪你們孤陋寡聞。如今，別說手握重權、就是如我這樣清水衙門的一把手，托大款們的福，吃山珍海味，穿外國名牌……這麼說吧，『富人一杯酒，窮人三年糧』，一點兒也不誇張！」

「嫂夫人的鋪面真那麼掙錢？我只知道文化局長稱不上肥缺。作為國家幹部，我奉勸你平日還是克制點兒，收那麼點兒賄賂吃香喝辣，弄不好真會拉肚子哩！」柳玉懶洋洋說，懶洋洋小口呷酒，細嚼慢咽地吃著菜肴。

「嘿嘿嘿，讓你多少觸及到今日的話題了。我有心將掛靠在汽運公司門下的鋪面再做大，有朝一日來他個蛇吞象，也並非完全是奢望！呵呵，考慮到可能出現的阻力，我正在權衡，是不是乾脆扔了這頂破局長帽兒……還沒最後決定，想聽聽二位意下如何？」

柳玉楞住了，一時竟找不到話說。黃菊英看來事先知道，悶悶地喝著酒，欲言又止。

錢玄之仰脖子喝乾杯中酒，呵呵笑滿滿斟上，又飲下一大口，繼續說：「倒也不全是為了錢，不過希望能夠天馬行空、無拘無束地活自己的後半生。你們倆都看到了：當官不自在啊，高半格就是老子，矮半格只能裝孫子，假模假式成了常態，到老也作不成個要哭就哭、想笑就笑的正常人！《實踐是檢驗真理的唯一標準》提出來三年多了，社會變化多大！人在商場只認錢！可官場規則還他媽老樣兒！嘿嘿，你們還別說，最近我特別眼紅縣裏那幾個先富起來的主，當初掙扎在社會底層，一無所有，『失去的只是鎖鏈』，才不惜冒險一搏；現如今發大財了，一個個人模狗樣，吆五喝六，倒真像『得到的是整個世界』……論本事才幹，他們與你我，根本不在一個檔次上，細想想還真讓人不服氣。」

「我也聽說，一些大款素質低、張狂、令人討厭。一個社會，總不能以賺錢多少，來說英雄，論成敗吧……」柳玉呷著酒說，腦子也亂得很。過去賣幾個雞蛋、種點自留地也是走資本主義。現如今，書記、縣長都同發了大財的個體老闆拍肩膀稱兄道弟了。

黃菊英咯咯笑說：「遙想當年剛參加工作時，紅旗招展，鑼鼓喧天，倒還經常幼稚地懷兼濟天下之心……從結婚後到現在，漸漸連獨善其身，都嫌沒意思透了。最近一年多，我幹什麼都開始覺得有點力不從心了。好時代來了，我們卻老了——想想還真不甘心！」她不自主咳嗽幾聲清清嗓子，竟然臉帶笑意、眼眶裏淚光閃爍地唱起來，「這世界上最重要的是快樂，我為快樂生活！」

氣氛頓時變得不太輕鬆，酒倒是越飲越暢快。錢玄之還囿在剛才的話題裏，說著說著，竟提起牛貴生：「……窮則思變，就像山裏人，只要擠進縣城單位來了，會比縣城土著更具進取心。比如貴生吧，給了他個股長，大概還想爭取到更無拘束的生存空間，折騰得更歡了。所以哲人也云，『飢餓的人沒有自由』——」

「別提他，整日就會在心底撥弄小算盤，酸不拉嘰不像條漢子！」黃菊英抹乾淨淚痕，溫乎乎笑著打斷錢玄之說，神秘兮兮地望柳玉又說，「老錢還打算買卡車跑貨運，由梅芳當掛牌經理。趁我們家老沈眼下多少還有點影響力，讓我悄悄以貨源入股哩。嘿嘿，錢錢錢，命相連。我真的有點動心了。話說回來，無論男人女人，一旦到了心有餘而力不足的時候，哪怕錢財堆起頸項，又能有啥用？我跟老錢，其實屬一類人咧，倘若不能時不時弄點響動，簡直就像白白活了！」說罷，用媚眼兒瞟錢玄之，再次溫乎乎唱起來，「他是個真情漢子從不弄虛作假，這才值得人牽掛。縱然他是窮人也罷，有錢豈買得愛情無價；縱然他是罪人也罷，為什麼他才去背那犯人的枷……」

柳玉一小口一小口不動聲色呷酒，由著他們倆一唱一和；好像還從不甘心就這麼老之將至，又不知道如何辦才好的可憐的黃菊英身上，聯想到身隻影單的自己，竟隱隱地生一種落伍、遭遺棄的感覺，一種心力憔悴的感覺。

變化實在太大，她想，同四、五年前相比，簡直判若兩個世界！在職幹部變相經商，過去簡直想都不敢想。她也知道不少人在幹著、或者正尋找著第二職業……她不願談大道理掃二位的興。未來的世界究竟還會變成啥模樣兒？她一時也還真說不清。

見錢玄之徵求意見似地又朝這邊望，柳玉說：「局長自動離職還沒有先例。你是不是再慎重考慮考慮……」一面在心裏罵自己像個瞻前顧後的小腳老太太。

二

一九八二年

蘭花十八歲了，花蝴蝶樣滿世界招搖，額頭濕漉漉，心安理得由著性子玩樂。

牛貴生去年一直留神著機會，想把女兒塞進文工團。元旦前夕，柳玉意外被提拔到了副局長崗位上，著實令他心底直犯嘀咕：看來錢玄之根本沒在意他，真得好好提防著這傢伙。為了不禍及自己，貴生暫時沒敢再顧女兒，暗地恨死了老錢。

半個多月前，縣印刷廠招合同工，劉廠長熱心腸主動幫忙。誰知蘭花只去幹了一個星期，嫌活兒太單調，再也不去了。氣得貴生雙腳跳，大聲斥責說：「讀書沒有用，找工作又挑肥揀瘦，未必想讓我們養活你一輩子？」

「哪個讓你們要生我呢，又沒有徵得我同意……」蘭花反唇相譏說，白眼兒朝上翻，小屁股一扭，挺著胸出門去了。貴生張口結舌，差點沒喘過氣來。

「天爺！這樣的姑娘還不揪住打，以後只怕要氣死你們！」鄒秀珍眼睛瞪老大氣憤憤說，實在是開了眼界。

「姑娘大了，打也不管用。去年春上有一天，玩到夜半三更才回。貴生打了她一嘴巴，結果跑出去三天三夜不歸家！」玉娟直擺腦殼，無可奈何說。

牛二貴和鄒秀珍，春節前就搬城裏來住了。「……進城裏去住吧。有兒子有孫女兒的人，何苦要像孤老這麼困在深山裏？」經不住老伴日夜嘮叨，再說，牛二貴也快七十了，受過槍傷的腿雖然有兒子捎帶進山的駝絨毛褲、狗皮護膝和羔羊皮大衣裹著，每每到冬天就特別不聽使喚。他好像也懶得再跟兒子較勁下去，便沒吭聲順從了。

一別十五年，縣城的變化實在太大，窄街兩旁豎起了好多棟五層、六層的水泥樓房，大玻璃櫥窗裝飾得花裏胡哨！菜隊也都分田到戶了。菜市場裏，雞鴨魚肉果品蔬菜應有盡有，叫賣聲此起彼伏像唱山歌，買菜的人熙熙攘攘，腳尖擠著腳後跟！

老兩口仍住在紅磚小院裏，鄒秀珍身子骨還挺硬朗，每天伺候完老頭子早餐，就過文化館這邊來幫忙料理家務。中飯、晚飯，牛二貴也一併過這邊來吃，高興就多坐會兒，心裏鬱悶則一個人慢吞吞轉悠回自己的水柳林子。

這天，貴生和玉娟又都上班去了。宿舍裏只剩兩位老人大眼對小眼。鄒秀珍拖一把籐椅到臨街的大玻璃窗跟前，四肢放鬆攤坐上面，扭著頭居高臨下看街景。五月天，氣候還不十分熱，花裙子，小洋傘已滿街滿巷了。男娃們頭髮蓄得遮蓋住耳朵，丫頭們穿露光溜溜大腿的短裙子也敢招搖過市！不時有大汽車或小汽車像甲蟲樣在人流中緩慢蠕動，喇叭聲沖天響，壓住了擺攤小販的叫賣聲。

城裏吃閒飯的人實在太多了！鄒秀珍皺眉頭想，得要好多閒錢養活啊！待山裏面，只要肯吃苦，有力氣，分田到戶之後，土裏刨食也能夠有肉有酒衣食不愁。待在縣城裏就不一樣囉，荷包兜裏沒有錢了，那簡直寸步難行！

這麼想著，眼前亂哄哄的街景就有些模糊，她隱隱地替孫女兒蘭花的未來擔著心。

突然，就看到一輛帶拖斗的「二五」型拖拉機，「突突突」從街的那頭開過來，空拖斗「咣當咣當」亂響。開車的漢子讓大草帽遮住了腦殼，車頭旁坐的穿花裙子姑娘孿像蘭花！鄒秀珍用力眨巴眼睛，將半截肥碩身子探出窗外細瞅：拖拉機在文化館大樓門口熄火停下來了。果然是蘭花，咯咯笑跳下機頭，扭腰擺胯地正跟開車漢子聊著什麼舒心事兒。開車漢子也跳下車，摘草帽扇風——原來竟是牛高馬大的虎娃子！

「虎娃子！你咋進城來啦？」鄒秀珍扯著粗大嗓門喊道，惹得滿街筒子的閒人都莫名其妙仰起了腦殼。虎娃子也忙朝上望，腮幫子上鬍子拉茬，花格子襯衣像旗幟樣飄蕩。

能在縣城遇上朱家寨子的熟人，讓鄒秀珍分外高興；瞧著密密麻麻正仰頭望她的行人，她簡直得意極了，又喊：「快上來吧，你貴生叔住這兒哩！」

「真是虎娃子進城來了？」牛二貴問，一瘸一拐地也擠到窗框跟前朝下張望，剛才還是苦瓜臉，這會兒已笑成了絲瓜絡。

余躍進生得小鼻子小嘴，小胳膊小腿，眉清目秀，小分頭梳得光溜溜。

小余雖然經常跑鄉，骨子裏一直瞧不起鄉下人。沒有辦法，車鬥裏塞滿了臭烘烘叫喚著的牲豬，他只能跟如野人般壯碩的虎娃子一起擠在車頭。簡易公路順河谷蜿蜒，這會兒根本看不清河面，只聽得見流水嘩嘩。崗巒一片黑糊糊，狹窄的夜空中有星斗閃爍。拖拉機「突突突」像發情的公馬，顛簸得很厲害。

進入「伏天」之後，縣食品公司為減小損失，從各鄉鎮收購點調運牲豬，大多乘夜晚涼爽時裝車。這份熬夜的髒活兒運費還可以，是蘭花幫虎娃子攬來的。白天裏，虎娃子給汽運公司的基建工地拉水泥沙石，人和拖拉機都日夜不停連軸轉。他每天最多能睡上五個小時的囫圇覺，渾身臭汗淋淋，熬得兩眼通紅……

再拼命幹大半年，加上賣掉這台舊「二五」拖拉機的錢，就能湊齊買一台新農用汽車的錢了。雖然很辛苦，虎娃子仍暗自得意地憧憬著。

將哼哼唧唧的活豬，卸到食品公司的豬棚裏之後，大街小巷早已看不到人影兒了。虎娃子剛才還在撒滿牲豬屎尿的車斗裏滑了一跟頭，這會兒只覺肩疼腿疼脖子疼。整棟樓只有余躍進的單身宿舍還亮著燈，蘭花的剪影兒正在窗口朝下揮手。

老遠聽到拖拉機的「突突」聲之後，蘭花就開始用小鋁鍋在電爐上忙活了，臉上沒一點倦意，儼然像過門不久的賢慧新媳婦。她笑眯眯說：「虎娃哥快吃麵條吧。想掙點錢還真不容易，這一個多月，你也更黑瘦了咧！」

「夜半三更，你怎麼還沒回去？大姑娘家，周圍人要說閒話的。」虎娃子正色說，淺淺笑接過搪瓷缽，狼吞虎嚥朝口中扒拉著麵條。

「誰個敢說閒話？戀愛自由，蘭花是我正熱戀著的女朋友咧！」余躍進嬉皮涎臉說，伸手想去捏蘭花的翹下巴，被劈胸猛推一掌，趔趄著倒退了好幾步。

「誰跟你熱戀了？別他媽做夢娶媳婦！」蘭花咯咯笑說。今晚她不過心血來潮，麵條也煮得半生不熟。望虎娃子又說，「我跟爸說了，今晚也在婆婆那兒睡。」

虎娃子埋頭蹲地上呼哧呼哧扒拉，沒有再吭聲。進城之後，他一直住在牛二貴家，拖拉機停紅磚小院裏也放心。他看那些陌生的城裏人如同看洋人，說話作事一直提防著。眼前這個余姓男娃，更讓他怎麼都覺不順眼，簡直比每晚拖的蠢豬還蠢笨！蘭花怎麼交了這麼個窩囊朋友？個頭還沒她高，真嫁過去，可真算鮮花插牛糞上了。

「喂，你們山裏人還真能吃苦！沒日沒夜的跑，少說也賺好幾千了吧？」余躍進湊跟前套近乎說，「願意入股做生意不？在深山老林收購香菌、天麻、杜仲，然後打包到廣東販賣，只要本錢多，貨收得多，一趟就能賺幾千塊！」

虎娃子擡頭冷冷瞅他一眼，擺一下腦殼，又埋著頭繼續吃。

「嘿嘿，把鈔票老揣荷包裏，也生不出娃來。小余認識蠻多做生意的傢伙，門道也精！虎娃哥你考慮考慮嘛，有他牽線搭橋，包你不會吃虧！」蘭花咧嘴笑幫腔說。

「不幹。我只喜歡憑血汗力氣掙錢！」虎娃子說，頭都沒擡一下。

貴生叔是個多精明的人，虎娃子皺眉頭想，怎麼養了這麼個傻裏巴嘰的丫頭？到頭來，只怕真會如俗話所說，被人賣了，還樂呵呵幫人數錢哩！

吃罷麵條，開了拖拉機回水柳林裏洗澡睡覺。途中，蘭花又哼唧著嘟噥沒零花錢了。拖拉機咣當咣當顛簸，她微撅的嘴巴好幾次都蹭著虎娃的耳朵上了。虎娃子摸索掏一張五元的鈔票遞給她，心裏疼極了，又不便發作。蘭花先後已經向他討一百多塊錢去了。這種事，他實在不願跟貴生叔和玉娟阿姨去說；對二貴老頭和鄒婆婆更不好意思提及……

蘭花看意思還嫌少，接鈔票使勁塞褲口袋裏，挺直腰板死死盯車燈前的慘白光帶，沒再吱聲。夜風呼呼拂面，一陣緊，一陣鬆，稀稀拉拉的街燈如傳說中的鬼眼睛。虎娃子給汗水濕透的身體猛一激靈，渾身竟泛一層細細的雞皮疙瘩。

夜晚拖牲豬這活不能再幹了，他想，長此下去，會弄得兩家人的臉面上都不光彩。

虎娃子決定等天亮便去找柳校長，請她幫忙再介紹幾個熟人。或者乾脆直截了當去找那位曾在汽運公司幹過的錢局長，托他盡可能幫著再多攬些拖沙石、水泥的活兒。

水柳樹林裏黑影幢幢。鄒秀珍大概睡了一覺又醒來，不放心似地坐門檻上守候。拖拉機剛停穩，她就搖晃著走過來，睡眼惺忪，嘮嘮叨叨：「肯定還餓著吧？飯菜都給你溫在鍋裏。這娃和你爹一樣幹活不惜力氣！錢啥時候也掙不完，身子骨要緊啊——蘭花從哪兒來的？老天爺，你怎麼沒有回家？」

虎娃子雙手插褲兜裏站在窗前，透過窗玻璃往大街上張望。他在等貴生，有件事兒拿不太準，想請他幫忙參謀。通甬道的門洞開著，玉娟下樓給貴生打電話去了。

秋雨淅瀝瀝下個不停，遠山駁雜斑斕；窄街面上水淋淋霧氣濛濛，蘑菇樣的各式小傘星星點點，花兒一般鮮豔。自從進城跑運輸到現在，令虎娃子一直最討厭的就是下雨天，因為雨天不好找活兒。但今天似乎跟平日大不一樣，雨中的街巷和樓房映入眼瞼，竟有了一種暖融融的乾淨、清爽感覺。這會兒，他硬是有點像山裏老農，閒散地背著雙手；像站在田埂上，打量著自己的綠葉萋萋、豐收在望的包穀地！

因為有點兒瑣事走不開，也估計虎娃子找不會有啥大不了事兒，牛貴生直到快吃午飯時才回來。他笑嘻嘻問：「活兒不夠幹了？悠著點跑嘛，富得太快是要遭人嫉恨的！」

才大半年工夫，朱正奎的這個魯莽大兒子，的確變樣了：太陽鏡，花格子港衫，石磨藍牛仔褲使那長腿更透著霸氣，火箭皮鞋烏黑鋥亮，流溢出準暴發戶的張狂；仍舊剃著光頭，輪廓粗獷的棕紅色臉龐越加彪悍英武！

錢財這玩意兒，還真能化腐朽為神奇！牛貴生不無心酸地想，不管怎麼說吧，這個沒啥文化的山裏漢子，如今已稱得個人物了：只要從那臭烘烘拖拉機裏跳下來，洗個澡，換個裝，站哪兒都神采奕奕，跟誰也都敢比試比試了！

「有件小事兒，想請您給幫忙參謀個主意哩！」虎娃子微微笑不卑不亢說，「錢局長他老婆正在籌備辦個公司，既跑運輸，又搞長途販運，還外帶經營車輛保養和大修。錢局長叫我乾脆將拖拉機賣了，乾脆換台大解放，錢不夠他幫忙貸款，然後，連人帶車到他老婆的公司去幹。貨源由他們包了，我只管安全正點來回跑。說收入保證比我一人單幹強得多；車是我的，啥時候有更好去處，開了車走人也可以的。錢局長還說國家的經濟政策越來越寬鬆，公司將來若發達了，就多買幾輛大貨，成立個專業運輸車隊，讓我當隊長！」

貴生眉頭緊鎖默默地聽著，腦子裏嗡嗡亂響。錢玄之借老婆作幌子，雄心勃勃想搞個集農、工、商於一體的有限責任公司，他其實早有耳聞。談何容易的事兒，當時不過一笑了之罷了。誰料老錢還真悄悄地幹起來了。利令智昏啊！這傢伙整日西裝革履，手指上帶個碩大的金戒指，越來越張狂——好多老同志都看他不順眼了！

「錢局長辦事大膽，為人精明，若想要跟著他幹，你可還得真有置傾家蕩產以不顧的雄心才成！」貴生一本正經輕言細語地說，「你掙那點錢也不容易，家裏又上有老，下有小，貸款去買解放牌汽車，真虧了，拿什麼還？」

虎娃子大咧咧接過話說：「這一年多來掙的錢，我沒敢亂花一分，全存在銀行；把拖拉機賣了加一塊兒，買台半新的『解放』車，不找誰貸款，也差不太多了。您說錢局長精明、膽兒大，我就放心了。只要政策不變，跟這樣的人闖蕩，也才會有個奔頭！我其實就怕他只嘴上工夫，上不得陣，若跟了那樣的人，一輩子都難得有出頭之日哩！」

壁鐘敲響十二點。一會兒工夫，玉娟從閱覽室上樓來了，進門就麻利地繫圍腰，一邊對虎娃子說：「就在這兒吃午飯吧，也沒啥好菜。」

「不了，還有急事兒等著辦咧。」虎娃子說，站起望貴生笑笑又說，「錢局長看樣子就是個厲害人，跟著他幹，沒準兒還真地就發達了！真栽跟頭了也認命，只要不坐大牢，怎麼樣也不會比前些年的日子更難熬吧？」

待虎娃子下樓走遠了，玉娟滿腹狐疑問丈夫：「你們倆在談啥事，聽著怪嚇人的？」

「虎娃子打算到老錢老婆辦的公司開車哩！」貴生說，腦子裏正飛快地想著其它好多與錢玄之相關的事兒，實在也懶得多說話。

老錢只顧自家，局裏的業務幾乎全讓柳玉去處理了。眼下他只怕真地已經掙得盆滿缽滿了吧？財大氣粗，加上思想領域裏七腔八調亂極了，平日裏說起話來更難得收斂，不管不顧亂開黃腔！「……商人想錢，不過不停撥弄算盤。而那些官們想錢，則好比作皮肉生意的在嫖客面前為愛情羞澀、扭捏，特別特別讓人噁心！」「……遙想當年，一句『你們要關心國家大事』，全國人都心潮澎湃，屁顛屁顛地鬥爭得你死我活！平民百姓們也不想想，填飽一家人的肚腸尚嫌吃力，國家事，老百姓們其實又能作得多少主？還是慈禧老佛爺當年說實話：『民智未開』，該幹嘛幹嘛去！」……

錢玄之的這張大嘴巴，只要跟柳玉、黃菊英呆一塊兒，便口無遮攔，賣弄似地嬉笑怒罵，一副與主流官員劃清界線，且不屑於頭上烏紗的清高模樣……牛貴生的小本兒上，悄悄搜集到的「錢語錄」，已經有三十二條了。最近幾個月裏，文件、報紙上出現的反對「精神污染」的一些政策、文章，再次讓貴生心動，他躍躍欲試，正時刻準備著出擊。

不是不報，時候沒到！貴生興災樂禍想，難怪莎士比亞罵錢是人類共同的娼婦；如老錢這類率先撈到甜頭的傢伙們，一個個都變得比中山狼更貪婪張狂了！

「虎娃子也變闊綽囉。聽說大半年都沒回寨子看婆娘、娃兒，沒日沒夜拼命，虧得他天生體質好！」玉娟在廚裏感歎說。自去年夏天至今，貴生下班了便回家，偶爾笑嘻嘻還幹點家務，小日子溫馨寧靜，她很知足了。牛二貴感冒了。鄒秀珍也好幾天沒過來幫忙了。見丈夫像心事重重，又安慰說，「其實，居家過日子，錢夠用就行，多了是害。」

貴生還沈浸在心事裏，懶得接話茬兒。他恨有錢人，心底又如冬日渴望太陽一般嚮往鈔票，硬是煩亂得很，除了無名火，還真找不到合適的話。

真是婦人之見，不當家不知柴米貴！他心煩地想，若不是管基建時實在忍不住，稍稍地揩了點油，受了點賄，眼前這個家只怕更一貧如洗！男子漢大丈夫也有七情六欲，真正視錢財如糞土談何容易？！

「太陽、太陽，像一把金梭！月亮、月亮，像一把銀梭！交給你也交給我，看誰能織出最美的生活……」高三女學生蘭芝哼著流行曲，回家吃午飯來了。

蘭芝明年肯定能考上個好大學，家裏又得增加一筆開銷。貴生憂心忡忡又想，蘭花這邊，請人幫忙找工作更需要錢來打發……耳畔陡地響起錢玄之的話：飢餓的人沒有自由！心底立刻洶湧起濕滑陰冷的波浪……

三

素園來信說，放寒假了便去武昌陪爺爺、奶奶，一併也捎帶做點社會調查。

柳玉自打給放到副局長位置上，每天忙碌於行政事務，日程被填得滿滿的，思念兒子的心情倒給沖淡了許多。蘭芝隱隱感受到一種莫可名狀的思念和失落，學校放假後，多數時候就待在水柳林裏陪伴婆婆、爺爺。有乖孫女整日陪伴身旁，鄒秀珍如過節一樣快活，變著花樣做些好吃的飯菜，然後手牽手四處串門……照顧得太周到，蘭芝簡直有點過意不去。

這裏極少有閒人光顧。早晨，寒鴉在禿枝上聒噪，流水在不遠處淙淙；到夜晚，冷清清的月光如水，屋子外景色朦朧迷離，讓蘭芝聯想起美人魚或狼外婆……

春節將近，團年飯定在紅磚小院這邊吃，貴生和玉娟如螞蟻搬家，一趟趟地送過來過年貨。牛二貴和鄒秀珍搬進城也整一年了。今年的年貨比去年更豐富，有板鴨、金華火腿、魷魚、香蕉、驢肉、豬排、扇貝……還有四瓶瀘州老窖，兩瓶山西竹葉青，和一瓶蘇聯產的伏爾加酒——多是些牛二貴只偶爾聽人提及，從未見識過的上好東西！

這一天，貴生夫妻提過來幾塑料袋兒花生、海帶、粉絲、黃花菜等等乾貨貨，匆匆忙忙又離去了。面對著擱在牆腳的年貨越堆越高，牛二貴的眉頭也越皺越緊。

也不知道「股長」究竟是多大個官兒？他想，幹部要吃苦在前，享樂在後；兒子可不是這種人——會不會是像前些年被批鬥的「四不清」下臺幹部，挪用了公款？

兒子當上業務股長，還是夏天裏，貴生給他娘做了套香雲紗衣褲後，老伴笑眯眯給牛二貴說的。「……嘖嘖，這料子貴，夏天穿著涼快。呵呵，我這麼穿著，只怕才像個業務股長的老娘吧？」……當時，他就回想起紅軍時期，打土豪籌款的場面……衝鋒號吹響了，營長李國良揮動大刀喊：「黨員跟我上，同志們衝啊——」

「蘭芝過來，爺爺要問你個話。」坐在檐坎上曬太陽的牛二貴，迷迷糊糊彷彿剛從夢中醒來，擡頭嘟嘟噥噥招呼說。

鄒秀珍提一大竹籃髒衣裳到河邊洗去了。蘭芝沐暖烘烘的陽光裏，雙手捧素園寄來的托爾斯泰的《復活》，看得正津津有味。

「……蘭芝，你幫爺爺想想：柳校長、你正奎大伯、你爸，他們仨哪一個最做不到吃苦在前，享樂在後？還再想一想：屋子裏的年貨堆得像小山，你爸哪兒來那麼些閒錢？唉唉，爺爺硬是擔心咧，怕你爸會成了挨批鬥的『四不清』幹部……又管不住他。在你爸的眼中，爺爺一直就是個無用的人啊……」牛二貴眼皮耷拉沒敢望蘭芝，像在自言自語。

蘭芝聽得十分認真，漸漸愣住了，緊接著便開始暗暗地覺慚愧：放假後這些天裏，她腦子裏老惦記著素園究竟在做著哪方面的社會調查，倒真沒有太留神其它事兒！蘭芝合上書，緊挨著爺爺，也席地坐檐坎上，若有所思好一會兒，慢吞吞開口說：「還是前年秋天的事，那天，爸爸大概曉得自己就要入黨了，大概是從包工頭那兒喝醉了酒回來。家裏就我一個人，爸爸興高采烈，說了好多落後的話……」

蘭芝詳細講述了那天的經過，長長歎一口氣，又說：「……爸爸也蠻可憐，一直求我不要告訴任何人。同柳校長和朱書記比，爸爸實在不配當幹部。」

牛二貴聽得十分仔細，一個勁兒巴噠著旱煙，愁得更厲害。蘭芝倒如釋重負，站起身仰望天宇。晴空萬里，藍英英像塊碩大的玻璃鏡……

「你爸歸誰來管？能不能把情況跟他說，免得你爸犯大錯誤……」牛二貴輕輕問道。

「錢伯伯是爸的局長。錢伯伯跟爸是老朋友了，他的話爸肯定聽！」蘭芝說。

「那就趕快給黃局長寫封信，把你剛才講的，和我的擔心都寫上面……寫出來後先念給我聽，尾巴上落我的名字。」牛二貴盯著孫女的眼睛，小小聲說。

蘭芝白嫩的臉蛋陡然脹通紅，緊咬嘴唇沈默了好一會兒，說：「好，我馬上寫！」

信很快便寫好了。牛二貴叫蘭芝唸一遍，又補充了幾句，小小心心將信折疊成四方形，哆嗦著遞回蘭芝手中說，「你這就去，要親手交給錢局長。」

蘭芝緊張地點一下頭，不自覺挺胸膛振作精神，像初次上戰場的士兵。

「嘿嘿，爺孫倆在說啥親熱話？也不怕太陽把我們蘭芝丫頭曬黑了！」鄒秀珍笑呵呵嚷，挎著沈重的籃子進小院落裏來了。牛二貴慌忙催蘭芝趕快回文化局那邊去，一面掩飾地直抱怨老伴怎麼去那麼長的時間，該準備中午飯了。

唉，誰個不望子孫賢啊！牛二貴鬱鬱地想，人過留名，鳥過留聲；倘若兒子真作了讓別人戳脊梁骨的事兒，我就是睡進黃土裏了，也不得安生啊！

牛貴生快快從錢玄之的辦公室走出來，臉色故作平靜，內心裏沮喪透了。

太陽正當頂。新鋪的瀝青路面軟不拉嘰像剛出鍋的高粱糖飴，每走一步都撕得鞋底滋滋響。置辦年貨的人們行色匆匆，步履眼神都露興奮又疲憊的模樣。北風順街筒子不時輕拂面頰，汗水仍庠酥酥順脊溝朝下蠕動；貼身襯衫滑膩膩冰涼。貴生心底一忽兒騰無名火，一會兒又像跌進冰窖；整個兒如置身冰、火之間，難受極了。

局長的辦公桌上胡亂擱著好多文件和材料，沙發和大轉椅上蒙薄薄塵埃。錢玄之沒有請他坐，自己也沒落座，從抽屜裏拿出蘭芝幫他爺爺寫的舉報信，微笑著遞過來，慢悠悠來回踱步等他看完後，倒也開門見山。

「看完就燒了吧，就當沒發生過一樣。喊你來這兒，主要是這封短信，讓我也聯想了好多，不吐不快；也只能找你來，兩個人關著門隨便閒聊聊……嘿嘿嘿，你說這柳玉，讓人不得不敬佩！她哪來的那麼大魅力？蘭芝從兒時就受她薰陶，還說得過去；你老頭一直待在舊中國和新中國的社會最底層，苦苦滾爬了那麼多年，怎麼都成柳玉的忠實信徒和優秀學生了？你最近一定因啥事兒冒犯了老爺子，他去找蘭芝訴說，才又勾起蘭芝兩年前的舊話吧——我敢肯定這信的內容絕對真實。嘿嘿，你也別再解釋了。你想過沒有：凡真正涉及到自身或自家的利益，這一類事兒，你我會毅然決然去幹嗎？倘若為攫取金錢或者權力，當然則又是另一碼事——你與我，不是曾經不只一次地幹過指鹿為馬的活兒嗎？……不要打斷我說話！當然，我們也可以辯白：因為覆去翻來、鋪天蓋地的運動、學習、批判，以革命的名義，以改造世界為己任；或者可以怪罪為時勢使然，箭在弦上不得不發……看看我們的四周吧，能找得出幾個寧可危及自身利益，仍義無反顧地堅持真理、嫉惡如仇的基層幹部來？當然囉，愛自己原本也是與生俱來，無可厚非……我們倆恐怕都是木已成舟，改也難囉！嘿嘿嘿，真懶得再說這沈重的話題了。我們倆，都受欲望驅使，只能仍舊是這麼個鬼樣兒了……嘿嘿，眼前若幸有紅妝，當狂還得繼續狂哩！」

錢玄之極少來辦公室，暖水瓶裏竟沒有水。他大概嫌口乾舌燥了，叫貴生去業務股泡來兩杯茶，又掩上門，咕嘟嘟喝幾大口，繼續說：「我跟你也算老交情了。聽老兄一句：國事、家事，都別太較真，太箭拔弓張。嘿嘿，蘭芝畢竟無愧為柳玉的得意門生，信寫得既有柳玉的豪氣，又有鄭新宇的儒雅，是個才女，前途無量咧！今天就說這些。我反正也沒想在這位置上坐太久了，還有好些私事兒等著要去忙。中國老百姓，一般得由領導來解放，上級來教育。你我好歹也是讀了點書的，你自己教育自己，我自己解放自己。再見！」

走在大街上的貴生，腦子裏覆去翻來，還在想著錢玄之剛才的一席話。這個名利雙收的傢伙，天馬行空，瀟瀟灑灑，活得讓貴生眼紅，又恨得直咬牙根。

他更多地是可憐自己，在心底子為自己鳴不平：爹真正老糊塗了，且不去說；蘭芝也太單純，太書生氣！所有倒楣的，竟全都讓自己攤上了！

兩個女兒都不在家。玉娟見丈夫進屋來，忙端出溫在鍋裏的飯菜擺黃楊木小圓桌上，坐下說：「我們吃吧。蘭芝說水柳林裏安靜，去爺爺婆婆那邊看書去了。蘭花一整個上午都沒見人影兒，肯定又不回家吃飯了。」

貴生囫圇吞棗，一聲未吭地很快嚥下一碗飯。玉娟伸手要去再盛。他推開碗筷說不吃了，然後，熱鍋螞蟻樣在屋子裏踱步。

自從當上業務股長，丈夫總是很忙，風風火火幹得有聲有色，贏得了不少同事的讚揚。很長一段日子沒見丈夫在家中露這種沮喪模樣了，玉娟十分納悶，也跟著放下筷子，擔心地問道：「怎麼啦，出什麼事兒了？」

貴生止住腳步，轉身望妻子咧嘴巴苦笑，搓揉著冰涼的手掌直擺腦殼，歎一口氣說：「你簡直想不到，爹和蘭芝聯名給錢玄之寫信告我啦，說我不配入黨當幹部！」

「老天爺？有這事兒？……」玉娟被唬得愣住了，又似乎在自己的意料之中，心底陡地像打翻了五味瓶。怪不得蘭芝這兩天老躲著她爸爸，她想，這丫頭認死理兒，眼睛裏硬是容不得沙子，跟柳館長一個德行……

「唉，大半輩子都快過去了，還爭個什麼強，好個什麼勝喲，到頭來，弄得親爹、親女兒也跟自己過不去……我這麼絞盡腦汁，到底是何苦來？」貴生跌坐進沙發歎息說，心底禁不住猛一陣酸楚，淚水在眼眶裏不爭氣地直打漩兒。

「錢局長怎麼說的？該不會給你個什麼處分吧？」玉娟膽顫心驚問，心底空蕩蕩不是味兒。怎麼竟弄到這般地步了？她又想，兩個女兒，一個認死理兒，一個又只知道玩樂，都是坐轎的不知擡轎子的苦啊！

「處分倒不會。莫看老錢當局長，跟我畢竟還是多年的戰友嘛！信已經當著我的面銷毀了。他還叫我忘掉這事兒，別跟家庭成員把關係搞得太僵……」貴生訕笑說，妻子的同情讓他心裏好受了許多。又說，「待會兒我們也去水柳林坐坐。蘭芝到底年輕些，還不曉得世道險惡。也怪我不能嚴格控制自己，口無遮攔……」

雖然臉上仍掛著笑意，幾大顆晶瑩的淚珠，還是禁不住奪眶而出。貴生一刹那間心如死灰，靈魂第一體驗到了真正的孤獨。進城十九年了，他忙忙碌碌上下奔波，機關算盡，勞力傷神，最想要的東西，到底又得到了多少？在社會上裝猴扮虎，已經夠難為人了，回到家仍不能得到尊重和理解，眾叛親離，著實讓人寒透了心。

如同鬼使神差，十多年前學著寫新聞、通訊稿時，老錢給他看過的一首詩陡地浮現在腦海裏，作者好像是海涅或者歌德吧，題目記不太清了，內容至今還記得。

應該儘早地學得聰明些，
在命運的偉大天平上，
天平針很少不動——
你不得不上升或者下降。
必須統治和勝利，
否則失敗和服役。
或者流放，或者凱旋；
不作鐵砧，就作鐵錘！

還不能消沈，不能這麼算完！他不服氣地想，老錢剛才說「沒想在這位置上坐太久了」？他莫非也遇上了什麼難言之隱？苦心搜集到的三十二條「錢語錄」，不能白白浪費……這會兒出擊，神不知鬼不覺，也許正是時機……

冷丁吹進屋來一股北風，花窗簾顫抖著像在打寒顫。是星期天，樓下異常熱鬧，活動室裏擠滿了酷愛吹拉彈唱的年輕人。每每當丈夫露鬱悶的沈思狀態時，玉娟都會默默地走開，不敢去打攪。這會兒她心事重重，袖手立臨街的三開大玻璃窗前，沸沸揚揚的樂器聲和嬉笑聲一陣陣襲來，攪得她格外六神無主。

「待會兒去水柳林，你莫提這事兒，以後再找個機會，好好跟蘭芝講清白厲害……」玉娟忍不住走過來細細聲勸道。她也知道女兒不可能信口開河，總有她的道理。丈夫支撐著這個家，這麼些年也怪不容易的。

玉娟真的辨別不清到底誰是誰非，只是擔心父女倆弄不好又會大吵起來。

四

一九八三年

桃紅李白時節，蘭花打聽到縣文工團又要招學員，馬不停蹄趕回家對父母說：「唱唱跳跳我最喜歡了。只要能去，我保證好好幹！」蘭花模樣兒標致，身材勻稱，窄肩、豐乳、細腰、寬臀，只須下工夫訓練普通話和台步，作專業報幕員蠻理想。畢竟貴生如今已經是文教局的業務股長，系統內部的事兒好商量，事情很快便辦成了。

這天，初選通過的小學員們，依慣例要去縣人民醫院檢查身體。蘭花破天荒起了個大早床，捲頭髮，灑香水，抹「銀耳珍珠霜」，彎腰扭胯對鏡梳妝，一面還「咯咯」笑個不停。貴生和玉娟目送女兒的背影消失在樓下人流中，都輕輕地噓了口氣。

兩個人剛要準備去單位上班，朱正奎突然從山裏打來電話，說玉娟她爺爺病得厲害，恐怕快不行了。玉娟手捧電話泣不成聲。貴生畢竟問心有愧，也不好受。

一整個上午，夫妻倆都在忙著聯繫小車，收拾行裝，打算去將朱繼久接進城住院治療，也算最後地盡點兒孝心。該準備的總算都準備妥當了。兩口子沒顧得吃午飯，慌慌張張剛鑽進吉普車，只見文工團的一個小男孩，滿頭大汗地跑過來了。小男孩說，團長有要事找，請牛股長和家屬務必趕快過去一趟。

貴生還有些猶豫。玉娟說：「你快去吧，蘭花的事兒也不敢耽擱。我一個人能行，到了朱家寨子之後，還有鄉親們幫忙。」

牛貴生氣喘吁吁爬上文工團辦公樓，團長正站在門口等著哩。兩人進屋坐下，各自點燃手中的香煙。團長欲言又止，氣氛十分壓抑，明顯不太對勁兒。

貴生問：「到底出了啥大事兒？跟蘭花有關？」

團長仍很作難似的，狠狠地吸一大口煙，苦笑著輕輕說：「蘭花懷孕了……醫生說大概有三個月大小。這丫頭，倒像不清楚，檢查完身體還傻乎乎樂……」

「什、什麼？！」貴生彈地站起，完全不敢相信！彷彿兜頭挨了一棍棒，腦子裏嗡嗡作響，眼睛都直了。呆呆地站立片刻，他失控地一拳頭打自己的臉上，沒有再說話，轉身趔趔趄趄奪門而出，大步流星往家裏疾走。

屋子裏靜悄悄的。鄒秀珍聽說大孫女兒要招進文工團，高高興興和牛二貴一起過來了，因為蘭花沒工夫陪她，正悶悶地歪長沙發上似睡非睡。牛二貴手扶陽臺欄杆，一個人愁兮兮望遠山發呆。剛回家沒一會兒的蘭花，可能又正準備出去與朋友分享喜悅，樂滋滋站臥室的穿衣鏡前，左顧右盼整理著頭髮。貴生臉色鐵青「砰」地關上臥室門，衝上前奪過女兒手中的梳子摔地下，「啪啪」左右開弓，打了她兩巴掌。蘭花嚇壞了，莫名其妙，捂著印有手指痕的發燙的臉，一時竟像沒有感覺到疼，忘記了哭出聲。

「……為啥事兒要打她？天啦，你也真下得手，臉巴都腫啦！」鄒秀珍聞聲衝進臥室，摟抱住孫女斥責道，氣憤地一聳一聳直喘粗氣。蘭花這時才「哇」地大哭起來。

貴生的嘴唇直打哆嗦，牙齒咬嘎吱嘎吱響，眼眶幾乎睜裂，不管不顧揚手臂還要打。蘭花從未見爹這般凶神惡煞，摟抱著婆婆的胖腰縮作一團，殺豬也似尖叫著躲閃。牛二貴顫巍巍立房門口，跺著手中的拐杖直嚷：「行了！行了！」

「你想打死她呀？打死也得先說出究竟呀？」鄒秀珍如老母雞護雛，阻隔在中間，拼死命托住兒子的手腕子。臥室本來不寬敞，祖孫三人在穿衣鏡前扭成一團。僵持好一會兒，貴生終於鬆馳下手臂，臉色慘白，上氣不接下氣呆呆地抂那兒，不知道還該幹啥？

蘭花還沒有停止嗚咽，眼睛睜老大，恐怖地打量著爸爸。

「死丫頭，快跟爸認個錯！你到底又惹什麼禍啦？」鄒秀珍扭頭問孫女兒。蘭花抽搐著擺腦殼，滿臉無辜，可憐巴巴，實在想不出為什麼挨打。

「不要臉的蠢東西！你、你……你要當媽媽啦！」貴生牙齒咬得咯咯響說，因為擔心隔牆有耳，嗓音盡可能壓低；心酸的淚，一大滴接著一大滴，無聲地灑在衣襟上。

鄒秀珍猛力推開孫女，圓睜眼睛，彷彿不認識這個人。「老天爺啊——」她尖聲呻吟，拍打著大腿，跌坐床沿上捂著嘴巴號啕。牛二貴也驚呆了，拐杖從手中滑脫，雙臂無力地耷拉下來。蘭花才明白過來，怯生生望爸爸，擡手臂胡亂抹一下淚痕，有點發愣。

「那個男娃是誰？不說出來，老子今天就打死你！」貴生濁重地喘息，惡狠狠又問。

蘭花遲疑片刻，垂下頭囁嚅說：「……是食品公司的小余。」

「從今天起，你就算待家中坐牢！再敢去找他玩，老子要你們倆的小命！」貴生說，手指頭骨節攥得叭叭直響。

怎麼善後呢？他腦子裏如開鍋般胡思亂想，團長那兒和主檢醫生那兒，必須儘快客氣地打招呼。玉娟受不住事，還得悉心安撫，絕對不能出破綻。醜聞真傳開了，不但女兒這輩子毀了，從此以後，我也真沒臉在人前走動了。

「玉娟進山接她爺爺出來住院，家裏還得好一陣忙。您們先把蘭花帶回去，走大街上別哭喪著臉，生怕別人不曉得似的。」貴生對爹媽囑託說，橫眼睛瞪住蘭花又說「趕快把臉擦擦。這幾天跟蘭芝在那邊待著。敢跨出水柳林一步，當心打斷你的腿！」

吉普車抵達縣醫院住院部的後門口時，已是夜半。貴生心煩意亂如籠中餓囚，在昏慘慘看不到半個人影兒的樓道前，已經踱步多時了。

一行人將蝦米樣佝僂、骨瘦如柴的朱繼久攙扶進病房躺下，號脈，會診，輸液，輸氧……白大褂們往返穿梭，忙碌了好一陣子，病房內瀰漫著濃烈的福爾馬林氣息。玉娟臉色蒼白，眼泡紅腫，滿腦子充斥著中年的爺爺、老年的爺爺勞作或者遭批鬥時，或陽剛快樂，或悲憤無助的灰頭土臉模樣，像還深陷在夢魘中，無力自拔……

住進四壁堊白的縣城醫院，裹著乾淨清爽的床單被褥，老太爺般讓人攙扶伺候……朱繼久平生第一次享受這份折騰。這會兒，他倒是完全清醒了，瞳仁骨碌碌轉，徒勞地掙扎了幾下，索性緊閉雙眼，又煩躁又心焦。

城裏人就會變著法兒窮折騰！他想，生死有命富貴在天；活到頭了便死，二十年後又是一條好漢！何苦要勞累這麼多人圍著忙碌，得多少閒錢來開銷啊！

能活到八十五歲，算得是高壽了，他自我安慰又想，雖然不過在榨房、田土山林裏滾爬了一輩子，比上不足，比下有餘；天底下比我苦的多著哩！爺爺當過殺富濟貧的長毛首領，被大清朝的綠營兵打散，才逃進神農架山裏。爺爺倒是條響鐺鐺的好漢，百多里方圓內，沒有人敢不恭敬他！爹就差得遠了，除了會搖頭晃腦讀幾句子曰詩云，衣來伸手，飯來張口，啥事兒也不會做，鬧紅軍那陣子，「砰砰」幾聲亂槍飛過頭頂，竟然給嚇死了……唉唉，風水輪流轉，我們老朱家這一脈人丁，硬是一輩不如一輩啊！到玉娟這輩算斷香火了，所以只配嫁貴生這種酸不拉嘰、紹興師爺一般的男人了……

大概是氧氣和藥物的作用，朱繼久這會兒感覺也好受多了，身子骨輕飄飄暈暈糊糊，雙眼緊閉不願看人，也不想說話，腦子裏仍一個勁兒胡思亂想。玉娟呆滯滯守坐在病床前，不知渴，不覺餓，又尋找不到能暖和爺爺心田的話兒傾訴；兒時同爺爺相依為命的情景，又開始在眼前閃現，淚水於是就又模糊了眼睛……

貴生雙臂抱胸前，傷心欲絕似的在病房內默默踱步。從東面牆腳到西面牆腳是十三步，由西面牆腳返回東面牆腳也是十三步；大腦裏一下子突然塞進這麼多事，簡直步步如臨深淵，每分每秒都如在油鍋中煎熬。好容易才盼到天朦朦亮，心急火燎的他，經再三斟酌，趁醫生們早晨例行查房前的空隙，嘴巴湊妻子耳邊，簡略講了蘭花的事。玉娟聽罷如五雷轟頂，身子搖搖晃晃，差點跌下板凳，張口結舌，痛不欲生。

「你千萬要冷靜，千萬莫讓別人看出有啥心事。蘭花這事，我自會小心謹慎處理。」貴生乾嚥口唾沫，認真叮囑說，「爺爺這兒，我叫媽跟蘭芝過來幫忙，你們三個人先對付幾天。一定要裝得像什麼事兒也沒發生。放心，很快就會過去了。」

牛貴生認認真真洗罷臉，梳光溜頭髮，先去找了分管業務的柳玉副局長。剛巧黃菊英也在，兩個女人一大早就在吞雲吐霧，小小辦公室裏煙氣熏人。兩人問起了玉娟的爺爺的病情。貴生說基本穩定了，暫時有他媽和玉娟、還有蘭花和蘭芝守著。又說為瞭解實行生產責任制後山區農民的文化生活狀況，上星期就約好了幾個小型坐談會，得去鄉下轉幾天。說罷找柳玉拿了幾張蓋好公章的空白介紹信，淺笑著告辭。柳玉和黃菊英都知道貴生跟玉娟的地主爺爺關係一直十分僵，也都沒太當回事兒。

當天上午，貴生就帶著蘭花悄悄上路了。父女倆乘長途汽車幾經中轉，花了整整兩天的時間，終於尋找到鄰縣一座稍理想的偏僻的公社小衛生院，神不知鬼不覺地除掉了蘭花肚腹中的尚未成形的小孽障。

朱繼久老頭是在貴生匆忙趕回城的那天傍晚斷氣的。他至死都沒有再進過一口食物，沒有呻吟掙扎，如蝦米樣捲曲側臥著，瘦臉頰平靜安祥。躺在醫院裏的最後幾天裡，他一直眼睛都懶得望玉娟，靈魂在地獄與天堂之間，如輕風一般飄飄渺渺巡睃；僅僅含含糊糊地呢喃過一句話：「那銀元寶，不是剝削窮人的，是你太爺殺富濟貧，留下的古蹟兒。找政府要回來！給蘭芝和蘭花，一人一錠……」

玉娟完全瘦脫了形，頭髮又白了一層，癡癡呆呆，全然沒理會周圍人的安慰；一會兒又瘋子似地哭得死去活來，甚至好幾次虛脫過去。黃菊英因為身體不太舒服，來醫院作常規檢查，直埋怨貴生，這種時候不該下鄉，太不體諒妻子，做得實在太過份！牛貴生沒有辯白，兩隻手輕輕按著玉娟的肩膀，眼眶裏不自禁滾落下兩行冷淚……

蘭花足足有半個多月，深居簡出，硬是沒有敢獨自走出水柳林一步。

鄒秀珍擔心大孫女會因這次偷偷摸摸地引產而喪了身體元氣，天天熬紅棗當歸老母雞湯，煮紅糖荷包蛋給她滋補。蘭花最初是由於羞赧，也實在覺得不好意思；後來又懾於爸爸的有力拳頭和再三警告，在被囚禁的日子裏，從早到晚耷拉著頭，過得還算本份。日子平平靜靜地一天天過去，天性活潑的蘭花，逐漸又耐不住寂寞了。

暮春天氣，風和日麗，霧霾裏住了水柳林的羞愧，百衲衣一般的菜田裏，葉嫩花黃充滿生機。燕子掠過晴空，河水淙淙東流。太安靜了，靜得讓蘭花整日感覺心底猶如貓爪兒撓！蘭花暗暗還在惦記小餘，半個多月沒見面了，她內心空落落，硬是不踏實。

十指尖尖攀過牆，
眼淚汪汪告訴郎。
昨天為你挨了打，
打得皮肉都是傷，
捨得皮肉捨不得郎！

都是因為他！蘭花在心底哼著五句子情歌暗想，弄得我又挨爹打，又丟臉面；不曉得他這段日子怎麼過的，替我擔過心沒有？

早飯後，鄒秀珍又去林子邊緣尋豬草去了。爺爺牛二貴也不見人影兒。紅磚小院內只有那隻剛捉來不久的小豬娃輕輕哼嘰。蘭花如腹中空空又心有餘悸的老鼠，終於咬咬牙，壯著膽子溜出房門。小跑步出紅磚圍牆，發現爺爺正沿小路往回走，躲避已來不及了。

「一個人又要往哪兒去？你婆婆呢？」牛二貴木訥訥問道。

「婆婆尋豬草去了。待屋裏太悶，我也找她一塊兒扯豬草去……」蘭花垂著手小小聲說，大眼睛怯怯眨巴，睫毛上淚光閃爍。

「……去吧。你這個蠢丫頭啊！以後千萬聽話，莫要再作蠢事了。」牛二貴擺擺手說，滿臉倦容回屋去了。

大街上人頭攢動，五彩斑斕。暮春的暖風溫潤著蘭花的心田，讓這隻剛出籠的鳥兒，又享受到自由翱翔的快活。猛然記起爸爸的凶模樣，她不敢留戀耽擱，得抓緊時間，於是拔腿朝食品公司宿舍方向飛奔過去。

二樓最右邊的那間小房，門扇虛掩著。余躍進正專心致志伏在書桌上寫著什麼。蘭花屏息靜氣走過去，想看他在幹什麼，想給他一個驚喜。信箋旁擺著一張年輕姑娘的彩照。信箋上已密密麻麻寫大半頁內容了。她看清楚開頭的三個字，熱血直往上湧，脹得腦殼如斗大，渾身顫抖直喘粗氣兒，竟失聲哭起來了。

「喲，你怎麼來了……這些天裏瘋到哪兒去了？」小余略微一怔說，咧嘴巴淡淡一笑。

「為你刮娃子去了！沒良心的，姑奶奶我為你挨爹打，躺醫院的床上受疼，吃盡了苦頭！你他媽只顧自己尋快活！」蘭花哇啦哇啦尖聲嚷嚷，像陷於絕境的母狼，搶過照片撕扯得粉碎，「你這個狗雜種、壞東西，想甩我沒那麼容易！我要先去破了那個騷狐狸精的面相，回頭來再跟你細細算總賬！」

余躍進見照片被撕，不由得大怒，劈胸口揪住蘭花的衣領，惡狠狠推倒在門外罵道：「滾！你這個生拉活拽要男人上床的臭婊子！老子不喜歡你了，還跑來鬧什麼鬧？還敢撕我心上人的照片，就是跟你結婚了，也要離婚……」

天空中，太陽才升起一竹竿多高。從四周宿舍樓的門縫或者窗口，影子樣探幾顆蓬鬆的女人腦袋，飛快便消失在黑洞裏，並無人過來伸張正義。個兒高挑的蘭花軟癱在門外甬道的地上，渾身難受，完全氣懵懂了。瘦猴兒樣的小個子牲豬押運員余躍進畢竟心虛，喘息著匆忙鎖上房門，虛張聲勢望蘭花不屑地哼哼，頭也不回下樓走了。

蘭花不知道自己是怎麼下樓，怎麼走回文化館宿舍樓的。她腦子昏昏沈沈，眼皮耷拉死死盯住腳尖。客廳陰冷如地窖，深棕色複合家俱似乎在蠕動，像黏糊糊的怪物……完全屬於偶然，目光觸到了擱角落的小半瓶殺蚊蟲的「敵敵畏」溶液。蘭花漠然拿到手中看了又看，淌淚咯咯笑，然後緊閉眼睛，仰脖子全喝下了。

樓下閱覽室裏，玉娟突然一陣心悸，額頭上直沁冷汗，難受得要命。她強撐著上樓，打算進屋沖杯麥乳精抑制一下心慌。在門外就隱隱聽到裏面有動靜，她慌裏慌張開門，見蘭花口吐白沫在地上呻吟掙扎，臉部肌肉七抽八搐，模樣兒猙獰……

「來人啦！救命啊——」玉娟搖搖晃晃緊抓門框，朝樓下發狂地呼叫，眉毛倒豎，都變了腔，完全不像人的聲音了……

等牛貴生聞訊，一口氣跑到醫院，蘭花已經被推進了急救室。走廊裏的噪雜聲如林濤海嘯嗚嗚嗡嗡，圍觀者除幫忙擡人過來的單位同事之外，更多的是些酷愛湊熱鬧、愛打探閒話隱私的街頭混混和長舌婦們。

「究竟發生了什麼事？蘭花小小年紀，怎麼會想到自殺呢？」柳玉滿頭大汗問貴生。剛才她正巧來閱覽室查找一個資料，聽到玉娟呼救之後，連忙招呼組織攏來七、八個職工和讀者，馬不停蹄地聯手將蘭花擡進醫院的。貴生根本沒有聽，大踏步奔到癱坐在條椅上的玉娟身邊，緊緊摟住妻子直發呆。沒一會兒，鄒秀珍、牛二貴和蘭芝也都趕過來了。鄒秀珍撕心裂肺大哭著，撲上前只顧狠狠地捶打著兒子……

報應啊！貴生一動不動淌著淚想，我前世到底作了什麼孽？遭如此現世報？他有口難辯，有苦說不出，萬般沮喪地直擺腦殼，任冷淚濡濕了前襟。那模樣兒，把鄒秀珍也嚇著了，沒再捶打，連哭聲也變成了嗚咽……

蘭花在醫院住了整整一個星期，有人時候癡癡呆呆不說話，沒人時就獨自嗚嗚哭泣。玉娟終日以淚洗面，吃不下飯，睡不著瞌睡，也病倒住院了。貴生心力憔悴，強撐著同母親和小女兒一起忙碌，人消瘦得如紙糊的風箏，硬是一下子衰老了許多。

第八章

一

素圓從北師大歷史系畢業了，因為醉心於元帝國鐵木真成吉思汗和清王朝愛新覺羅努爾哈赤的崛起軌迹，主動要去內蒙古自治區文物考古所，已經決定明天就啟程。

上個月的中旬，愁腸百結的牛蘭芝，終於如願地也盼來了北京師範大學中文系的錄取通知書，名正言順成了鄭素園的「學妹」。除了熟悉朱家寨子和縣城，她還真哪兒都沒有去過，甚至都還沒有見識過輪船和火車！於是決定與「學兄」結伴北上。一路上有素園照應，家裏人也都放心。

「……柳媽媽您不曉得，收到錄取通知書那天我好激動，簡直不敢相信！家裏人也全都高興死了！」蘭芝樂呵呵說，俏臉蛋像新雨後又沐朝陽下的水蜜桃。今天一大早，她就奉命過來接柳玉和素園，「婆婆說，『三歲看大，七歲看老』；說多虧那些年我是跟著您在朱家寨子啟蒙的，讓我待會兒在酒席上，一定要給您叩三個響頭謝恩哩！」

柳玉眼眶裏閃爍著淚光，太高興了，笑臉上的皺紋愈加嫌密。她輕輕撫摸蘭芝的頭說：「我也忘不了朱家寨子那段生活……前不久，我還跟你拖著病體的黃媽媽，一起進山看了看，那破祠堂已經坍塌了，學生娃都在鎮中心小學去寄宿……年紀大了總喜歡回憶往事。那會兒，我們也許應該幹得更漂亮些，更少些挫折。我真羨慕你們……」

素園正忙著朝一只大紙箱裏裝書。小夥子皮膚潔白，著米黃色短褲、天藍色背心。他擡起頭說：「媽媽，我會天天想念你的。我真希望你能同我一起去草原！」

「等退休之後，我一定來！別看媽媽頭髮花白，心還和年輕時一樣，很不安分哩！」柳玉微微笑說，兩滴晶瑩的淚，緩緩地溢出眼眶。她掩飾地抹淚花，不好意思訕笑，又說，「好了，你也別忙了，跟著蘭芝先過水柳林那邊去吧。你們錢伯伯昨天就打電話來，大概也是想給你們餞行……我等一會兒他，稍後就過來。」

五一節後沒多久，錢玄之毅然辭去了公職，小城輿論曾一時為之譁然。

柳玉接任縣文教局局長剛三個多月，仍忙碌著一些具體事務，似乎還不太適應新的角色。

兩個年輕人剛離開，戴寬柄墨鏡、著名牌西裝的倜儻瀟灑的錢玄之如約而至。聽柳玉說了貴生今日要在他爹的紅磚小院那邊設家宴之後，錢玄之給「金帝西餐廳」打個電話，將預定的酒席順延到三天後的下午。他望柳玉呵呵笑，說：「這段日子真忙！我可是真心想請你們娘兒倆。反正今天已決定給自己放大半天假，雖然貴生的爹媽今天並沒有請我，我還是要厚著臉皮陪你們娘兒倆過去湊個熱鬧。三天後，由我作東，你，黃菊英，還有貴生兩口子，一起再去『金帝』吃西餐！」

「那我先謝謝了。」柳玉淺笑說，並沒有推辭，遞一杯熱茶又說，「你也真愛折騰，局長當得好好的，突然竟不幹了！只害苦了我。我根本不是這塊料！」

錢玄之收了笑意，正色說：「當初我也猶豫，還想繼續腳踏兩隻船……有人看不下我這麼混，或者是早就想取而代之，便搜集了三十多條牢騷話告刁狀，這才讓我下最後決心……嘿嘿，你是個冰肌玉骨的人，肯定沒有人湊在你耳邊，擠眉弄眼壞笑，嘟噥篡改後的『三大法寶』：『理論聯繫實惠，密切聯繫領導，表揚與自我表揚』。所描述的倒是眼下基層官場的實情。其實啊，如此這般活法兒，我早就感到膩煩了！我現在挺感謝那位匿名告狀人——至少不用再扭扭捏捏，從今往後，赤裸裸為錢奔走為錢活！」

柳玉認真聽著這位老朋友的肺腑之言，一時不知如何作答。錢玄之倒也沒有指望，呷一口茶水，咧咧嘴巴繼續說：「畢竟時代不同了，組織上找我談話時，並未將牢騷話太當回事兒，不過叫我說話要注意身份和影響。嘿嘿，你也知道，我跟縣上那些頭頭腦腦相處得還算融洽……哼，我是何等精明之人？僅憑匿名信的敘事風格，就知道是誰幹的。當時還真有點情緒，腦海裏翻騰著一句話：『這世界可能屬於滑頭，但絕不屬於窩囊廢！』刻薄了點是不？你也知道我說的是誰。不過現在我真一點兒也不怨他，相反蠻同情他。」

「不要自作聰明胡亂猜疑嘛。」柳玉息事寧人勸慰說，「好多人都在議論你將公司架子拉得挺大，硬是要奔全縣首富哩！過去的事別再提了，朝前看多令人振奮！」

「聽你的。嘿嘿，不過請允許我糾正你一個字：是朝我老錢的這個『錢』字看——也蠻符合當下的時代精神哩！」錢玄之大笑著說。

匿名信沒準還真是貴生幹的，柳玉想，這兩個宣傳文化壕溝裏的曾經戰友，遇事都只愛自己，為人又都太急功近利，待一個屋檐下，難免會無事生非……

鄒秀珍和牛二貴，好幾天前打聽到孫女兒動身的日期，就悄悄商量好，要在水柳林裏備一桌豐盛的酒席感謝柳校長，一併也算給素園和蘭芝餞行。直到昨晚，鄒秀珍才跟貴生和玉娟通氣，她說：「蘭芝能考進北京的大學，都是柳校長教育有方！把酒席放在我們這小院辦又安靜，太熱熱鬧鬧，沒考上的娃兒和他們家長，看到後會更傷心。」

貴生平平靜靜沒有吭聲，還在調整因蘭花而遭受重創的心，思考自己未來的路……

一大早，兩隻漂亮喜鵲飛屋脊上來了，叫得特別歡勢！

蘭芝牽著素園的手過來時，又飛來一大群喜鵲，在小院落四周的水柳梢頭喳喳，像也要給蘭芝開歡送會哩！鄒秀珍心裏硬是像有蜜糖滋潤，恨不得隨心所欲瘋瘋癲癲地扭上一段山裏人最喜愛的花鼓子舞！

柳玉和錢玄之過來後，徑直去廚房寒暄送恭賀。牛二貴仍坐在讓火光映紅的竈門口。鄒秀珍、玉娟、蘭花、蘭芝和鄭素園，忙活著，說笑著，或者觀望著，竈台和案几上擱滿了碟子、大碗、湯缽、筲箕和洗淨切好、尚未下鍋的各種菜肴；兩隻大鍋裏，蒸籠升騰著熱氣，沸油釋放著濃香……小廚房內笑語喧嘩，容不下多餘的人了。

「再待一會兒，我和玉娟就炒菜，沒有啥忙的了。娃兒們都陪柳校長和錢同志去河邊林子裏轉轉。素園到內蒙古之後，想看這麼好的山水恐怕不容易了。」大汗淋淋的鄒秀珍抖擻著渾身肥肉說，臉上笑開了花。

涼風習習，河水清幽。兩姊妹身穿新做的、袖口和裙腳滾有寬荷葉邊的嫩綠色連衣裙，嫋嫋婷婷簇擁著柳玉母子；錢玄之昂首挺胸，如保鏢一般緊跟在後面。水柳林中的這一行人，好像都不願打破寧靜恬適的氛圍，誰也沒有望誰，一任思緒海闊天空。

一蓬枝葉葳蕤的藤蘿擋住了小徑，幾隻肥鵝在綠蔭底下啄食嫩芽和蟲子，受到驚嚇，撲楞楞往河邊跑去。素園拾起一莖被啄斷了的紫色小野花，若有所思呢喃：「時間過去得真快，兒時的好多情景，回想起來，竟像發生在昨天……」

蘭花默默聽著，沒來由記起那年因為對孔老二的評價而告素園的狀，不禁羞愧地低垂下頭。早晨她就不願意一起過水柳林這邊來。貴生嚷道：「都去！」絲毫沒掩飾鄙夷和厭惡之情。她好恨爸爸，又自慚形穢，恨自己不爭氣。

柳玉說：「那些個年月裏，我們幹了多少蠢事啊，折騰來，折騰去，直弄得連百姓缺衣少食的問題都沒法兒解決！」

「事情既然成為過去，沈浸其中也無益。」素園淺笑著安慰媽媽說，又感歎，「我就蠻佩服錢伯伯這種幹練灑脫、敢為天下先的闖勁兒！人各有志，但都希望將來比現在更美好。我們在這兒合張影怎麼樣？這麼一條小小香溪，可是養育過屈原和王昭君的河流啊！」

素園的誇獎，令錢玄之感到不自在，甚至還有點羞赧。他上前一步輕輕地拍素園的肩膀，嘴巴蠕動了一下，到底什麼也沒能吐出來。

素園掏出相機取景調視，對準焦距之後又吩咐說：「蘭花朝媽媽靠攏點，你旁邊是我的位置。都不要動了，待會兒聽我的口令，一起放聲大笑！」

太陽光明晃晃。蘭芝笑眼眯縫，神態如藍天一般澄澈。蘭花拘謹地貼柳玉身旁，渾身熾熱，鼻腔酸溜溜作痛，心底難受極了。她真恨不能一個人轉身跑開，真想找個沒有人的地方，痛痛快快大哭一場！

素園小心翼翼撳動自拍小鈕，小跑步坐到蘭花腳前，挺瀟灑地舒展開四肢，然後仰頭發令說：「生活多美好！笑啊！」

「咯咯咯……」「哈哈哈……」柳玉和蘭芝忍俊不禁，笑得前仰後合。連錢玄之也彷彿陡然四大皆空，爽朗地笑得渾身直打顫。蘭花卻怎麼強迫也笑不出來，想跑又缺乏勇氣，心慌意亂，最後竟沒有忍住，雙手捂臉「哇」地哭出了聲。

「嚓。」快門響了，歡愉的和傷心的，都定格在膠片上了。

「都怪爸爸從小太嬌慣，當初若跟妹妹一起不離開朱家寨子，我肯定比現在懂事……」蘭花身子抽搐著訴說，哭得像個淚人兒。

蘭芝忙掏小手絹給姐姐揩淚，不知道該如何安慰。素園嘻嘻笑說：「才二十歲，想做什麼還做不到？高爾基讀的也是社會大學哩！還有錢伯伯，幾番浮沈，在新疆打零工是條漢子，如今撳了頭上烏紗，雄糾糾仍不失為小城的一道風景。」

柳玉和錢玄之臉露微笑，沈浸於各自的思緒裏，都沒有吭聲。太陽已升起老高，雖然不時有河風輕拂，裸露在外的皮膚明顯感覺到陽光的灼熱了。蘭芝和素園依傍著哭哭啼啼的蘭花，緩步往水柳林的濃蔭底下去了。柳玉和錢玄之一個注視著河水，一個遙望著遠山，仍然沒有想說點什麼的意思。

隔著林子有熟悉的粗嗓門傳過來，很快，一群人來到面前了。是貴生帶著朱正奎和他的熊娃子、虎娃子；還有個十五、六歲的少年，似曾相識，一時又記不起到底是誰？

「柳校長您好！」少年雙手貼褲縫，規規矩矩鞠躬說，感覺一點也不陌生。原來是朱正奎的孫兒龍娃子，進城讀高中來了。柳玉好幾次進山都沒見著他，一晃兩晃，印象中的拖鼻涕娃兒，已經長成半大男子漢了！

「嘿嘿，趕得早不如趕得巧！剛才聽貴生說，柳校長當局長了？老天有眼，好人終究得好報了！唉，柳校長也見老咧！」朱正奎捧著柳玉的手氣喘吁吁說，腰也弓了，背也駝了，已經露當年朱繼久老人的衰弱模樣兒了。

「當年的奶娃兒都讀到高中了，我們也該老囉！」柳玉感歎說。

熊娃子、虎娃子都在錢玄之的公司裏開大貨車，剛剛從廣州市回來，風塵僕僕運過去十三噸乾香菇。兄弟倆都一身花格子港衫，彪悍帥氣；都對錢玄之崇拜到骨頭裏；這會兒正圍著老闆彙報南邊的情況，神情像小學生站在班主任面前。

「素園哥他們哪兒去了？」龍娃子問，靦腆得像個大姑娘。他穿著一套稍稍褪色的學生藍中山裝，大眼睛透著靈氣，額頭上有大顆的汗珠閃爍。

「和蘭花、蘭芝跑水柳林子裏去了。」柳玉說，望錢玄之那邊慵懶地笑笑，又說，「瞧這個大老闆，當得一定怪來勁兒吧，啥時候也講幾個官商勾結的故事讓我聽聽？咯咯，你可得注意點，千萬千萬，莫把我的兩個純樸學生帶壞了。」

晚飯後，柳玉母子還得回家收拾行裝，由錢玄之陪著先走了。

因為定好在金帝西餐廳的聚會臨時取消了，錢玄之還得去黃菊英家陪罪。黃菊英兩個多月前已在武漢同濟醫院確診為肺癌，雖然表面仍嬉笑怒罵與往常無異，前不久還硬拉著柳玉母子進了一趟山裏；內心裏其實亂糟糟，不過不甘心、不願承認罷了……

水柳樹林這邊，牛二貴一家老小，陪著朱正奎祖孫三代，還圍坐在小院落裏納涼，家長里短，笑笑嘻嘻，聊得十分熱火。以牛二貴、朱正奎、玉娟和蘭芝為一撥兒，熊娃子、虎娃子、鄒秀珍、龍娃子和蘭花為另一撥兒，各自為陣。貴生一口一口地緩緩吸著香煙，不時劇烈咳嗽一陣子，很少接話茬兒，對他們所談的內容無動於衷。

朱正奎悶聲悶氣，正在對著牛二貴抱怨，十分不滿意兒子對錢玄之比對他這個當爹的還恭敬，「……人比人，氣死人！媽的，現如今錢就是爹，嫌老子沒用哩！土改那陣子，槍斃的那些個土地主，哪一個又有過像錢同志那樣的家當？享過像錢同志那樣的福？難怪他為當大老闆，局長都懶得當了。照這麼搞下去，只怕還得再出個毛主席，再弄一回殺富人，分浮財！」畢竟年歲不饒人，朱正奎雖然模樣兒兇神惡煞，嗓門兒卻沒敢太大，擔心兩個兒子會吼他似的。倒讓緊傍他坐著的蘭芝聽得一楞一楞。

蘭芝聯想起了前不久剛看過的一段文字：「我們所處的時代，物質勢力的衝擊已近乎不可抗拒……種種生活元素合併起來，就產生一種萬花筒似的光耀，一種足於疲憊和窒塞思想道德的迷人的生活幻燈。這樣的生活就引起了一種知識疲勞。我們的腦海幾乎沒有能力可以接受、分類、貯蓄這每日出現的巨量事實和印象。壓在我們身上的事情太多了，譬如無窮無盡的欲望或誘惑，硬要裝進一個杯子般大小的有限的心裏去，你能不能呢？」她將這段文字讀了好多遍。她知道自己還太稚嫩，希望進到大學之後，能稍稍明白些……

牛二貴看著曾虎霸一方的蠻橫漢子也服軟了，平和地笑笑，勸慰說：「父管三十年，子管三十年。你的孫兒，我的孫女，都上高中、讀大學了，我們這些龍鍾老傢伙，有吃有喝就該知足。以後的世界是兒孫們的，究竟會是啥樣？想看只怕都看不到了……」

夜色朦朧，半邊月兒高懸在空中。鄒秀珍繪聲繪色，在給龍娃子講半個月前碰見洋人的事情，說她打聽了，是化工廠請來的專家，洋老頭偏愛穿花衣服！在小巷子裏吃牛肉麵條，筷子不會拿，還一個勁兒傻笑……逗得蘭花也「咯咯」笑了，笑婆婆少見多怪。鄒秀珍還向龍娃子詢問了山裏幾個熟人的近況，笑意漸漸淡去，眼神流溢出眷念……

龍娃子那身有些褪色的學生藍中山裝，讓獨自坐在旁邊的貴生，記起了自己第一次進縣城時的模樣——也是考進了高中。那時候他只感到城裏實在太富裕、太繁華了，一磚一瓦都是那樣的亮鋥鋥奪目，誘惑得他悄悄流口涎……

日月如梭催人老啊，他想，後來的好多事情，少年時候根本無法預料！進城工作快二十年了，所作的事，又有哪件值得誇耀？置身時代大潮，個人不過是隨波逐流的落葉，選擇其實都是徒勞！蘭芝總算爭回了一點面子。蘭花跌得太慘，是我管教無方……

老錢今天來幹什麼？他突然又想，也許只是陪柳玉，真料不到他還能持久地這般癡情。他幹什麼都如有天助，憑什麼呀？我還真不甘心！

又坐了會兒，熊娃子送兒子回學校去了。玉娟、蘭花和蘭芝也準備回單位宿舍收拾行裝。貴生好像還不想動彈，還在胡思亂想。夜風潮潤潤，已有幾絲兒涼意了。他終於站起，漠然地伸個懶腰，打了個寒顫。

二

錢玄之在壩子上剛停穩吉普車，一位身穿港務局制服的青年男子立刻疾步跑下臺階，掏兩張四等艙位船票遞上，哈著腰討好地拍錢的肩膀，又匆忙回售票大廳去了。

山勢太陡峻，候船室西南面的水泥壩子不過才一個多籃球場大小，再往下，便是通往躉船的一百多級殘破的石臺階。壩子上亂哄哄的，橫七豎八堆滿了各式鼓囊囊的破舊行李包裹；那些個渾身塵土、滿脖子污垢，準備去外地打工的農民們，或目光惶惑地亂竄，或表情冷漠罵罵咧咧，或滿臉憂鬱地席地而坐；這會兒，幾乎都厭惡地打量起從吉普車裏鑽出的這幾個盛裝整潔、氣宇軒昂的男女，分明感受到跟這幾個「乾淨人」在身份、財富、地位的巨大差異，無可奈何地暗自壓抑著內心的憤怒和羨慕。

太陽還躲在撐天的岩壁背後，正噴薄欲出；江面上縹緲著淡淡的晨霧。柳玉、素園、貴生、玉娟、蘭芝和錢玄之，一字兒擺開，走到臨江的公路邊俯瞰碼頭。

霧中的西陵峽口如潑墨繪就，氣勢雄渾，美不勝收，長江在腳下滾滾東流。傍山修築的香溪古鎮，彷彿是用火柴盒搭成的景致，黃泥牆，黑瓦楞，尖頂茅棚，小巧吊腳樓、螞蟻般蠕動的山民……清新爽朗，悅目賞心！

時間尚早，由巴東下行的客輪尚在途中，躉船碼頭上冷冷清清，只隱隱看得見如螞蟻般小的三兩個懶洋洋的船工。

畢竟是第一次看到長江，蘭芝婷婷佇立在江風中，興奮得竟說不出話。大江咆哮奔騰，像舞爪張牙的金龍，兩岸黑壓壓的奇峰峭壁相對峙，幾百米外的江水究竟流向了哪兒？山重水複的，亦讓人猜不出方向。九曲十八彎的香溪由這裏匯入長江，香溪水清，長江水濁，交匯處水波不興，清濁分明——那裏魚兒大概也特別多吧？就見有十數條小魚舟活躍在平靜奇特的水域裏，一會兒駛入清水，一會兒駛入渾水……

蘭芝打量好一會兒這片半清半濁的水域，不滿足似的若有所思說：「什麼時候，長江水若能也像香溪一樣透明清澈，游魚可數，那才真正漂亮哩！」

「嘿嘿，《楚辭》上云，『滄浪之水清兮，可以濯我纓，滄浪之水濁兮，可以濯我足。』這句話，毛主席好像也引用過咧！」錢玄之微笑說，以過來人的眼光注視著眼前的這兩位年輕人，扭頭望柳玉淺笑，欲言又止。

素園點頭附和說：「香溪和長江不可比，就像純樸篤厚的山民，同深謀遠慮、目光閱千年的精英人物不可同日而語一樣。香溪是屈原和王昭君的故鄉，而長江、黃河，則可以說是秦皇、漢武、唐宗、宋祖的母親河啊！」他躊躇滿志，情緒漸漸激動，彷彿已置身於無邊無垠的草原，沈默片刻，竟脫口輕聲吟哦起來，「大江東去，浪淘盡千古風流人物，故壘西邊，人道是三國周郎赤壁……」

柳玉臉上掛淡淡的笑意，思緒亂翻，耳邊又響起錢玄之昨天的話，「……素園真不該自告奮勇去內蒙，怎麼也不同我們商量？小夥子長得越來越像他爹了，脾氣也像——一個書生氣十足的理想主義者。」她心頭隱隱覺愁悒，克制著決定什麼也不說。

兒子的確已經長成大人了！她想，畢竟也太鋒芒畢露、太張狂了些。祖輩、父輩的坎坷遭遇，幾年來活躍寬鬆的大學生活，以及錢玄之的影響，使兒子變得越來越有點陌生了，內在氣質倒顯得比他爸爸似乎更堅毅頑強……也許，這些正是他在未來的生活和奮鬥中，所必須具備的東西——誰知道呢？

牛貴生是真不想來，又不能不來，從擠進吉普一直到這會兒，幾乎沒說一句話。他其實也想不失時機賣弄一下文采，至少可給蘭芝留個較好印象，終究還是作罷了。素園的吟哦畢竟觸動了貴生不甘寂寞的心弦，他扭頭遙望湧擠在水泥壩子上的那些懷揣發財夢想的窮困山民，回頭又瞥已經有大亨派頭的錢玄之，一種悲天憫人的情懷油然而生──如鬼使神差，多年前讀到過的狄更斯《雙城記》中的開篇語，一個字一個字地，在腦海裏活泛起來了。

這是最好的年代，這也是最壞的年代；
這是智慧的季節，這也是愚蠢的季節；
這是有望的春天，這也是無助的冬日；
我們都在走向天堂，我們都在走向相反的路……

應該把明天當作新的起點，他想，怎麼說我都還不算太老，還可以再跟命運搏上幾搏！蘭芝考上「北師大」，也許就是我時來運轉的兆頭。柳玉當局長至少比老錢更好對付。禍福相倚，誰笑到最後，還真不一定哩！

下行的輪船終於開始靠碼頭，汽笛聲在紫醬色峽壁之間碰撞，發出渾厚的回響。

候船的人群騷動起來了，爭相湧出小壩子，而通往躉船的一百多級石臺階路坡度大，又只能並行三個人。幸虧臺階兩側全是綿軟如大漠黃沙般的江灘，好幾個被擠撞出去的體弱者，不過順斜坡骨碌碌滾一丈多遠，便陷入黃沙裏；那些份量輕的棉被包袱或衣服包裹，竟一直滾下垂直落差達一百多米的江邊淺水中了……

蘭芝眼睛瞪老大，被這險象環生場面嚇呆了。素園經常來去，倒並沒有太在意。等到壩子上差不多走空了，素園才拖曳起行李，趔趔趄趄來到臺階的入口處。

「媽媽，錢伯伯，貴生叔，玉娟阿姨，再見了！您們一步也不用再往前，就站在這最高處目送。前面的路，得靠我們自己去走，蘭芝你說是不？」素園咧嘴笑說，然後將幾隻大包分別掛胸前和後背上，瀟灑而又小心翼翼地下到臺階上。蘭芝眼眶裏早盈滿淚花，小嘴巴哆嗦著，最後，彎腰朝柳玉深深地鞠了個躬，頭也不回地跟素園去了。

送行的人沒有再往前，目送著這對少男少女漸漸變得如螞蟻一般小了。兩隻小螞蟻還在船舷朝上揮了揮手，終於消失在船艙裏。錢玄之從褲口袋裏抽出手臂往兩邊舒展，見玉娟還在抹淚，笑眯眯勸慰說：「今天是個好日子，蘭芝沒辜負家長和柳局長的厚望，考進了『北師大』大家都該高興才是哩！」

玉娟滿臉淚痕訕笑，單薄的身骨子微微有些搖晃。她也知道今天無論如何說也是天大的好日子，可淚水怎麼都止不住。

「今天的確是個好日子。娃兒們翅膀硬了，自由翱翔去啦……他們的未來，至少會比我們這輩人少些彎路吧。」柳玉臨風站筆直呢喃說，輪船拉響汽笛告別，船尾捲起白色浪花，在開闊的江面慢慢地劃一道弧線，朝著入海的方向，很快駛往西陵峽口的崖壁後面去了。柳玉突然想起，好像也是這個季節，自己和鄭新宇正是感歎著那崖壁的巍峨雄渾，從這兒進山來的……政治狂熱和宗教狂熱一樣令人盲目，如「文革」那一類的荒唐折騰，以後不會再有了吧？

大概是為了對抗心底的傷感情緒，她不再看長江，車身攬著玉娟的腰肢緩緩往吉普車走，一臉兒笑說道：「後天，錢大富豪已經定好了，在『金帝西餐廳』請我們開洋葷，就我們四個人——哎喲喲，你們看我這個記性，倒忘了算上黃菊英？今天她就硬是想來，實在是擔心那身體受不了這顛簸，讓我好說歹說才攔住……」

兩個多月前，黃菊英手捧肺癌的診斷書，滿腦子愁雲慘霧，心臟差點停跳；若不是有柳玉形影不離跟著，可能就從武漢長江大橋上跳下去了。

柳玉發脾氣說：「有什麼大不了，至少眼下還沒太影響你吃喝快樂，走在馬路上，仍然還是那個率性瀟灑的半老徐娘！就算最後真沒治了……也不該因為害怕末日來臨時的痛苦，而早早放棄生的歡樂和希望呀！想想可憐的老鄭吧，他多麼熱愛生活啊！我想你也會承認：老鄭寧願得十種癌症而抗爭著朝前活，也不願殺人之後又被棒殺的呀！」

決定樂呵呵同肺癌抗爭到底之後，黃菊英擠眉弄眼對柳玉透了實話：當初說打算從武漢長江大橋上縱身跳下，不過是嘴巴虛張聲勢胡亂咧咧——她哪兒有那個膽？她倒真的曾經為自己精心設計了個戲劇性死法：托朋友去弄一把演戲或影視業用的仿真道具匕首，然後到鬧市區劫持個腦滿腸肥的銀行經理；必須生生地扮一副兇神惡煞模樣兒，好讓防暴的特警狙擊手開槍打死她——當然，事先得在褲口袋裏寫張謝謝、請原諒的小紙條兒。「……第一次從電視裏看到中、外特警那虎背熊腰體魄和慓悍英武身姿，我就迷上了這夥人了。咯咯咯，你掂量掂量，我那麼渴望死在這些優秀漢子手裏，是不是還有點如男人們的『牡丹花下死，作鬼也風流』那種意味？咯咯，怎麼能說臉皮厚呢？我不過實話實說……」

從香溪碼頭回來後的第三天早上，因為今天是錢玄之請吃西餐的日子，在小巷口匆匆吃了點豆漿油條，柳玉便早早地來到黃菊英家，想陪她多閒聊一會兒。

黃菊英一個晚上都沒睡好。磨蹭到六點半勉強起床，燒咖啡，喝咖啡，洗咖啡杯。窗外還是半明半暗的灰青色。又挪步來到大衣櫃跟前，挑了一條粉紅色連衣裙從頭上套進去。顏色和領口的褶襇花邊實在嫌太嫩，那寬大的下擺看上去也是專為年輕姑娘設計的，好讓臀部豐滿的她們奔跑起來更瀟灑……柳玉踏進門來，就為黃菊英的這一身豔麗打扮喝彩了。黃菊英一臉嚴肅說：「我們先到老鄭的墳頭坐會兒吧。他曾說過我穿這條裙子最漂亮了。他倘若沒死，肯定是今日聚會的精神領袖、主角！」

這一次，說不定是我最後一次去老鄭的墳頭了，黃菊英想，我愛穿什麼就穿什麼；我才懶得去管別人會怎麼想、怎麼說。

五個中年人的「金帝西餐廳」私人聚會，約定好要暢所欲言，一醉方休。從一開始，就像喜鵲炸了窩；連已經作了一個療程放、化療的肺癌患者黃菊英，幾乎也完全忘了病痛，嘰嘰喳喳充滿了精神，得理不讓人。

一個多小時後，大家似乎都有些累了，說話的節奏開始放緩，內容卻更加地肆無忌憚。

「如今的我，可謂是富貴生死都無所羨、無所懼的人了。」黃菊英散淡地說，呷一小口葡萄酒又說，「五十年代初，我從省城的『革大』，分配到這個深山小縣，經歷了幾多風浪，看到過多少形形色色『人民的敵人』啊！他們衣服上補丁摞補丁，由於挨餓而眼睛瞘眯，由於感冒而不斷咳嗽，由於受到虐待而臉上、身體上傷痕斑斑……我反正也知足了，物質生活基本沒遭過太大的罪，精神上嘛，畢竟自幼任性慣了，又沒啥野心，只有愛自己好了。所以，也隨心所欲地哭過，笑過，恨過，愛過；生活中永遠有需要你趕上去的人或者事物，有時候卻又總得拋開些什麼……嘿嘿嘿，貴生有家屬在旁，不說他了。你老錢可是個磨光溜了我們家門檻的人——還真是個值得人牽掛的真情漢子哩！」

牛貴生微露窘態辯白說：「初進城的時候，心比天高，總渴望著能出人頭地。黃大姐是女中豪傑，少不了會常去討教些仕途的經驗。」

柳玉擔心失控，扭過頭將話題轉向錢玄之說：「老錢如今名副其實姓『錢』了。你們瞧他那派頭，演舊上海灘的流氓大亨都不用化妝！」

錢玄之因為被兩個女人誇獎，樂得呵呵直笑，舉杯站起，用大家都耳熟能詳的一首世界名曲的調子，竟大聲地唱起來：「哎呀錢啊——我的太陽……」

滿桌立刻「哄」地大笑了。柳玉沒有笑，慢吞吞像講什麼不相干的故事說：「前年回武漢，在母親書櫃裏翻到一本黃永玉老先生的舊版木刻畫集，對其中兩幅印象深刻。一幅是隻小老鼠，題字是『我醜，我媽喜歡！』另一幅刻的是一根燃燒著的蠟燭，和一隻飛蛾，題字是：『人們，要警惕啊，不要把小油燈當作太陽。』……咯咯，你們大家看老錢那幸福興奮樣兒，是不是也在飛蛾撲火呢？」

五個人中只有玉娟一位聽不太懂。不過她樂意跟這群人待一塊兒，根本懶得去細想，看著大家都熱熱鬧鬧，笑笑嘻嘻，也跟著甜眯眯笑了。

一九九二年　初稿於妃臺山下老屋
二〇一〇年十二月十八日　二稿於高陽鎮簞瓢軒

釀文學28　PG0576

小小二十年

作　　者　昌　言
責任編輯　鄭伊庭
圖文排版　王思敏
封面設計　王嵩賀

出版策劃　釀出版
製作發行　秀威資訊科技股份有限公司
114 台北市內湖區瑞光路76巷65號1樓
電話：+886-2-2796-3638　傳真：+886-2-2796-1377
服務信箱：service@showwe.com.tw
http://www.showwe.com.tw
郵政劃撥　19563868　戶名：秀威資訊科技股份有限公司
展售門市　國家書店【松江門市】
104 台北市中山區松江路209號1樓
電話：+886-2-2518-0207　傳真：+886-2-2518-0778
網路訂購　秀威網路書店：http://www.bodbooks.com.tw
國家網路書店：http://www.govbooks.com.tw
法律顧問　毛國樑　律師
總 經 銷　聯合發行股份有限公司
231新北市新店區寶橋路235巷6弄6號4F
電話：+886-2-2917-8022　傳真：+886-2-2915-6275

出版日期　2011年9月　BOD一版
定　　價　320元

國家圖書館出版品預行編目

小小二十年 / 昌言著. -- 一版. -- 臺北市：釀出版, 2011.09

面； 公分

BOD版

ISBN 978-986-6095-32-0（平裝）

857.7 100012230

讀者回函卡

感謝您購買本書，為提升服務品質，請填妥以下資料，將讀者回函卡直接寄回或傳真本公司，收到您的寶貴意見後，我們會收藏記錄及檢討，謝謝！
如您需要了解本公司最新出版書目、購書優惠或企劃活動，歡迎您上網查詢或下載相關資料：http:// www.showwe.com.tw

您購買的書名：________________________________

出生日期：________年________月________日

學歷：□高中（含）以下　□大專　□研究所（含）以上

職業：□製造業　□金融業　□資訊業　□軍警　□傳播業　□自由業
　　　□服務業　□公務員　□教職　□學生　□家管　□其它____

購書地點：□網路書店　□實體書店　□書展　□郵購　□贈閱　□其他

您從何得知本書的消息？
　□網路書店　□實體書店　□網路搜尋　□電子報　□書訊　□雜誌
　□傳播媒體　□親友推薦　□網站推薦　□部落格　□其他________

您對本書的評價：（請填代號　1.非常滿意　2.滿意　3.尚可　4.再改進）
　封面設計____　版面編排____　內容____　文／譯筆____　價格____

讀完書後您覺得：
　□很有收穫　□有收穫　□收穫不多　□沒收穫

對我們的建議：________________________________
____
____
____

請貼
郵票

11466
台北市內湖區瑞光路 76 巷 65 號 1 樓
秀威資訊科技股份有限公司 收
BOD 數位出版事業部

（請沿線對折寄回，謝謝！）

姓　名：________　年齡：____　性別：□女　□男

郵遞區號：□□□□□

地　址：________________

聯絡電話：(日)________ (夜)________

E-mail：________________